新　潮　文　庫

# 死　の　舞　い

新・古着屋総兵衛 第十二巻

佐伯泰英著



10524

# 目次

# 死の舞い

新・古着屋総兵衛 第十二巻

# 第一章　長崎のガリオン船

## 一

江戸より海上四百七十余里（約一九〇〇キロ）離れた肥前長崎の湾口を塞《ふさ》ぐように横たわる伊王島《いおうじま》の沖合に黒い船体の南蛮型の大型帆船が停泊していた。

江戸幕府が直轄《ちょっかつ》する長崎では、オランダ、清国《しんこく》の二か国が通商対象国として許され、南蛮と呼ばれたイスパニア、ポルトガルが通商を禁じられてから長い歳月が過ぎていた。とはいえ、この黒い大型帆船が南蛮船籍の船と確かめられたわけではなかった。

最初、伊王島の漁師が停泊したままの帆船を見つけ、長崎奉行所に知らされたが、帆船のどこにも国籍を記す船標はなかった。

三檣《さんしょう》の帆船の何十枚もの帆はきちんと巻き上げられ、ただ静かに停泊していた。そして、船上に人影は見られず、まるで幽霊船のように静かだった。

だが、伊王島の漁《いさ》り舟《ぶね》の漁師たちは、船長四十八尋、船幅十八尋《ひろ》、主檣《メインマスト》海上より四十八尋、帆枚数四十余枚、取舵《とりかじ》十八度、面舵十八度と推測される大型南蛮船の夜明け前の奇妙な動きを知っていた。

広い主甲板上に右舷《うげん》左舷の高甲板から向かい合うように緩やかな傾斜の板坂が設けられ、操舵場《そうだじょう》に半円型に並んだ大太鼓、弦楽器、南蛮笛などの奏者たちが単調に繰り返す調べを奏し始めた。すると二つの高甲板から槍《やり》の穂先に羽飾りをつけた白と黒の装束の戦士たちが現われ、調べに合わせて編上げ靴の片足を直角に上げ、その姿勢で一旦《いったん》静止し、次の大太鼓の合図で足が下ろされると、その次には反対側の足が上げられ、同じ動作を繰り返しつつ一歩ずつ進んだ。

右舷側艫《とも》高甲板からは白装束の戦士が、左舷側舳先《へさき》高甲板からは黒装束の戦士たちが、それぞれ白羽飾りと黒羽飾りの槍を両手で捧《ささ》げて間隔を保って緩やかに板坂を下っていくのだ。白衣装は女、黒は男かもしれない。だが、全員が仮面をかぶり、顔立ちを確かめる術《すべ》はない。

漁師たちはその動きを見たとき、なぜか黄泉《よみ》の国の、「舞い」を連想したという。

「ありゃなんやろか」

「南蛮人のおくんちじゃなかろうか」

「おくんちなら、もうちいと景気があってんよかろうもん」

「なんやら気味ん悪かごたるね」

そんな会話を繰り返しながらも漁師たちは決して南蛮型の黒い大型帆船に近付くことはしなかった。

長崎湾に入るのは唐人船とオランダ船に限られていた。

だが、近年二国以外の船が現われ、江戸幕府の公式外交機関の長崎奉行所に国交・通商を求めることが目立つようになっていた。

例えば文化元年（一八〇四）九月六日、ロシアの軍艦ナデジュダ号が長崎に来航して特派大使レザノフが長崎奉行所に交渉を求めた。

レザノフはロシア皇帝アレキサンドル一世より特派されたもので、寛政五年

（一七九三）、幕府がロシア使節ラクスマンに与えた、長崎への入港を許す信牌《しんぱい》を所持していた。そして、レザノフは皇帝の国書を直《じか》に将軍に手渡したいと強く要求した。このレザノフは、十年前にロシアに漂着した石巻の水主《かこ》津太夫《つだゆう》ら四人を伴っていた。

徳川幕府が支配する日本との交易を求めるレザノフらの長崎上陸を拒んだ長崎奉行は江戸へ伺いを立てた。

その間、乗組員の病治療とナデジュダ号の修理を理由に昼間のみの上陸が許された。さらに十一月半ばに入り、陸上での暮らしへと行動の枠が広げられたが、公の外交交渉は翌年の三月まで待たされることになる。

幕府ではこのレザノフへの対応に目付遠山景晋《かげみち》を長崎に派遣した。遠山はロシアとの交易を拒絶し、退去を要求した。

ロシア船との交渉拒否の背後には、幕府の意向のみならず既得権をなんとしても保持したいオランダの政治工作があったと推測された。

結局レザノフ一行は文化二年（一八〇五）三月七日に津太夫ら四人を引き渡し、長崎を去っていった。

ロシア国との国交・通商拒絶には、老中松平定信の政策を受け継いだ松平信《のぶ》明《あきら》が罷免《ひめん》されたことが関係していた。幕閣の「保守派」はこれまでどおり清国とオランダに朝鮮、琉球《りゅうきゅう》を加えた四か国との通商を保持するという意志を示したのだ。

そんなロシア船退去の数か月前、長崎湾外の伊王島沖に奇妙な南蛮型の大型帆船が停泊した。

南蛮船の停泊と夜明け前の奇妙な「舞い」は当然長崎奉行所に伝えられた。七十九代長崎奉行肥田《ひだ》豊後守《ぶんごのかみ》頼常《よりつね》は、オランダ商館長に就任したばかりのヘンドリック・ドーフとともに密《ひそ》かに夜明け前の「舞い」を見物に行った。

伊王島は長崎港から二里半（約一〇キロ）の海上にあり、島の周囲一里二十七丁（約七キロ）の伊王島と一里九丁（約五キロ）の沖ノ島から成り、禁制の隠れきりしたんの多い島と噂《うわさ》されていた。またこの島には、俊寛僧都《しゅんかんそうず》が流刑《るけい》されて、この地で亡《な》くなったという言い伝えがあった。

長崎からわずか海上二里半しかない島が、隠れきりしたんと俊寛の流刑の話に彩《いろど》られて特異な雰囲気をかもし出していた。

二つの島の間の海峡はわずか十数間しかなく、オランダの小型帆船は海峡に隠れて沖合に泊まる南蛮型の黒い帆船を観察した。

商館長のドーフは、寛政十一年（一七九九）に商館の書記として来日し、いったんはバタビアに出たが、翌年には荷倉役として長崎に再び赴任し、享和三年（一八〇三）に商館長に昇進し、幕末の日本外交に大きな役割を果たすことになる。

肥田奉行とドーフ商館長は、まず伊王島の西側沖合に停泊する南蛮型大型帆船を遠くから望遠鏡で視認した。

長いこと望遠鏡で見ていたドーフが首を傾《かし》げた。

肥田がオランダ通詞秀島稲次郎を通して尋ねた。

「どこの国の帆船かな」

ドーフ商館長は秀島通詞のオランダ語にしばらく考え、

「漁師が近づかぬのは賢明な考えであったようだ」

と答えた。

「どういうことか」

「ただ今では珍しいガリオン型帆船である。およそ二百年も前のイスパニア帆船かポルトガル帆船の趣がある」

「二百年も前に造られた帆船が大海原と長大な時を超えて和国まで到来したというのか」

肥田奉行の問いにドーフが傍らの部下に何事か確かめた。

どうやらドーフに同行した商館の部下は帆船に詳しい者のようだった。部下が短く答えた。

未《ま》だ夜明け前で薄暗い中での観察だ。ドーフも部下もはっきりとは応《こた》えきれなかった。だが、二人は短いやり取りのあと、

「二百年も前のガリオン船では長期航海ができるわけもない」

と肥田へ応じた。

「人影もなく、漁師が恐れるように幽霊船のようではないか」

肥田の問いにドーフも頷《うなず》いた。

「私も長いこと母国から長崎までいろいろな海を航海してきた。だが、かような死の臭《にお》いのする船を見たことはない。帆船に詳しい部下も訝《いぶか》しく思ってお

る」

とドーフが肥田に答えたとき、伊王島の沖合に緩やかな繰り返しの調べが流れ始めた。

それはまるで黄泉の国の調べにも聞えた。

停泊する帆船の艫と舳先の高甲板に二人の槍を持った戦士が姿を見せた。

白と黒の羽飾りをつけた戦士の衣裳《いしょう》もまた羽飾りと同色だった。

単調な音に合わせて「舞い」が始まった。

漁師からの報告どおりに片足が高く上げられて止まり、間があって緩やかに板坂の床に下ろされて一歩前進し、一旦停止した。そして、もう一方の足が高く上げられて、その姿勢でまた静止した。両手で立てて保持された槍は小動《こゆるぎ》もしない。

先頭の戦士と間隔をおいて二番手の戦士が姿を現し、一番手の戦士と全く同じ動きで緩やかに主甲板へと下りていく。さらに三番手、四番手と続き、白と黒の戦士集団は全く動きを揃《そろ》えていた。

「なんという踊りか」

肥田が思わず呟《つぶや》いた。

ドーフが何事か言葉を洩《も》らし、通詞が肥田に言った。

「これは戦のための技ではなかろう、漁師が直感したように『黄泉の国の舞い』だ。あの緩やかな、しかも一糸乱れぬ動きは相当の訓練を積んだ賜物《たまもの》だ。私も未だ見たこともない舞いだ」

オランダ船に乗り込んだ全員が時の経《た》つのを忘れていた。

いつの間にか東の海が白んできた。

だが、「舞い」は粛々と繰り返されていた。

高甲板から主甲板へと長い戦士の列が二列下りて行き、両舷側で向き合って時計の針とは反対周りに緩やかな舞いが続いていった。

今や白と黒の戦士の列は、主檣を中心に大きな円を描いていた。

突然調べが変わった。

戦士たちが動きを止めた。

槍の穂先に朝日がきらきらと煌《きら》めき、不思議な景色を生み出していた。

「なにをしようというのか」

肥田奉行が洩らした。

楕円《だえん》の輪を描く戦士たちは六十人ほどか、もはや戦の武器はとうの昔に鉄砲や大砲の時代に移っている。

にも拘《かかわ》らず南蛮型ガリオン帆船上では古めかしい槍を手に緩やかな舞いが長々と続けて演じられ、一人として動きを乱したものはいなかった。

楕円が崩れ、白と黒の戦士たちが舳先側と艫側に一列に向き合って整列した。

調べが止《や》んだ。

「終わったのだろうか」

肥田奉行が自問した。

その言葉を待っていたように太い主檣の陰から白い長衣《マント》をなびかせた長身の人物が姿を見せた。

一瞬にして肥田もドーフも彼が戦士の頭分であることを感じ取った。その五体から妖《あや》しげな気品と静かなる威圧感が漂っていた。

肥田もドーフも遠眼鏡でその容貌《ようぼう》を確かめようとした。

が、顔は金色の仮面で眼から鼻まで隠されていた。

無言劇が始まった。

風になびくほど軽やかなマントの下から抜き上げられた剣が日の出の光を受けて煌めき、一閃《いっせん》した。

すると白黒の戦士たち二組が、立てていた槍を水平に構えて、仮面をつけマントをまとった頭分に向かい、ゆっくりと包囲の輪を縮めていった。

調べが再び始まった。

最前の戦士たちの群舞の単調な繰り返しの調べとは異なり、緩急がついた妖しげな律動があった。

その調べのせいか、南蛮型ガリオン帆船の群像劇は、この世のものとは思えなかった。

仮面とマントの頭分の長剣が翻《ひるがえ》り、槍の戦士たちがさらに間合を縮めて穂先を揃えて突きたてた。統一されているようでいて穂先が波頭のように飛び交い、予測もつかない波状攻撃であった。

六十の穂先の何本かが、仮面とマントの頭分の体を串刺《くしざ》しにしたかに見えた瞬間、主檣の頂から落ちてきた麻綱に片手を絡《から》ませた頭分が、次々に繰り出さ

れる六十もの穂先の突きを避けて虚空《こくう》に舞い上がり、大きく前後左右に回転した。そうしながらも重なり合った槍の柄の上に、

ふわりふわり

と身を置き、片手の長剣を優美に振るって、戦士たちの頭部の羽飾りを次々に切り落としていった。

頭分の動きも戦士たちの攻めも戦いのためのものとは思えなかった。お互いが型に沿って動いているようでもあり、真剣勝負をしているようでもあり、肥田にもドーフにも区別がつかなかった。

ともあれこの世の人間の動きを超越していた。

一瞬の剣の舞いに六十の頭飾りが斬《き》り落とされて甲板に舞い落ちた。

戦士たちが、

さあっ

と元の位置へと走り戻った。

仮面とマントの頭分が片手の麻綱を離すと主甲板に羽根のように軽やかに飛び下りた。

その視線が伊王島の二つの島の間の海峡に隠れるように停泊したオランダ小型帆船へと向けられた。

明らかに観察者がいることを承知で笑みの顔を向けていた。

「死の舞い」とも「戦いの舞い」とも思える儀式が終わった。

肥田もドーフもわずかな間の出来事のように思えたが、夜明け前からなんと半刻《はんとき》（一時間）余が過ぎていた。

ふうっ
肥田奉行とドーフ商館長は期せずして大きな息を吐いた。

「あやつ、われらが見ておることを承知していたな」

肥田の言葉が通詞によってドーフに告げられた。その言葉に頷いたドーフに肥田がさらに問うた。

「商館長、あの者がどこの国のものか分かるかな」

通詞の言葉を聞いたドーフが首を横に振り、

「奉行、女かもしれぬ」

と言った。

「女ですと」

「いや、そう思っただけで確信はない。ガリオン船もあの者たちもわれらと同じ世界の人間とは思えぬ」

と通詞を経てドーフの言葉が返ってきた。

肥田は再び遠眼鏡で南蛮型のガリオン船の主甲板を見た。すると主甲板には人影が一つもなかった。掻《か》き消えたというより最初から無人の船上であったかのような印象だった。

「あのガリオン船、この長崎でなにを企《たくら》んでおるのか」

肥田奉行の言葉をオランダ通詞は訳すべき言葉ではないことと思い、

「お奉行、すでにあの船、十日前からあの沖合に碇《いかり》を下ろして停泊しているようです」

と伊王島で漁師から聞き取った知らせを告げた。

「十日も前からただ停泊してあのようなことをしているのか」

「はい」

「夜明け前の儀式は一日たりとも欠かさぬそうです」

「湾内に入ってこぬ以上、奉行所としても動くわけにはいくまいな」

傍らの目付笹村与吉郎に肥田奉行が問うた。

「江戸は異国と揉《も》めることを嫌っております」

笹村の言葉には苛立《いらだ》ちがあった。

「そなた、追い払いたいと申すか」

「目障《めざわ》りにございます」

と答えた笹村が、

「伊王島は隠れきりしたんがおることで知られた島、あやつら、島の人間と密かに連絡《つなぎ》を取り合《お》うているやも知れませぬ」

「笹村、そなた、あの帆船が伊王島の沖合に碇を下ろしたと聞いたのはいつのことだ」

「三日前にございます」

「以来、島に密偵を入れておろうな」

肥田奉行の問いに笹村が首肯した。

「あの船から小舟が下ろされた様子は窺《うかが》えるか」

いいえ、と笹村が答えた。

「ならば島人があの船に小舟などを漕《こ》ぎ寄せたことがあるか」

「それもございません」

と笹村が言った。

「ならば放っておくしか手はあるまい」

と肥田が笹村に言った。

「お奉行、伊王島の漁師どもは気味が悪いというております」

「気味が悪いだけで船に乗り込むわけにもいくまい」

肥田頼常は承知していた。

二百年前の南蛮型帆船であったとしても、長崎奉行所の手勢では異国の帆船一隻《せき》にも抗しきれないことを。

「お奉行、あの黒い船には必ずや狙《ねら》いがあります」

笹村は目付支配下と福岡藩の手を借りて南蛮型ガリオン帆船へ乗り込もうという企てを捨てきれないでいた。

オランダ商館長ドーフは、商館の和語通詞を通じて三人の会話を承知していた。ドーフが商館の通詞に何事か命じた。

「止めておいたほうがいい。われらは手を貸すことはできぬ」

と商館の通詞が肥田奉行に言った。

「この一件は幕府支配下のことである」

笹村が肥田を飛び越えて言った。

ドーフと肥田が同時になにか言い掛けたとき、オランダ小型帆船に小舟が横付けされてオランダ人商務官が乗り込んできた。そして、ドーフ商館長に何事か告げた。

ドーフが肥田に伝え、商務官和語通詞が肥田に訳した。

「お奉行、船名が分かりました」

「ほう」

「マードレ・デ・デウス号です」

「船名から国籍は分かりませぬか」

肥田の問いに商務官通詞がドーフの顔を見た。すると話が分かった風のドーフが首肯して推測を告げることを許した。

「やはり南蛮船、それもポルトガル船籍の船と思えます」

商務官は南蛮型の黒船の船尾に小舟で回り込んで船名を確かめたのだろう。その話を聞いたオランダ語通詞の秀島稲次郎がなにか言いかけ、口を開くのを止めた。

その代わり、ドーフ商館長が自分の和語通詞に長いこと話をした。その話に商務官も加わることがあった。

秀島は、オランダ人三人の素早いオランダ語の話が半分ほどしか分からなかったが、それでもおよその感じは摑《つか》めた。だが、この場は商務官の通訳の出番であると認めて、相手方の通詞に任せることにした。

「お奉行、マードレ・デ・デウス号とは、イエスの母親、聖母の意味です」

「なんときりしたんの聖母が船名か」

頷いた商務官通詞は、

「商館長は、『今やポルトガル船が長崎にくる理由も余力もない。二百年前のガリオン船はポルトガルの船名を名乗る別の国、いや、なんとも想像もつかない国の帆船かもしれぬ』というております。商務官が小舟から帆船を見たところ、一見二百年前の船のように見えますが、造船は近年のものではないかと推量できるそうです」

「ということは大砲も搭載していると考えたほうがよいか」

肥田奉行の問いにオランダ商務官の通詞が頷いた。

「笹村、伊王島の然《しか》るべき場所から観察することは許す。だが、マードレ・デ・デウス号に乗り込むことは許さぬ。よいな」

となにかと異人に対抗しようとする笹村に釘《くぎ》を刺した。

笹村は上気した顔で肥田を見ていたが、

「承知　仕《つかまつ》りました」

と応じた。

伊王島の海峡に停泊していたオランダ小型帆船から目付の笹村が下りて、肥田奉行とドーフ商館長ら一行を乗せた小型帆船は長崎へと戻り始めた。

その帰路、オランダ通詞の秀島稲次郎が奉行の肥田の耳元に小声で話し出した。

「お奉行もご存じのようにわが先祖は平戸組と呼ばれるオランダ語、ポルトガル語の通詞の家系にございます」

肥田はなぜそのようなことを、と訝しい表情で通詞を見ると尋ねた。

「それがどうしたな」

「長崎湾外で慶長十四年（一六〇九）に起こったポルトガル船焼打ち事件の船の名がマードレ・デ・デウス号にございます」

肥田奉行の表情が変わり、秀島通詞を険しく睨《にら》んだ。

二

総兵衛《そうべえ》一行が旅から戻ったのは筑波山の頂きから江戸の方向を眺めた三日後のことだった。最後の旅程をゆったりと取ったので富沢町には昼過ぎに戻りついていた。

総兵衛は、今や三か所に分れた大黒屋を表からざっと見たあと、光蔵《みつぞう》や信一郎から、春先に催される五回目の『古着大市』の仕度がほぼ終わり、秋に異国交易に出る交易船団のイマサカ号と大黒丸の二隻の出船の準備も予定通り進んで、駿府《すんぷ》江尻《えじり》の船隠しでは荷も揃って荷積みを待つばかりになっていると、報告を受けた。
深浦から江尻に荷積み場所を変えたのには二つの理由があった。
一つはイギリス国に深浦が知られていること
二つめは、江尻の船隠しの方が収容する荷倉も広く、二隻同時の積み下ろしができること
だった。

旅が無事に終わったことを仏間で先祖に合掌し感謝したあと、総兵衛は大番頭の光蔵、一番番頭の信一郎、おりんの三人を離れの地下、鳶沢《とびさわ》一族の「本丸」に呼び集めた。

だが、その前に旅から戻ったばかりの天松《てんまつ》を一人呼んで何事か伝え、命じた。心得た天松が大番頭の光蔵に総兵衛様の御用で参りますと断り、急ぎ外出をした。

それが八つ半（午後三時頃）の刻限だった。

離れ下の大広間に集うときは、総兵衛は一族の総帥《そうすい》鳶沢総兵衛勝臣《かつおみ》へと貌《かお》を

変えていた。旅から戻ったばかりの主《あるじ》が一族の主だった三人を初代鳶沢成元《なるもと》らの木像が並ぶ大広間に集めた理由はなんとなく、光蔵にも信一郎にもおりんにも察しがついていた。

「留守中、恙《つつが》なく事が進んだようでご苦労でしたな」

三人を労《ねぎら》う総兵衛の口調は未だ商人のそれだった。

「総兵衛様、八州を見て来られていかがにございましたか」

「大番頭さん、百聞は一見にしかず、やはりその土地の人びとに接し、駆け足ながら八州の空気を吸うことができたのは、大きな収穫でありましたし、今後の商いによい影響を与えようかと思います。その話は今後機会を見ておいおい聞いてもらいます。本日は別の用事です」

「総兵衛様、信一郎とおりんの新居の普請《ふしん》具合が気掛かりでございますか」

光蔵が次々に押し詰った行事に鑑《かんが》み、総兵衛の気持ちを察したように応じた。

「すぐにも新居は見せてもらいます。一番番頭さん、おりん、不足があるなれば隆五郎棟梁《りゅうごろうとうりょう》に今のうちに注文を出しなされ」

「総兵衛様、不足不満などあろうはずもございません。大黒屋の奉公人風情《ふぜい》の私どもが住むには立派過ぎる住まいにございます」

総兵衛は満足げな信一郎の顔を見て頷き返し、

「大黒屋の一番番頭さんが暮らす住まいというだけではありません。鳶沢一族の砦《とりで》の一つでもあります」

と言い返し、

「大番頭さん、落成はいつと考えればよろしいですかな」

「総兵衛様のお帰りまでになんとか目途《めど》をと棟梁の隆五郎、倅《せがれ》の来一郎《きいちろう》らが頑張って参りましたが、もうしばらく日数を要します。ですが、いつ完成してもよいように仕度は整えてございます。その披露ですが信一郎の要望もございまして大黒屋内々の祝いとして行うことでようございましょうか。一族の主だった者に、むろん坊城麻子《ぼうじょうあさこ》様、桜子《さくらこ》様をお呼びして催す予定にしております」

「相分かりました」

と答えた。光蔵はすでに総兵衛が旅の途次から春の『古着大市』の開催前に信一郎とおりんの祝言《しゅうげん》を上げさせる心積もりを固めたかと推測した。

「ならば棟梁に普請を急がせましょう」

と立ちかけた光蔵を総兵衛は止めた。

「光蔵どの、話はこれからじゃ」

総兵衛の口調と表情が変わり、信一郎とおりんを見て、

「信一郎、秋の交易船団の指揮はそなたが執り行うように」

といきなり命じた。

「はっ、畏《かしこ》まりました」

総兵衛の命《めい》に間を置くことなく腹心の信一郎が承った。

「交易船団の陣容一切をそなたに任せる。決まった段階で私に知らせてくれればそれでよい」

「烏滸《おこ》がましいことながらすでに腹案は成ってございます」

信一郎の返答に総兵衛が満足げに頷いた。

しばしその場に沈黙があった。そして、改めて総兵衛が口を開いた。

「春の『古着大市』が迫り、秋には二度目の交易船団が出立する。明日からは諸事、目白押しの忙しさとなろう」

総兵衛の言葉に三人三様に首肯した。その頷きの顔にはすでにおよその、

「仕度はできているとあった。

「信一郎、おりん、落成式の目途が立ったならば、目出度き日和《ひより》を選び、祝言を上げよ」

凛然《りんぜん》とした声が鳶沢一族の本丸に響いた。

信一郎とおりんは、そのことを予測していたように、顔を見合わせることもなく無言裡《むごんり》に承る表情を見せた。

幹部三人が大広間に呼ばれたときに予測されたことだった。

鳶沢一族の長からの言葉に逆らうことは叶《かな》わなかったが、もとより二人が祝言を上げ、所帯を持つことになんの異論もなかった。

そのとき、大広間の板戸の外に人の気配がした。

総兵衛は平然としていた。ゆえに三人も総兵衛の考えがあってのことと、そのことを気にすることはなかった。

「総兵衛様にお伺い致します」

総兵衛は光蔵を見た。

「祝言の仕度、私なりに心得てございます。されど一つだけ決めきれませぬ」

「仲人《なこうど》じゃな」

「はい。それもございますが信一郎の父親の仲蔵《なかぞう》さんを呼ぶことは無理でございましょうな」

「仲蔵を琉球から呼ぶのは無理であろうな」

と総兵衛が言い切った。

「ただし鳶沢村の安左衛門《やすざえもん》には、旅の途次より書状を書き送ってあるゆえ、早晩江戸へ姿を見せよう。交易船団が琉球に立ち寄った折、仲蔵ら琉球の家族の前で改めて祝言の披露をせよ。信一郎、それでよいな」

総兵衛のいささか先走った言葉に二人は、無言で頭を下げた。

「さて仲人の件じゃ。信一郎、おりん、注文があるか」

「おりんさんとそこまで話し合うたことはございません」

信一郎が答え、総兵衛がおりんを見た。

「総兵衛様、仲人は一族の翁媼《おきなおうな》が務めるのが習わしにございます、私どももそれが宜《よろ》しいかと存じます」

「大番頭の光蔵さんは独り者、安左衛門どのも女房のおつまを伴《ともの》うては江戸には参るまい」

おりんの言葉に総兵衛が答え、皆が返答に窮した。一族の者同士の祝言だ、一族外の者に仲人を願うわけにはいかなかった。

「さて困った」

と光蔵が洩らした。

「信一郎、なんぞ考えがあるのではないか」

「これは大黒屋の奉公人の祝言にございます。一族の主だった方々が出席されるのであれば、出席される方々全員が仲人役とは考えられませぬか」

「それも一案」

と総兵衛が答えた。

「大番頭どの、われらには表と裏の二つの顔があるが、鳶沢一族の者としての祝言、大黒屋一番番頭としての祝言は別々に行うことになるか」

と総兵衛が質《ただ》した。

「総兵衛様、九代目鳶沢勝典《かつのり》様の祝言はこの場において一族の長になるべき跡継ぎとして催し、大黒屋総兵衛としての披露を母屋《おもや》にて執り行いました。ですが、これは飽くまで一族の当主と跡継ぎの場合でございまして、信一郎、おりんは仕来《しきた》り通りに大黒屋の一番番頭が奥向きの女衆《おなごし》おりんを娶《めと》るかたちの、祝言一度でよろしいかと存じます」

「大黒屋の一番番頭としての祝言一度でよいというのか」

「はい」

「となれば仲人はやはりおったほうがよいのではないか」

信一郎とおりんに見合う仲人夫婦が大黒屋の周りには見当たらなかった。

総兵衛が以前から思案していたことを今一度頭の中で問い直す風を見せて切り出した。

「私の勝手な考えじゃが」

総兵衛の言葉に三人が総帥を見た。

「信一郎とおりんの仲人、この総兵衛が務めてはならぬか」

「畏《おそ》れ多いことにございます」

と信一郎がまず答え、光蔵が、

「そのことはさておき総兵衛様は未だ独り者にございます」

と言い足した。

「大番頭どの、この総兵衛、そなたと同じ立場には違いない。じゃが桜子様にお願い申し、総兵衛と桜子様が仲人を務めることではどうか」

その言葉に三人が黙り込んでそれぞれがその意味するところを考えた。つまり桜子を十代目総兵衛の嫁として公《おおやけ》に披露するといっていた。

沈黙が続いた。

最初に口を開いたのは信一郎だった。

「われら一族の者とは申せ、家来であり奉公人でございます。一族の長にそこまでして頂くのは途方もないことにございます」

「鳶沢一族の命運を握る交易船団の長を務める信一郎じゃぞ。桜子様と私では不足か」

「不足などとんでもないことでございます。ただ桜子様にまでさようなことがお願いできましょうか」

信一郎が困惑の体でおりんを見た。

「一番番頭さん、覚悟をなさいまし。すでに総兵衛様は桜子様のお答えをご承知でかように申されておられるのではございませぬか」

と、おりんが答えた。

「どうだな、大番頭どの」

総兵衛の問いに、ふうっ、と大きな吐息をした光蔵が、

「失礼を致しました」

と詫《わ》びて、

「光蔵、つくづく感服致しました。独り者の十代目鳶沢勝臣様、いえ表向きには大黒屋総兵衛様が一番番頭と奥向きの女衆の仲人を執り行う、それも一興ならば、花婿《はなむこ》花嫁より若い独り者の総兵衛様と坊城桜子様が仲人を務められる、これまた一興。だれがかようなことを思い付かれましょうか。信一郎、あとは桜子様の返答次第ですすぞ」

板戸が静かに開き、総兵衛らがそちらに視線を送った。

興味津々《しんしん》といった顔付きの坊城桜子が座していた。

桜子にとって初めて知る江戸鳶沢一族の秘密の本丸だった。むろん総兵衛の

許しがなければできないことだった。

「うちに異論はおへん。拙《つたな》いながら総兵衛様のお助けを借りてお二人の仲人務めさせてもらいとうおす」

「なんと」

大番頭の光蔵が面食らったという顔で桜子を、そして、総兵衛を見た。

「総兵衛様、私が根岸に参るまでもございませんでしたか」

「天松を使いに立てた」

総兵衛が答え、驚きから立ち直った表情のおりんが桜子のもとへ歩み寄り、

「ささっ、総兵衛様のかたわらへ参られませ」

と誘うと大広間の片隅に積んであった座布団《ざぶとん》を桜子のために運んできた。

「総兵衛様、ようお帰りやした。八州はどないどした」

「桜子様、そのことは改めてゆっくりとお話し申し上げます。ただ今、総兵衛が申したこと、ご容認頂けますか」

「うちは総兵衛様のお言葉ならば、どないなことでも致します。信一郎はんとおりんはんのお目出度い祝言のお手伝いや。うちでよければお役に立ちとうお

す」

桜子は天松に案内されて板戸の向こうで最前からの話を聞いていたのだ。その言葉に信一郎とおりんが頭を下げて感謝した。

光蔵は、総兵衛の深い読みに感嘆していた。

仕来りに反して独り者の総兵衛と坊城桜子の二人が、

「仲人」

を務めることは、鳶沢一族の十代目の嫁はすでに定まっていると公言することを意味した。総兵衛はそのことをも考えて自ら仲人役を引き受けようとしているのではないかと思ったのだ。

「総兵衛様、桜子様、私どもの仲人を快く引き受けて頂き、言葉もございませぬ。お二人のお気持ちに反せぬよう鳶沢一族の一員としてこれまで以上に奉公に相務めます」

信一郎の感謝の言葉で総兵衛と桜子が仲人を務めることが決まった。

「桜子様、新居落成の目途が立った折に二人の祝言を催します」

光蔵が桜子に伝え、

「母もうちもぜひお祝いに出席しとうおしたが、仲人の一人になるんやったら必ず祝言の場にいられますな」

と桜子が安堵《あんど》したように言った。

「総兵衛様は八州にありながら富沢町の動きをすべて見通しておられましたか。桜子様、本日は総兵衛様御一行が御無事で戻られた目出度き日、どうかうちにお泊りになりませぬか」

と光蔵が桜子に願った。

桜子は総兵衛の留守の間に幾晩か離れ屋に泊まっていた、ゆえに光蔵もいささか大胆な発言を口にしたのだ。

「刻限が刻限どす、その心づもりで参りました」

桜子の返答は鷹揚《おうよう》で素直だった。その上、話を展開させた。

「総兵衛様、秋の交易はどなたが長で参られますのんどすか」

「最前、一番番頭さんに命じました」

「やっぱり信一郎はんに決められたんや」

「上州を旅してつくづく足元を固めることが十代目大黒屋総兵衛のただ今為《な》す

べき務めと肌で感じました。ゆえにこたびの交易も信一郎に任せ、私は富沢町で留守居をさせて頂きます」

総兵衛の言葉にその場の四人が首肯し、

「うちも異国行きはお預けどすな」

と総兵衛の傍にいると告げた桜子が、

「総兵衛様、交易の副頭は決められましたんどすか」

と話を進めた。

「桜子様、交易の船団長を信一郎に任せた以上、陣容はすべて信一郎が決めることです」

「総兵衛様、一族の者でもないうちは、交易のことにまで首を突っ込むほど厚かましゅうおへんえ」

と桜子が不満げに言った。すると総兵衛が、
にやり
と笑い、

「桜子様のお考え、分かっております」

と応じるとおりんに向って、

「祝言の件に話を戻せと桜子様が願っておられる。おりん、秋までに仕度してほしいことがある」

「交易と祝言が関わりございますので」

「ある」

「どのようなことでございますので」

「夫婦は時により事情により、別れ別れに暮らすこともある。だが、出来るならばいっしょに暮らし、喜びも哀しみもともにするのが夫婦かと、この総兵衛は思う。とは申せ、この総兵衛、嫁がおらんで頭で考えたことに過ぎぬ」

「総兵衛様、うちには分かりますえ」

「ほう」

「雨の日も風の日も嵐《あらし》や雪の日さえいっしょに暮していくのが夫婦かと思うんどす。うちはこたびの旅の間、総兵衛様のことばかり考えておりましたよって」

桜子の言葉は飽くまで天真爛漫《てんしんらんまん》、素直な吐露だった。

「それにうち、父の顔をよう覚えておへん、それだけに母の哀しみや寂しさがよう分かりますんどす。出来ることなれば、うちは毎日夫婦が時をともに過ごすのが夢どす、願いどす」

桜子が言い切った。

桜子は坊城麻子と、老中にして大給《おぎゅう》松平家三河西尾藩主松平乗完《のりさだ》の間に生まれていた。

独り身を通した麻子は正室でも側室でもない。麻子と乗完は、二人だけの秘密の付き合いを守り通した。そのことを桜子は知っていた。それだけに夫婦がいっしょに時を過ごすことは桜子の夢であったのだ。

「おりん、これから申すこと鳶沢勝臣の言葉と思え」

総兵衛が口調を改めた。

「はい」

おりんが訝しげな顔で総兵衛に答えた。

「おりん、信一郎の女房としてまた交易船団の一員としてイマサカ号に乗り組め、それが総兵衛の命じゃ」

おりんも信一郎も、光蔵までもが、ぽかんとして言葉を失っていた。

「おりん、総兵衛の言葉が聞こえなかったか」

「私が船に乗り組んで異国に参るのでございますか」

「そう命じた」

「女が船に乗り組むのですか」

「おかしいか」

「夢にも考えたことがありませんでした」

おりんは、茫然《ぼうぜん》自失していた。

「おりんはん、うちは鳶沢村の沖までどしたがイマサカ号に乗りましたえ」

「は、はい」

と応じたおりんが、

「が、鳶沢村は異国ではございません」

と桜子に反論した。

総兵衛は黙って女たちの問答を聞いていた。

桜子も口を閉ざした。

「総兵衛様、ただ今のお言葉本気にございますか」

「冗談と聞いたか、大番頭どの」

「驚きました」

光蔵がどう考えてよいか分からぬといった表情で答えた。

一方、信一郎は気持ちを集中して総兵衛の命の意味を考えていた。

女が交易船団に乗り組むことに驚いたのではなく、嫁となる早々、おりんが一緒に異国行きを命じられたことに意表を突かれたのだ。

「異国の船には女子どもが乗り組むこともある。事実今坂一族は、イマサカ号で安南《アンナン》から妹のふくなどもともにこの地まで逃れてきた。和船は千石船であっても小さい、故《ゆえ》に乗り組む者は男ばかりだ。だが、唐人船などでは女たちが乗り組むことがままある。おりん、嫌か」

おりんは総兵衛の問いを吟味しているのかしばらく黙っていた。

「おりん、そなたに交易船団に乗り組めと命じたのは信一郎の嫁だからではない。女の目は男とは違う。なにが今後の異国交易に役立つか、そなたの目で異国を、異国の風習や物品を確かめてくるのだ」

総兵衛の言葉におりんは、ようやく得心したように頷いた。総兵衛は温情だけで命じているのではないのだ、計算があってのことだ。

「信一郎とそなたは近々祝言を致す、ゆえに夫婦として船団長の部屋にて暮すことになる。信一郎を信じてともに異国に行くか」

と言葉をいったん切り、

「おりん、船が、海が、異郷が怖いというなれば、命は撤回してもよい」

信一郎がおりんを見た。

おりんの顔付きが困惑の表情から変わっていた。

「総兵衛様、参ります」

おりんが敢然と答えていた。

「行くか」

「考え違いを致しておりました。鳶沢一族の頭領の命は絶対です。命を、死を捧《ささ》げることも一族の者の覚悟の前でした。それを忘れておりました。このような機会が得られたことを私は喜ばねばなりません」

信一郎が思わず安堵の笑みを洩らした。

総兵衛の話は終ってなかった。

「おりん、そなただけが交易船団に乗り組む女子《おなご》ではない。深浦にいるお香に相談して十人の女子を選べ。船の中でも女子の働き場所はいくらもある。それを統率するのがそなたなのだ。それが船団長の信一郎を助けることにもつながる」

おりんの顔が、ぱあっと明るくなった。

「おりん、総兵衛の意、得心したか」

「はい」

「人選は任すというたが、一人だけこの総兵衛が選んでよいか」

「総兵衛様は鳶沢一族の頭領にございます」

「砂村葉《よう》に異国を見せておきたい。あの娘、酷《むご》い経験をしてきたことから未だ完全に脱しきれてはおらぬ。船に乗り組み、異国を見たら変わるような気が致す」

一同は総兵衛の人を思いやる情にうたれていた。

砂村葉は、陰陽師賀茂火睡《おんみょうじかもかすい》らの下で人身御供《ごくう》の恐怖と恥辱を味わってきたのだ。未だその体験を引きずっていた。

「承知致しました」

おりんがいつもの快活な口調で応じた。

「信一郎、総兵衛の命はむごいか」

にっこりと笑った信一郎が、

「来年深浦に戻った折までその返答お待ち下され」

と答えた。

「総兵衛様が異国に参られるとき、桜子はなにがなんでもご一緒しますえ」

「桜子様、それが前々からの約定でしたな、総兵衛、忘れたことはございませんん」

と総兵衛が笑って答えた。

三

桜子と総兵衛の二人だけが、来一郎が工夫し、棟梁の隆五郎が知恵を貸した異人式の書院に初めて入った。

元来離れ屋の納戸《なんど》であった場所だ。そこが全く別の空間に変じていた。西南に向って二つの広い窓があり、障子が嵌《は》め込まれていた。ゆえに外からの光が柔らかく書院の内部を照らしていた。

異人の使う書き物机と革張りの椅子《いす》が窓寄りに置かれ、異国のランタンに似せて作った照明具が机の上に天井からぶら下がっていた。

こちらも和紙を使ったもので灯りが優しく机上に散るような工夫がなされていた。壁の一面には書棚が造られ、イマサカ号の総兵衛の船室にあった書物やぎやまんの飾り物がいくつか置かれていた。さらに机上にはぎやまんのインク壺《つぼ》とぎやまんのペン、羽ペンが置かれ、いつでも異人の言葉で書状などが認《したた》められる仕度が整っていた。

また硯《すずり》や筆、墨、水差しなども用意されており、相手によって二様の筆記用具が使い分けられるようになっていた。

もう一脚小ぶりの椅子《いす》があった。

さらに仕事の合間に仮眠がとれるように簡易な寝台まで設けられていた。イマサカ号で見た工夫を参考にしたものであろう。

なんとも居心地がよい空間であった。

総二階漆喰造りの店、蔵、母屋、奉公人の居室などが口の字型にあり、さらに樹木と庭石が巧みに配された庭のために離れ屋は表からは全く見えなかった。異空間の中の異空間ともいうべき小さな書院であった。

「総兵衛様、お座りにならはったらどうどす」

桜子が勧めた。

総兵衛は、イマサカ号で使っていた書物机と椅子が、ぴったりと江戸の一角にある大黒屋の離れ屋に収まったことに感激を覚えながら、静かに椅子に腰を下ろした。

障子を通した光がなんとも目に優しい。

桜子が腰高の障子を開いた。

すると南と西側の庭の緑、総二階の母屋兼店の屋根の上に青空が広がり、白雲が一片浮かんでいるのが見えた。

総兵衛が机から目にする常緑樹の緑は椿《つばき》だ。

「ふっふっふふ、なんとも座り心地がようございます」

と総兵衛が思わず満足の笑いを洩らした。

引き出しを開けるとこれまた深浦から持ってきた洋紙の束、封筒、封をする蠟《ろう》や印判がきちんと整理されて入っていた。

「総兵衛様、桜子に異人の字を認めるところを見せておくれやす」

と傍らの椅子に座った桜子が願った。

「うち、未《ま》だ異国の字が書かれるところを見たことがおへんのどす」

桜子の言葉にインク壺の蓋《ふた》を開き、洋紙を引出しから革張りの机上に出した総兵衛がぎやまんのペンを手にしてしばらく思案に落ちた。そして、視線を上げて桜子を見た。

「どのような文字を書きましょうか」

「うちには判断つきまへん、総兵衛様の胸に浮かんだ文字で文を書いていただきとうおす」

桜子の注文に頷《うなず》いた総兵衛がぎやまんのペンの先をインクに浸すと洋紙の左上から横へと短い文字を一行だけ書いた。

さらに行を変えた総兵衛のペンが紙上をすべるように走り出し、桜子の目にも美しい文字が連なるように流れていった。

その動きはこれまで筆と墨で巻紙に認めていた総兵衛の不満から一気に解き放たれたようで、あっ、という間に一枚の紙に見事な文字が連なり流れる文が書き上がった。

しばしペンを止めた総兵衛が文面を読み返した。

桜子はその横顔を見惚《みと》れるように眺めていた。

「総兵衛様のお国の文字どすか」

「いえ、安南の文字ではございません。わが故郷の越南は和人が唐人と呼ぶ漢民族との関わりがございました。ゆえに和国と同じように筆で漢文を認める老人たちもおります。ですが、桜子様が異人の文字と注文を付けられましたゆえ、古《いにしえ》から越南と深い交易を続けてきたフランス国の文字で認めてみました」

桜子が改めて文面に視線を落として、

「フランス文字でなんと書かれはりましたんどすか」

と尋ねた。

「桜子様、それは桜子様がフランス語を読み書きできるようになるまでのお楽しみにしてくだされ」

「えっ、この書は桜子に宛《あ》てられたものどすか」

「はい」

総兵衛がぎやまんのペンをペン皿に戻し、桜子を見て返事をした。

「総兵衛様、ずるうおす。うちが異人の言葉を読み書きできんよって、好き勝手にお書きになりはったんと違いますのんえ」

桜子は総兵衛の態度に文句をつけた。

「この総兵衛、桜子様に嘘《うそ》は決して申しません」

再び桜子は総兵衛が書いた文面に視線を落とし、未だ濡《ぬ》れた美しい筆跡に見とれて思わず呟《つぶや》いた。

「通詞していただきとうおす」

桜子の願いにこんどは総兵衛が困惑の表情を見せた。

「総兵衛の胸の内が認められております」

「それやったらなおのこと教えていただきとうおす」

縋《すが》るような眼差しで桜子が再三乞《こ》うた。

総兵衛がしばし黙考し、

「書き出しの数行を読ませてもらいます。あとは桜子様が異人の言葉を学ばれ、総兵衛が正直な気持ちを綴《つづ》ったかどうかを自ら確かめて下され」

「総兵衛様、必ず異人の言葉を習いますえ」

桜子がそういうと総兵衛に通詞するように眼差しで迫った。

総兵衛は祖伝夢想流の基本の動きの前に息を鎮《しず》めて気持ちを集中するような顔付きを見せた後、穏やかな表情に切り替えて、

「麗《うるわ》しき桜子様へ」

と読んだ。

「えっ、これは」

と驚いた桜子の声に総兵衛の声が重なった。

「桜子様との出会いの瞬間《とき》より総兵衛の胸の中を桜子様が支配しております。総兵衛が遠い安南の地からイマサカ号でこの地に逃れてきて以来、これほど身が震えたことはございません……」

「総兵衛様、恋文みたいやおへんか」

「恋文です、桜子様」

総兵衛の決然とした短い返答に桜子の両眼が潤《うる》んだ。

総兵衛は思わず桜子の体を両腕に抱き、引き寄せていた。

「嘘と違いますん」

総兵衛の顔の下から桜子の問いがした。

「最前も申しました。桜子様に虚言《そらごと》など申しません」

桜子は総兵衛の胸にじっと押しつけていた顔を離すと総兵衛の目を見詰めた。

「桜子も同じ気持ちどした、嘘やおへんえ」

二人は黙って見詰めあっていたが、椅子から立ち上がった総兵衛の手が桜子の頬にかかり、優しく引き寄せた。

桜子もその行為を拒むことなく素直に口付けに応じた。

二人の体がぴたりと寄り添い、全身を熱い想《おも》いが走り抜けた。

爽《さわ》やかな香りが総兵衛の五感を捉えた。

長い時、二人は唇を軽く付け合っていた。

どれほどの時が流れたか。

外廊下に足音がした。

総兵衛は桜子から名残惜しそうに離れると、椅子に戻った。文を四つに折り畳み、封筒に入れて蠟で封印をし、総兵衛の印判を押した。そして、桜子の手に渡した。

「これまで和書の文は幾たびか旅先から頂戴《ちょうだい》致しましたんどすが、これは桜子にとって生涯の宝物になりますえ、おおきにありがとうございます」

桜子が上気した顔で言った。

「総兵衛様、よろしゅうございますか」

声の主は光蔵だった。

「入りなされ」

落ち着いた声で総兵衛が大番頭の入室を許した。桃花心木《マホガニー》で造られた扉が開かれ、光蔵が書院を一目見て、

「ほう、異人さんの座敷はこんな風ですか」

と感嘆の声を上げた。

「来一郎はよう工夫をしてくれました。なんとも居心地のよい総兵衛の隠れ家

になりました」

「あら、総兵衛様の隠れ家どすか。うちは入ってはいけまへんか」

「桜子様のお願い、どうしましょうな、大番頭さん」

「夫婦は常に傍らにあれと異国交易まで共に行くようにおりんに命じられましたのは総兵衛様にございますぞ」

「うちも聞いておりましたえ」

「なにやら隠れ家が隠れ家ではなくなりましたな。致し方ございません、私がいるときに入室することを許します」

総兵衛の言葉に桜子がにっこりと笑った。

「総兵衛様、桜子様、皆が新居の普請《ふしん》具合を総兵衛様に見ておいてほしいと願っております」

光蔵が来室の用件を述べた。

総兵衛が頷き、桜子に、

「この部屋の飾りつけを桜子様にお願い致しましょうか」

「えっ、うちにどすか、嬉《うれ》しおす。総兵衛様、何かご注文がございますやろか」

「簡素にして下され」

総兵衛の注文は一言だった。

納戸部屋を書院に改装した来一郎は、茶室と洋式の書院が対《つい》になるように考え、また茶室の簡素さとイマサカ号の整理された佇《たたず》まいを参考にして、総兵衛好みに合わせた書院、いや、小さな書斎を造ったのだ。

机に二脚の椅子、簡易寝台、それに照明具、筆記具しかなかった。本棚は、がらんと空いていた。

「一枚、絵が欲しゅうございます」

「故郷安南の絵どすな」

「はい」

「ならば近々深浦にどのような絵があるか、見に行って参りますえ」

「その折は総兵衛が供をします」

桜子が総兵衛の言葉に頷き、障子戸を閉めた。

そのとき参次郎が緊張した面持ちでやってきて、

「百造さんから知らせです」

と小さくたたまれた紙を手渡した。

総兵衛は一読して、

「死の舞い」

とつぶやいた。

参次郎が下がり、総兵衛は、光蔵と桜子に、

「長崎で、古い南蛮船が停泊し、船上で『死の舞い』と呼ばれる舞いを踊る正体不明の集団が出たそうな」

とだけ説明した。

古着屋の情報網は長崎の異変を旬日で江戸にもたらす。荷担《にかつ》ぎの百造は、甲府で得た情報をいちはやく総兵衛に知らせたのだった。

総兵衛ら三人は離れの書斎から母屋に向かった。

大黒屋の母屋と新居を結ぶ地下の隠し通路の出入り口は台所の納戸部屋にあった。

信一郎とおりんの新居に一番近い大黒屋の建物部分は、大勢の奉公人を賄《まかな》う大きな台所であった。ために石工の魚吉《うおきち》らは掘り抜いた地下通路の出入り口を、当座の米味噌《みそ》などを貯蔵する台所の納戸の横手に設けた。そこには二階に向かう裏階段があって、奉公人とて出入りを簡単に目にすることは叶《かな》わなかった。

廊下から階段下の戸を開くと階段があって灯りが灯《とも》されていた。

「桜子様、お手を」

総兵衛が桜子に手を差し出し、幅半間（約九〇センチ）の階段を下りた。

すると石組みと松材の丸太で造られた地下道が、旧伊勢屋の敷地の一角に建てられている新居へ伸びていた。

「総兵衛様、言いそびれておりましたが新居の上棟式はすでに済んでおります」

光蔵の声が背後からし、

「私どもの八州探訪が思いの他長引きましたからな」

と総兵衛が答えて、

「上棟式とは新居が出来上がったということではありませんな」

「いかにもさようでございます」

光蔵は、異国生まれの総兵衛に、木造建築の屋根の骨組みの頂部に使われる棟木を上げる折に、大工らが神を祀《まつ》って新しい家の安全を願う儀式だと説明した。

「総兵衛様方のお帰りを待っておればそれだけ新居の落成が先延ばしになります。ゆえに私と信一郎の判断で棟上げの儀式は執り行いました」

「よき判断かと思います」

と総兵衛が答え、

「新居の落成はいつと考えればよいですか」

「隆五郎親方は、なんとしても春の『古着大市』前には完成させたいと大工や左官を大勢入れて普請を急がせております。この春は按配《あんばい》よく雨もあまり降りませぬゆえ壁塗りもよう乾いておりますそうな。私の勘では、『古着大市』の数日前には落成致しましょう」

「では、落成式の翌日に信一郎とおりんの祝言《しゅうげん》を執り行いましょうか」

地下道の中で総兵衛と光蔵は、祝言の日取りを決めた。

「総兵衛様、大番頭はん、祝い事を暗い地下道で話し合うのんはおかしゅうおすえ」

桜子が文句を付けた。

「おお、それもそうでしたな。つい上棟式が済んだ話を私がしたばっかりに、話が逸《そ》れてしまいました」

光蔵が詫《わ》びて総兵衛が桜子の手を引き、大黒屋で一番新しい地下道を進んだ。すると途中から大勢の職人らの声や物音がしてきた。

地下道の先に一間（約一・八メートル）四方の空間があって、そこから幅二尺五寸（約七六センチ）ほどの階《きざはし》が緩やかに伸びていた。

外の光が零《こぼ》れるはずの普請場は暗かった。

「総兵衛様、信一郎宅の出口は台所の一角にある納戸部屋にございまして、この階を上がるとそちらに出ます。むろんこの納戸は隆五郎棟梁《とうりょう》、倅《せがれ》の来一郎、それに信頼のできる大工三人で仕上げさせました。他の職人たちには一切手を付けさせてはおりませぬ」

信一郎とおりんの新居は、旧伊勢屋の敷地三百余坪の内の五十坪を用い、その敷地内に銀杏《いちょう》の大樹と稲荷《いなり》社が接していた。その敷地を今坂一族の石工の魚吉が二尺ほど嵩上《かさあ》げする石組みをし、地下道を掘った土で石垣の中に盛り土したのだ。

階を光蔵が先に上がり、隠し小窓から台所を覗《のぞ》いて、総兵衛と桜子に合図をした。納戸から三人が出たところは台所の板の間だった。その板の間に信一郎と隆五郎がいた。

職人衆は外回りや屋根葺《ふ》きをしている様子で、総兵衛の目にもすでに八分通り新居の普請は進んでいるように思えた。

「総兵衛様、お帰りなさいまし」

隆五郎棟梁が総兵衛に挨拶《あいさつ》した。

「長々と留守をしまして棟梁に迷惑をかけましたな」

「とんでもないことでございます。最前も一番番頭さんに落成はいつかと聞かれていたところでございますよ」

「棟梁、その話は普請具合を見物させてもらったあとに致しましょうかな」

「へえ、ご案内申します」

隆五郎棟梁の言葉に信一郎が、

「私は店に戻っております」

とこの場を光蔵と隆五郎に任せて急ぎ店へと戻っていった。

大番頭と一番番頭が二人して店を留守にするのは、宜《よろ》しくないと信一郎は判断したのだ。

総兵衛らは台所から玄関と玄関座敷の三畳、それに厠《かわや》などで大勢の大工らがせっせと働く様子を見た。その指揮を来一郎が棟梁の父親に代わって取っていた。来一郎が総兵衛に気付き、黙礼した。

「来一郎、よき書院に仕立ててくれましたな、礼を申します」

「親父《おやじ》と私でやらせて頂きました。ご不満があればなんでも言うて下され」

「いえ、何もありません。それよりただ今は信一郎の新居普請に専念して下され」

と願った総兵衛らは、南東に向って設けられた三尺の縁側から普請場を見て回った。

新居の主たる空間は居間と寝間の、八畳間二つだ。縁側に接した一つには床の間があり、奥の寝間には板戸のついた布団《ふとん》入れがあった。

「子どもが出来ると手狭でしょうかな」

「総兵衛様、江戸の町人の大半は九尺二間《くしゃくにけん》の長屋住まいにございますぞ。八畳間二つに玄関座敷三畳、台所の広い板の間、これ以上は贅沢《ぜいたく》というものです」

信一郎の代弁をするように光蔵が答えた。

「棟梁、あとは建具や畳が入れば完成ではございませんかな」

「大番頭さん、そう簡単にはいきませんや。壁の乾き具合もございます。あと二十日だけ待って下さいまし」

と願った。

「二十日とな、となれば春の『古着大市』前に新居がなんとか建て終わり、信一郎とおりんの祝言が執り行えますすな」

と思わず隆五郎の前で洩《も》らした。

「おや、最前一番番頭さんが見えられましたが、なにもそのようなことは」

「つい口を滑らせました。旅から戻られた総兵衛様がつい先ほど命じられたことです。しばらく棟梁の耳に止めておいて下されよ」

と光蔵が釘《くぎ》を刺した。

「承知しました」

と受けた隆五郎が、

「それで珍しく一番番頭さんが落成はいつかと尋ねられたのでございますな」

「棟梁、二人には長いこと想いを遂げることを待たせてきました。少しでも早く夫婦にさせてやりたいと思います」

総兵衛が応じた。

普請場には大勢の職人が働いていたが、総兵衛らの話に耳を傾ける者など一人としていなかった。職人が一瞬でも手ぬきをしたり、気を散らしたりしたならば隆五郎の怒声が飛んだし、来一郎も睨《にら》みを利《き》かせていた。

「総兵衛様、やはり信一郎さんが秋には出かけられますか」

「棟梁、そのこともそなたの胸に仕舞っておいて下され」

と光蔵が険しい口調で言った。

「また余計なことを口走りましたか。いえ、総兵衛様のご意向を伺った上で、必要なればいま一度来一郎や職人どもの尻《しり》を叩《たた》いて一日でも早く仕上げてみせます、というつもりでした」

隆五郎が弁明した。

「総兵衛様、よいお家になりますえ。おりんはんはお幸せな人どす」

と桜子がいささか羨《うらや》ましげな声で言った。

「棟梁方の邪魔をしてもなりませぬ。私どもはそろそろ退散致しましょうかな」

総兵衛の言葉に桜子と光蔵が玄関へと戻った。するとそこに三人の履物が揃《そろ》えられてあった。

職人たちが黙々と仕事をする中、表に出ると二尺の高さの石垣の上に椿の植え込みがすでにあって江戸風の四つ目垣が設けられていた。旧伊勢屋の敷地の一角の新居は一番番頭夫婦の新居であると同時に鳶沢一族の「砦《とりで》」の役目を果たしていた。

その砦に無闇《むやみ》に人が入り込まぬための仕切りが必要だったが、石垣で嵩上げしたことと植え込みの椿と四つ目垣ではっきりとした、

「結界」

ができたことになる。これで『古着大市』の折、大勢の人が空地の露店に立

ち寄っても信一郎らの新居に入ってしまうことはあるまいと思われた。

「立派に出来ましたな。足りぬのは湯殿くらいですか」

「総兵衛様、店裏には主《あるじ》用と奉公人用の大風呂場《ふろば》がございます。おりんも店の大風呂の方が気は楽だと申しておりました」

光蔵の言葉で新居見物は済んだが、この長い一日はまだまだ終わってはいなかった。

四

総兵衛一行が八州探訪から無事に戻った祝いが母屋《おもや》の座敷を連ねた場に設けられ、大黒屋の二番番頭以下の奉公人が膳《ぜん》を並べ、夕餉《ゆうげ》を摂《と》ることになった。いつもの夕餉と違うのは、大番頭光蔵の判断で酒が許されて、手代の晃三郎《こうざぶろう》ら酒好きは舌なめずりしていたことだ。

その隣に座った九輔に忠吉《ちゅうきち》が、

「手代の九輔さん、一回り体が大きくなった甲斐《かい》、信玄、さくらの散歩に最前付き合いましたが、この忠吉を三頭ともよう覚えておりましたよ」

と嬉しそうに報告した。
「見ておりました。天松は別にしておまえ、さくらに引きずられて歩いており
ましたな。後ろから見ると、どちらが飼い主か犬か分からぬほどなんとも無様
な恰好《かっこう》でした」
「えっ、そんなことはありませんよ」
「違いますか」
　忠吉がしばし考え、ううん、と唸《うな》った。
「どうしました」
「そういえば信玄と甲斐め、久しぶりに会った私の顔を乱暴に舐《な》めまわし、ぷ
いと横を向いたままでした」
「まだ三頭に信用されておりませんな、小僧さん」
「九輔さん、どうすればよろしいので」
「最初からやり直しです。三頭の世話を心を込めてするしかありません。まだ
まだ信玄らの体は大きくなります。甘やかすだけではなくだれが主人か時に厳
しく躾《しつ》けるのです」

「躾けるだって、出来るかな」

忠吉が首を捻《ひね》った。

そこへ総兵衛が姿を見せ、鳶沢一族の奉公人一同の顔に緊張と喜びが走った。

総兵衛の傍らには大番頭の光蔵、一番番頭の信一郎らが従っていた。

「総兵衛様、無事のお帰りお目出とうございます」

二番番頭の参次郎が音頭をとって、残りの奉公人が和した。

「富沢町を長いこと留守に致しました。皆さんには迷惑を掛けましたが、そのお蔭《かげ》で少しだけですが江戸の後背地八州のただ今を知ることが出来ました。旅の細かい様子は手代の天松から聞いて下され。私からは大黒屋の商いとして八州に今後付き合いが出来ましょう、とだけ申し述べておきます」

と挨拶し、総兵衛はその場からあっさりと引き上げた。一族の者たちに気ままに飲み食いさせるためだ。

総兵衛らには離れに席が設けてあった。

膳を前にしたのは総兵衛、光蔵、信一郎、おりんに坊城桜子の五人だ。

母屋からは賑《にぎ》やかな夕餉の気配が伝わってきた。

「総兵衛様、話があと先になりましたが、この間の大黒屋の商いに大きな差しさわりはございませんでした」

と総兵衛の留守をまかされた光蔵が夕餉の膳を前に報告した。

「むろん細かいことは諸々《もろもろ》ございましたが、概《おおむ》ね大きな差しさわりはなかったろうと存じます」

言葉を重ねた光蔵が信一郎を見たが、信一郎は無言で首肯したのみだった。

「昼間、外からざっと見た瞬間に富沢町と店の様子に変わりがないことは察せられ、安心しました」

と答えた総兵衛の器に桜子が、

「総兵衛様、うちにお酌させておくれやす」

とちろりで燗《かん》を付けられた酒を注いだ。

「恐縮です」

五人がそれぞれ盃《さかずき》を上げ、

「無事のお帰り祝着至極にございました」

と光蔵が改めて総兵衛らの旅が恙《つつが》なく終わったことを賀し、一同が盃を干した。

　ややあって光蔵が、

「陰吉《かげよし》さんが総兵衛様の隠れ供をしていたとは気が付きませんでした」

　と言い足した。

　光蔵は、北郷《きたごう》陰吉が総兵衛の命で密《ひそ》かに別行したと考えているようだった。

　総兵衛は、その考えを訂正しなかった。

　薩摩《さつま》からの転びものの陰吉は鳶沢一族の密偵として勝手に行動することが許されるべきと、元々総兵衛は思っていたからだ。こたびの行動も結果的に総兵衛の供として天松と忠吉の若さの欠点を補うことになった、と総兵衛は考えていた。

　光蔵の言葉に頷いた総兵衛が酒を口に含み、

「富沢町で頂くお酒は格別です」

　と美味《おい》しそうに飲み干した。するとこんどはおりんが主の盃を満たした。

「両手に花ですか。その花の一輪はどなたかに手折られることになった」

「そのことを決められたのは総兵衛様です」

「不満ですか、おりん」

おりんが首を横に振り、珍しく恥じらいの笑みを浮かべた。

総兵衛は酒をゆっくりと呑みながら、旅の様子を腹心の三人と桜子に語り聞かせた。

「なんと浅草弾左衛門《だんざえもん》の旦那《だんな》が総兵衛様に口利き状を渡されておりましたか」

「八州を支配するのは当然ご公儀です。ですが、それは表面、影で支えておられるのは弾左衛門様方というのが、旅を通してよう分かりました」

気のおけない酒の席だ。

総兵衛は思いつくまま四人の旅の様子を話した。

「総兵衛様、うち、京におるとき、上州は養蚕や絹織物が盛んと聞いておりました。やはり江戸の三井越後屋さん方が出店を持つほどに盛んどしたか」

「物によっては今後うちの交易の品に加えてようございましょう。秋の交易船に見本として乗せるように手配してきました。光蔵、信一郎、そなたらが絹布の質を検査して交易品に加えられるかどうかの最後の判断をして下され」

総兵衛は桜子の問いに応《こた》えず商いに話を振ってしまったことに気づいて、

「おお、桜子様、夕餉の席で商いの話を持ち出し、野暮にございましたな。お許し下さい」

と詫びた。

「うち、総兵衛様の肩に掛かるものがあれこれあって、ご負担が重いことを重々承知しておりますんどす。どんなお話でも聞かせてもろうた方がうちは安心できますえ」

ほんのりと桜色に頬を染めた桜子が総兵衛に応じた。

「うち、おりんはんと女同士で話をしましたえ」

「祝言のことですか」

「それもあります。おりんはんは信一郎はんとの祝言はなにも案じておられまへん。信一郎はんに従うだけやと言うておられました。おられましたけど、異国への旅は、不安やそうどす、当然のことやとうちも思います」

おりんの気持ちを代弁するように桜子が言った。

「総兵衛様、お許し下さい。桜子様に愚痴めいたことを申し上げてしまいました」

おりんが総兵衛に詫びた。

「おりん、初めての異国です。私どもがイマサカ号で安南から六代目総兵衛様の故国に向った折も、海を知り、異人と付き合ってきた私たちでさえ、胸に不安がどっかりとありました。おりんの不安は当然です」

総兵衛の言葉におりんが畏《かしこ》まって頷いた。

「じゃがな、おりん、傍らには常に信一郎がおることを忘れておらぬか。交易船団の陣容を整える信一郎と相談しながらまずは女衆《おなごし》十人ほどを選ぶことから始めなされ」

総兵衛の改めての言葉に信一郎とおりんの二人が頷き、

「総兵衛様、その一件で近々深浦に参り、イマサカ号の具円《ぐえん》船長《かぴたん》、大黒丸の幸《こう》地《ち》達高《たっこう》新船長と打ち合わせをしてきてはなりませぬか」

と信一郎が願った。

「ならばおりんを伴い、お香と相談して女衆の人選もしてきなされ」

総兵衛が答え、光蔵が応じた。

「『古着大市』の目途は立っております。深浦行きは早いほうがようございましょう」

　光蔵はさらに、

「総兵衛様、御典医加納玄伯《かのうげんぱく》先生のご長男で蘭方医の加納恭一郎さんがイマサカ号の診療室の出来上がりを見たいと願っておられます。この際、恭一郎先生をお連れしたらと思います」

　と言った。

「ならば明日にも加納家にその旨《むね》を告げて、早いうちに深浦行きを決めなされ」

　総兵衛が命じた。

　この夜はそのあとも『古着大市』や交易のことなどを語り合いながら楽しい一刻《いっとき》が過ぎていった。

　母屋の夕餉が終わったらしく片付けの気配が庭越しに伝わってきた。

　茶と甘いものが供され、離れの打ち合わせを兼ねた夕餉も終わった。

　おりんが女衆を従えて膳を母屋へと運んでいった。するとさっと桜子が袖《そで》を帯にたくし込んで手伝いに加わろうとした。

「桜子様はお客人です、私どもにお任せ下さい」

とおりんが断ったが桜子は、

「京の奉公は江戸よりも厳しゅうおすえ。うちも他の奉公人はんといっしょに下働きからしましたえ。おりんはん、慣れております、手伝いさせておくれやす」

中納言《ちゅうなごん》家の血筋の桜子が膳を両手に抱えた。

そんな様子を光蔵が満足げに見ていた。

離れ屋に光蔵、信一郎と総兵衛の三人の男だけが残った。

「総兵衛様、隆五郎、来一郎の父子から相談がございました」

信一郎が言い出したのは、そのときだ。

「新居の普請になんぞ差し障りが生じましたか」

「いえ、そうではございません。屋根の上に火の見やぐらを兼ねた天水桶《おけ》を載せるようにしてはなりませぬかとの相談でした。そのことを計算して柱も棟もしっかりと造ってあるそうです」

「火の見やぐらを兼ねた天水桶を屋根に置きますか。火事の場合には素早く対応ができますな」

木造家屋が密集する江戸の町は火事が多い。

公儀では、町家にも瓦屋根《かわらやね》を勧めていたが、裏長屋などでは板屋根が多かった。出火すると板屋根、材木造りの家はひとたまりもない。そこで町家のあちらこちらに天水桶があった。

大店《おおだな》などでは瓦屋根にしたうえで天水桶を屋根に設けるところも見受けられた。しかし火の見やぐらは珍しい。

総兵衛がしばし思案し、

「天水桶は防火のためだけではありますまい」

と言い出した。

「おや、総兵衛様、天水桶に他の使い道がございますか」

光蔵が総兵衛を見た。

「新栄橋の隠し窓の伝があるではありませんか。一見天水桶と見せて、信一郎の新居の屋根の上に火の見やぐらの望楼を設けて、弩《ど》などを放つ砦を造り込む」

総兵衛の言葉に信一郎が大きく頷いた。

「来一郎さんは深浦のイマサカ号を見て、砲門や銃眼から考えを得たそうです。私どもの住まいは平屋です。そこで火の見やぐらと頑丈な天水桶を屋根に造り込んで、非常の際は、天水桶の水を抜き、弩を放つ砦として使いたいと来一郎さんから相談を受けました。このこと、いかがにございましょうか」

　信一郎が総兵衛に問うた。

「一番番頭さん、来一郎はすでに火の見やぐらと天水桶を普請場の他で造っておるのではありませんか」

「総兵衛様のお許しもなく余計なことでございましたか」

「いや、大黒屋の母屋から通ずる地下道を設ける工夫をした新居です。万が一の場合に母屋を守る砦の役目を果たすのは当然なことです。来一郎のこと、すでに新居の一部に隠し梯子《ばしご》など造り込んで、屋根上の天水桶に這《は》い上がる工夫を考えておるのでしょう。いや、すでにその細工は八分どおり成っているのではありませんか」

　はい、と信一郎が頷いた。

「ふっふっふ」

　と総兵衛が満足げに笑い、

「来一郎は、早鳶沢一族に溶け込みましたな」

と言ったものだ。

その夜、桜子は離れ屋の一室におりんと布団を並べて泊まった。

総兵衛は起きていた。

来一郎が普請した書斎にランタンを灯して旅日誌をぎやまんのペンで筆記していたのだ。

深夜九つ半（午前一時）の頃合いか。

甲斐、信玄、さくらの大黒屋の飼い犬たちが低い声で唸り始めた。

だが、総兵衛は椅子《いす》から立ち上がることなく日誌を認《したた》め続けていた。

時が四半刻（三十分）ほど過ぎた。

「総兵衛様」

離れ屋の廊下の外から猫の九輔の声がして、

「いささか不審な気配が致します」

「何者です」

「それが奇妙な雰囲気が漂うばかりで姿はありませぬ。すでに一番番頭さんの命で一族の者が各所に散って応戦の仕度はなっております」

「相手が姿を見せた折に声をかけて下され。私も見物に参りましょう」

総兵衛はそう答え、旅の最中に走り書きした記録をもとに旅日誌を認め続けた。

更に四半刻ほど過ぎて、

「総兵衛様、お出張りを」

と早走りの田之助の声が廊下からした。手には弩を携えていた。

「うむ」

ジャワ更紗《サラサ》の打掛けを羽織った総兵衛は、離れから地下の大広間に下りようとした。

甲斐、信玄、さくらの三頭は唸り声から吠え声に変わっていた。

「総兵衛様」

寝衣から戦仕度に代えたおりんが総兵衛の指示を待った。

「おりん、桜子様の傍らにおれ」

と命じた総兵衛は隠し階段から地下の大廊下に下り、船隠しの縁を回って新栄橋の通路に出た。するとそこには隠し窓から入堀を覗く信一郎、四番番頭の重吉《じゅうきち》らがいた。

「何者か」

「正体が摑《つか》めませぬ」

信一郎が総兵衛に覗き窓を譲った。

入堀に短艇が三艘《そう》見えた。短艇にはそれぞれ二人ずつ夜目に浮かぶ薄物の白衣を着て色鮮やかな仮面をかぶった者たちが乗っていた。その一人は腹前に小太鼓をかけていた。もう一人は横笛を、最後の一人は弦楽器をそれぞれ携えていた。

「あやつら、三艘の短艇をあの者たちだけで操船してきたわけではあるまい」

「一艘に十数人が乗り込み、櫂《かい》を揃えて大川から入堀に上がってきました」

と信一郎が報告した。

ということは三十余人の者たちが河岸道《かしみち》に上がっていることになる。

総兵衛は楽師を揃えた者たちが欧州のどこぞの国の者かと推量した。

「信一郎、久松町出店の二階より覗いてみる。そなたは戦に備えて富沢町店の指揮をとれ」

　と命じた総兵衛が信一郎を呼び止め、

「あやつどもがいきなりうちに攻めかかるとは考えられぬ。慎重に相手方の動きを見ようか」

　忠告すると総兵衛は久松町出店の二階に急いだ。

　久松町出店の二階には、こちらの店の長を務める二番番頭の参次郎や柘植《つげ》衆から鳶沢一族に加わった新羅《しらぎ》三郎らが奉公人として寝泊りしていた。

　すでに戦仕度で、来一郎が工夫した隠し小窓から新栄橋越しに大黒屋を見ていた。

「総兵衛様、百造さんの知らせにあった、長崎に現れた連中やもしれませんね」

　参次郎の手には南蛮渡りの遠眼鏡があった。

　総兵衛は隠し窓に顔を付けた。

　大黒屋の総二階黒漆喰の大戸が下ろされた店の前に三十数人の白と黒の長衣《マント》を着て仮面をかぶった戦士たちが対面するように並んでいた。

それぞれ手には羽飾りのついた槍《やり》を携えていた。

だれもが長身だった。

横笛がひゅっと哀しげな調べを奏《かな》で、弦楽器が続いた。そして、小太鼓が間をとるように打たれた。

夜半、眠り込んでいる人びとの目を覚ます調べではない。反対に眠りを深くする催眠作用さえ感じられる楽の音だった。

総兵衛は、かつて安南に立ち寄ったフランス人の楽師が演奏したことがある、

「死の調べ」

と似ていると思った。

白と黒の衣裳《いしょう》に長靴の二列がゆっくりと楽の音に合わせて動き出した。緩やかな動きは一糸乱れることなく繰り返されていく。そして、ついには単調にして緩やかな調べに合わせつつ、大黒屋の店前《みせさき》で二列から、白と黒の戦士たちが交互に並ぶ一列へと組み替えられた。

調べが変わり、両手で立てて持った槍がこれまた緩やかに差し伸べられ、また手繰り寄せられての、

「奇妙な舞い」

が展開されていく。

（何者かが鳶沢一族に警告している）

と総兵衛は感じた。

参次郎が総兵衛に囁《ささや》きかけた。

「何者か糺《ただ》してみますか」

「やめておくがよい。やつらは今宵《こよい》これ以上の遊びはすまい」

総兵衛は参次郎の問いを却下した。

「死の調べ」に似た旋律に合わせた「奇妙な舞い」はどれほど続いたか、その緩やかな動きの群舞は、どこか鳶沢一族の、

「祖伝夢想流」

の基本の動きに通じていると思った。

この者たちの背後に控えている者は、それを承知で鳶沢一族に、

「警告」

を告げに来たのだ。

踊り手たちは鳶沢一族が「奇妙な舞い」に気付いていることを承知していた。今晩鳶沢一族が動いてこの「奇妙な舞い」の舞踊手たちを始末したならば、何倍もの報復が一族にもたらされるかもしれないと思われた。

調べが不意に終わり、いつの間にか白衣と黒衣の戦士たちが二列横隊になり、大黒屋へと向って深々と優美にも一礼した。そして入堀に停められた短艇に向かい、夜風に溶け込むようにふわりふわりと飛び下りて行った。

天松が総兵衛のもとへ姿を見せた。

「一番番頭さんが、あやつらを追いますか、と尋ねておられます」

「信一郎に伝えよ。本日は珍奇な舞いを見物させてもらっただけでよい。決して動くでないと伝えよ」

「は、はい」

天松が答えて久松町出店から新栄橋下の隠し通路を使い、信一郎のもとへと走り戻った。

新たなる敵が鳶沢一族の前に姿を見せたのは確かなことだ。

だが、彼らが大黒屋を完全に掌握しているわけではない、とも思われた。それは久松町出店が大黒屋の持物であることを承知していないように思われたからだ。

一方で八州探訪の旅から戻った総兵衛の行動は抜かりなく把握していると考えられた。富沢町に戻った一夜目に「奇妙な舞い」を踊ってみせたことからもそれは察せられた。

新たなる敵は異国か。

深浦の船隠しを発見したイギリス国の測量船カートライト号を追い払ったのは七か月ほど前のことだった。イギリスの反応にしては早過ぎると思った。それにイギリス国の東インド会社ならば、かような真似《まね》は決してすまい。かの国の気質を知る総兵衛はそう思った。

ともあれ「奇妙な舞い」を披露した者たちが鳶沢一族に敵対する者ならば、

(必ずや潰《つぶ》してみせる)

と覚悟を新たにした総兵衛は、久松町出店から富沢町店へと新栄橋下の隠し通路を使い戻って行った。

この夜、総兵衛が眠りに就いたのは夜明け前のことだった。

# 第二章　帆船改装

## 一

江戸は、いつしか花から新緑の季節に移ろっていた。

総兵衛の周りを慌《あわ》ただしくも時が過ぎていく。

三月に入り、江戸に風邪が流行した。

公儀では異例にも内証の苦しい御家人に医薬を、貧しい町人には御救米《おたすけまい》や銭を与える緊急の施策をとった。

ために『古着大市』の開催は、南北両町奉行所を通じていつもより遅い季節に移すよう命じられた。大勢の人びとが集まる『古着大市』によって風邪が一層拡散していくような事態はなんとしても食い止めねばならなかったからだ。

当然富沢町でもその命に従わざるを得なかったが、大黒屋は率先して古着商たちに御救米の費えへの寄付を訴え、自らは別途、千両を奉行所へ寄贈していた。

町民への御救米や銭の配給は町奉行所が窓口となっていたからだ。

その折も折、この春の『古着大市』は中止すべきという声が城中から漏れてきた。

その情報は大目付首席の本庄義親《ほんじょうよしちか》から総兵衛へ伝えられた。

富沢町を中心にして結集した古着商たちは、『古着大市』の中止だけは避けたかった。今や春秋の一年二度の『古着大市』開催は、江戸の風物詩になり、なにより江戸の景気の活性化に大きく貢献していた。

そこで総兵衛は南北の町奉行所を度々訪ねて、中止ではなく延期の方向での開催を訴え、願い続けた。

その結果、江戸の古着商たちの総意を背に粘り強く請願を重ねた総兵衛の努力は、風邪の流行が下火に向かった三月下旬に報われることになった。四月初め開催になんとか漕《こ》ぎつけられるという城中の内意が総兵衛にもたらされたのだ。

『古着大市』の開催決定が公式に伝えられたのは三月末のことだ。そこで四月初旬の開催が急ぎ決まった。

大黒屋も古着商たちも江戸の人びともほっと安堵《あんど》した。

大黒屋の小僧連にも風邪を引いた者がいたが、大黒屋の奉公人は鳶沢一族の戦士として日頃から鍛錬を怠らないこと、それに滋養の行き届いた三度三度の食事を摂《と》っていることで、大事に至った者は一人もいなかった。

また御典医の家系加納《かのう》家の嫡男恭一郎《ちゃくなんきょういちろう》が大黒屋をしばしば訪れて、総兵衛以下の体調管理に常に気を配ってくれた。

『大市』開催の時期がずれたことは大黒屋にとって都合がよい面もあった。

今年は、新たな古着屋が『古着大市』に加わったこと、秋に交易船団が出航すること、信一郎とおりんの新居落成と祝言《しゅうげん》等々が重なり、開催先延ばしはなんとしても有難いことではあったのだ。

そのわずかな時の間を利用して総兵衛は浅草新町に浅草弾左衛門《だんざえもん》を訪れ、八州を駆け足ながら探訪した報告をなした。弾左衛門から手渡された三通の紹介状は、どれも総兵衛に貴重な情報を授けてくれた。

総兵衛がそう告げ、礼を言うと、

「総兵衛さん、あなたのお人柄は私が口を利《き》いた方々に大きな影響を与えたようでな、私のところに『大黒屋の主《あるじ》、若いがなかなかの傑物』との文が届いておりますよ。口を利いた私も鼻を高くしております」

年齢的には総兵衛と近い浅草弾左衛門が笑顔で応じたものだ。そして、弾左衛門は、春の『古着大市』の開催中止の噂《うわさ》が巷《ちまた》に流れていることに、

「まあ病の流行ばかりはだれにも予測ができないことで仕方がないが、大流行に至らないかぎり江戸の名物は延期しても開催すべきです。この弾左衛門も微力ながら陰より助勢を致しますでな」

と約定《やくじょう》してくれた。

この風邪が江戸に流行《はや》り始めたころ、信一郎とおりんの新居が完成した。

棟梁《とうりょう》の隆五郎《りゅうごろう》、来一郎《きいちろう》の父子《おやこ》の工夫で旧伊勢屋の土地に火の見やぐらと天水桶《おけ》を屋根に置いた新居が落成したのだ。

丸い大きな天水桶には仕掛けがあった。上下に分れた桶の下半分には雨水などが溜《た》まるようになっていた。だが、上半分はがらんどうで、弩《ど》などを放つことができるような隠し狭間《はざま》が三か所設けられ、その上に高さ三間半（約六メートル）の火の見やぐらがあり、半鐘が下げられていた。

もとより火の見やぐらとしての奉行所の許しは得ていた。

落成式は催されたが風邪の流行もあり、内々でのものになった。そして、その翌日には富沢町に、

「高砂や　此《この》浦船に帆を揚げて　此浦船に帆を揚げて　月諸共《もろとも》に出潮《いでしお》の　浪の淡路の島影や　遠く鳴尾《なるお》の沖過ぎて　はや住吉《すみのえ》に着きにけり　はや住吉《すみのえ》に着きにけり……」

と張りのある声が流れてきた。

文化二年（一八〇五）弥生《やよい》三月末の黄道吉日《こうどうきちにち》のことだ。

謡《うた》いの声の主は大黒屋総兵衛だ。

むろん大黒屋の一番番頭の信一郎と奥向きの御用を務めてきたおりんの祝言を祝う謡いだ。

ふつう祝言の謡いは、仲人《なこうど》の翁《おきな》が相務めるのが習わしだ。こたびの祝言では異例にも仲人を鳶沢一族の総帥《そうすい》である総兵衛とその未来の嫁女となる若い坊城《ぼうじょう》桜子《さくらこ》が務めた。

総兵衛の人選により、一族の長老光蔵《みつぞう》に鳶沢村の村長安左衛門《むらおさやすざえもん》、準長老の柘《つ》植宗部《げそうぶ》、大黒丸の船長を辞した金武陣七《きんじんしち》、唐人卜師林梅香《ぼくしはやしばいこう》だけが離れの地下の鳶沢一族の本丸に呼ばれ、初代鳶沢一族頭領の成元《なるもと》、六代目の勝頼《かつより》らの木像と神棚の前で、信一郎とおりんの婚姻の儀が厳かに執り行われた。

総兵衛が敢《あ》えて鳶沢一族の長だけが催す儀式を信一郎とおりんに許したのは、夫婦になる二人が一族の幹部としてこれまで多大な貢献をしてきたことへの感謝の意の表れであった。それにもう一つ、鳶沢一族、池城《いけぐすく》一族、今坂一族、そして最後に加わった柘植衆の幹部を鳶沢一族の本丸に同席させることで、さらに、

「四族融和」

を図る狙《ねら》いがあった。

この儀式のあと、大黒屋の母屋《おもや》に席を移し、祝言の披露が執り行われた。

だが、江戸に風邪が流行っている最中のことだ。

信一郎の強い要望もあって、本丸での儀式に参列した一族の幹部連の他におりんの母親のお香、富沢町の町名主、『古着大市』の世話方の伊勢屋貴之助《きのすけ》ら数人、坊城麻子《あさこ》、桜子などを招いただけの簡素なものになった。

いつもの平静を装《よそお》った信一郎に、異例の仲人を務めた桜子が、

「信一郎はん、嬉《うれ》しゅうおへんのどすか」

と和ませようと話しかけた。

「桜子様、長年の夢がかなったのです。嬉しくないわけがございません」

と信一郎はいつもの口調で応じたものだ。

「うちにはその仏頂面《ぶっちょうづら》、嬉しそうには見えまへんえ」

「えっ、私が仏頂面をしておりますか」

信一郎が困惑の顔をし、一方上気した顔のおりんが笑い出した。

「そうどす、おりんはんのように嬉しいときは笑みを浮かべるもんどすえ」

と桜子が大きく頷《うなず》き、座が一気に和んだ。

「大黒屋さんの主殿が仲人とは、一番番頭さんも幸せ者ですな」

伊勢屋貴之助が独り身同士の総兵衛と南蛮骨董商《こっとうしょう》の女主人の娘にして京の公《く》家《げ》の血筋の桜子が仲人を務める異例ぶりを言外に匂わせ、触れた。

「伊勢屋さん、本来なれば一番番頭の仲人は大番頭の私が務めるべきところ、ご存じのように私は独り者です。そこで総兵衛様の強いお気持ちがございましてな、坊城桜子様のお力を借りて異例の仲人となりました」

と説明した。

「大番頭さん、総兵衛さんと坊城桜子様とに近々目出度いことがあることを匂わせた試みと見ましたが、このこといかがですかな」

と酒が入った伊勢屋がさらに尋ねた。

総兵衛が桜子を見た。頷き返した桜子が、

「総兵衛様もお許しゆえ、うちから一番番頭はんとおりんはんの祝言に参列のご一統はんに申し上げます、近いうちに坊城桜子は大黒屋総兵衛様の元へお嫁に参ります」

はんなりとした京言葉で宣言された一座の一部の者は一瞬呆気《あっけ》にとられ、うっ、

と息を詰めた。だが、余りにも純真にして正直な告白に、次の瞬間、
わあっ
と座が湧《わ》いた。

富沢町の世話方も坊城家が京の朝廷とつながりを持ち、幕府との橋渡しをしていることを承知していた。

「桜子様、いつのことです」

と一人が尋ねた。

「うちに聞かんと総兵衛様にお尋ねしとおくれやす」

富沢町の世話方らの注目が総兵衛に集まった。

総兵衛が一座を見廻し、

「この総兵衛、駿府《すんぷ》の鳶沢村育ちでございますゆえ江戸のことも商いのことも未《いま》だ十分に承知しておりません。たった今、一番番頭とおりんが祝言を上げたばかり、私どものことはしばらく時を貸して下さいまし」

と一統に願った。

一座の者の大半は、大黒屋が『古着大市』を開催する力の源が、古着商い以

外のことにもあることを察していた。この上、大黒屋が京とのつながりを強めることは、富沢町にとってどのような影響をもたらすことになるかと勝手に推量する者もいた。

「ともあれこの祝言をめでたく済ませたところで五度目の『古着大市』の開催に漕《こ》ぎつけたいと考えております。この場を借りて、改めてご一統様のお力添えをお願い申します」

総兵衛は話を意識的に『古着大市』に戻した。

「大黒屋さん、奉行所は風邪を理由に『古着大市』の開催を先延ばしにしておりますが、開催は確かなことでしょうな」

尋ね返したのは井筒屋久右衛門だ。

「私どもは奉行所から内々には催し可能の許しが出ると聞いております。井筒屋の旦那《だんな》、なんぞ『古着大市』を中止にする理由が他にございますかな」

光蔵が口を挟んだ。

「ううーん」

と井筒屋が唸《うな》り、仲間の世話方の一人万屋《よろずや》松右衛門の顔を、

ちらり
と見て、

「城中には富沢町が、いえ正しくは大黒屋さんがこれ以上力を付けるのは芳《かんば》しくないという幕閣の方々が少なからずおられるそうな。そのお方らは一年二度の『古着大市』開催で人を集め、大きな金が動くことをどうやら苦々しく思うておられると、とある筋から聞かされたんですよ、光蔵さん」

と答えたものだ。

光蔵らも幕閣すべての者が賛意を示しているとは考えていなかった。物事が動くとき、当然のことながら賛成もあれば反対の考えもあった。

「井筒屋さん、貴重なご意見ですな。私どもは『古着大市』に古着商いの今後を託しております。なんとしても世話方御一同が一丸となって、『古着大市』の継続に向け手助けをして下さいますようお願い申します」

と頭を下げた光蔵が、

「おや、目出度い席というのに野暮な話を喋《しゃべ》ってしまいました。ささっ、女衆《おなごし》、皆さんに酒を振舞って下されよ」

と一気に祝いの場へと転じてみせた。

一刻半《いっときはん》（三時間）に及んだ信一郎とおりんの祝言披露が恙《つつが》なく終わった。

世話方ら招客たちが引き揚げたあと、坊城麻子、桜子の母娘《おやこ》だけが大黒屋に残った。

夫婦となった信一郎とおりんについては、披露の宴に出られなかった奉公人を集めて、光蔵から改めて報告されることになっていた。そして、それに引き続いて、いつもより少し早目の夕餉《ゆうげ》には祝いの膳《ぜん》が仕度されていた。

この日、大黒屋では七つ（午後四時頃）に店仕舞いをしていた。

光蔵、羽織袴《はかま》姿の信一郎と京友禅の花嫁衣裳《いしょう》を艶《あで》やかに着たおりんは、その場にも出ることになっていた。

奉公人らの祝いの場に出席することなく引き揚げた総兵衛は、離れ屋に鳶沢村の安左衛門と坊城麻子、桜子らを招いた。

「坊城桜子様、仲人の大役見事に果たされまして真《まこと》にご苦労様にございました」

安左衛門が桜子を労《ねぎら》った。

桜子が、

「うち、総兵衛様と夫婦でもあらへんのに仲人を務めてよかったのやろか」

と言い出し、母親の麻子が、

「今ごろになにを言い出しますんや。大黒屋総兵衛様のお嫁はんになる気持ちがあるのやったら、世間の常識など、すべて忘れておしまいやす。でなければ、大黒屋総兵衛様の花嫁は務まりまへんえ。そうと違いますか、総兵衛様」

麻子が総兵衛を見た。

「異国の常識は和国の非常識、和国の当たり前は異国ではしばしば奇妙に感じられましょう」

総兵衛の言葉に坊城親子が頷いた。

「いえ、それどころか、この総兵衛には江戸から見た京も異国と思えます。違いますか、麻子様」

「公儀と朝廷、まさしく異国同士のようどすな」

江戸幕府と京の朝廷との仲立ちを陰ながら務めてきた麻子が言った。

そのとき、総兵衛の脳裏に影様、九条文女《くじょうあやめ》のことが浮かんだ。影様もまた麻子と同じく幕府と朝廷の間で苦労をしていると思われた。

「そうどした、うちはまだ祝言上げてへんとも総兵衛様とは二世《にせ》を誓った夫婦どす。そうやったそうやった、そのことをうっかりと忘れてしもうてた」

桜子が真顔で言い、安左衛門がからからと笑い声を上げた。そこへ光蔵がまず戻ってきた。

「総兵衛様、信一郎とおりんをなかなか皆が離しませんでな。信一郎が酔い潰《つぶ》れる前に早う新居に引き上げさせたいと思いましたが、あのように皆が喜んでおるものを二人も無下に出来ますまい」

総兵衛は、祝言はどこの国もいっしょだと思った。

「総兵衛様、仲人のうちがあちらに移ってよろしゅうおすか。信一郎はんとおりんはんを少しでも早く家に帰らせるように努めてみます」

「桜子様が行かれると桜子様も帰ってこられませんぞ」

「いいえ、大丈夫どす、うちに任せておくれやす」

桜子が離れ屋から母屋へと向かった。

「総兵衛様、お蔭様《かげさま》で長年の懸案が一つ解決できました。九代目が病がちでしたゆえ、信一郎とおりんをなかなか夫婦にさせることが出来ませんでした」

光蔵が一族の信一郎をわが倅《せがれ》のように見ているのを総兵衛は承知していた。

母屋の笑い声が一段と大きくなったようだ。桜子が加わったからだ。すると、甲斐《かい》、信玄、さくらまで興奮したか吠《ほ》え出した。

「総兵衛様、祝言披露の席で井筒屋が言うたこと、どう考えたらようございますので」

光蔵は、そのことが気になっていたらしく総兵衛に問いかけた。

井筒屋久右衛門は、幕閣の一部に『古着大市』成功を快く思っていない者がいるような発言をなした。その発言をする前に井筒屋は、万屋松右衛門の顔をちらりと見て、思惑を確認し合っていた。ということは、この話、少なくとも井筒屋と万屋の二人は承知していることになる。

「大番頭さん、他人の幸せというものは万人が手放しで喜ぶことはまずありません。城中で『古着大市』が江戸の方々に受け入れられたことを妬《ねた》む人がいても不思議ではありますまい」

「いかにもさようです。ですが、裏長屋の住人の噂話とは違います、幕閣の方となると注意を要します。明日にも井筒屋を訪ねて、久右衛門さんに詳しく聞いて参りましょうか」

光蔵の提案に総兵衛はしばし思案し、

「それはもう少しあとでよろしかろうと思います。井筒屋さんがその話の主と繋《つな》がっていることも考えられます。となると、こちらの反応が先方に伝わりかねませんからな」

「いかにもさようでした」

総兵衛は、大目付本庄義親に尋ねてみようかと考えた。

そのとき、母屋でまた大きな歓声が沸いた。

「賑《にぎ》やかどすな、桜子はいったいなにしにいったんやろか」

と麻子が呟《つぶや》き、

「総兵衛様、あの話、心当たりがないことはおへん。うちも内々に調べますよってに、もうしばらく時を貸しておくれやす」

と総兵衛の顔を見て言った。

「ほう、お心当たりがございますか。ならば井筒屋の話、根のない噂とは言い切れませんな」

光蔵は新たに障害が生じたかという顔をした。

「大番頭はん、もはや富沢町の『古着大市』の勢いはだれにも止められしまへん。江戸でこれだけの催しと商いができる場所は他にはあらしまへんでしょう。『二丁町五丁町やら魚河岸も差し置く盛り古着大市』とかいう落首が巷に流れておりますそうな。お金と人が集まるところには妬みは必ず生じます」

と答えた坊城麻子の口調は、井筒屋のいう幕閣の者にあてがあることを示していた。

そのとき、母屋から離れ屋の渡り廊下に足音がした。

姿を見せたのは新郎新婦とお香だった。

信一郎とおりんは、廊下に座すと総兵衛と同席の者を見廻した。

「総兵衛様、ご一同様、本日は私どものためにお気遣い頂きまして真に有難うございました。鳶沢信一郎、おりんともどもこれまで以上に十代目総兵衛様の下、一族のために忠誠を尽くす所存にございます」

と信一郎が礼の言葉を述べ、二人して平伏した。

「師範、祝着至極じゃな。おりんを大事に致せよ」

総兵衛は笑いに紛らせながらも、鳶沢勝臣《かつおみ》として改めて祝いの言葉を述べた。

師範、と総兵衛が呼んだのは、最初の出会いの折、信一郎は九代目総兵衛と名乗って勝臣と立ち合い、祖伝夢想流を使って異国生まれの勝臣を打ち破ったことがあったからだ。

「総兵衛様のお言葉肝に銘じます」

と信一郎が畏《かしこ》まった。

「おりん、幸せになれよ」

「はい、かならずや」

と途中で言葉を詰まらせたおりんの両眼が潤《うる》んでいた。

「信一郎、おりん、今宵《こよい》はもはやそなたらに用事はありません、二人仲良う新居に戻りなされ」

総兵衛の声は年長の二人に優しく響いた。

「総兵衛様、明日にも交易船団の主だった陣容を報告させてもらいます」

「相分かりました」

信一郎とおりんが大黒屋の表から新居へと初めていっしょに足を踏み入れることになった。

新居には、一族の女衆が留守番をしていた。ゆえに灯りが入っているはずだ。

総兵衛は、酒が飲めない四番番頭の重吉と新羅《しらぎ》三郎に命じて、二人が無事に新居に入るまで隠れ警護せよと前もって命じてあった。また天松と忠吉には二人が大黒屋を出る時に合わせて、旧伊勢屋の敷地で甲斐、信玄、さくらの散歩をさせよと申し付けていた。

鳶沢一族としては、かような祝いの時こそ隙《すき》を生じさせぬよう備えを固めるのは自明のことだった。

甲斐らの吠え声がして裏口から旧伊勢屋敷地へと、天松と忠吉が犬たちを連れ出したことが分かった。

急に甲斐らの吠え声が甘えたように変わり、総兵衛らの胸に信一郎とおりんが飼い犬と接している光景が浮かんだ。

しばらくして桜子が離れ屋に姿を見せた。

「花婿《はなむこ》花嫁様は無事に新居にお入りです」

どうやら桜子も二人を見送ったようだ。

「総兵衛様、肩の荷が一つおりました」

と光蔵がまた呟いて、祝言の夜は静かに更《ふ》けていこうとしていた。

二

風邪の治療に追われていた加納恭一郎から、いつでも深浦のイマサカ号の診療室などの様子を見に行けるとの返事が大黒屋にもたらされた。むろん恭一郎は総兵衛の留守中、風邪流行の対策に当たりながらも、何度か光蔵や信一郎に願い、船内の診療室他の増築の模様を見にいっていたが、こたびの信一郎の深浦行きに同道できるか、という問い合せに早速応じてきたのだった。

そのことを知らせに来た光蔵が総兵衛に、

「風邪の流行も収まったということでしょうかな」

と言った。

『古着大市』の開催がいつもより一月余り遅れたこともあって、深浦の状況がどうなっているか、総兵衛も見たいと思った。

「大番頭さん、私も大黒丸の改装具合を自分の目で確かめておきたい」

「ならば、今晩遅くにも総兵衛様、加納先生、信一郎、おりんらを深浦にお送りしますか」

と光蔵が応じた。

昨秋、交易から戻ったイマサカ号は、船体点検と修繕、それに帆布などの補修に加え、医師加納恭一郎が船団に同行することになったのを受け、診療室と治療室、また医師の居室の増築が行なわれてきたが、いよいよ次なる交易航海の備えが整う最終段階を迎えたのだ。

一方、金沢に荷積みに行っていた大黒丸は、操舵《そうだ》性と操船性を高める改装と船具装備の補充などがただ今行われていた。

鳶沢一族の長としては万全の状態で二隻《せき》を異国交易に送り出したかった。

「ならば、桜子様もお誘いして今晩深夜に店の船隠しから深浦行きの船を出しましょう」

光蔵が独り合点し、その手配に移った。

おりんがイマサカ号の船団長の船室を改めて見ておくことは、初めての異国行きの不安を和らげる意味で大事なことだった。それに桜子には、深浦の総兵衛館から離れに設けられた書斎に飾る絵などを調達してくる用件もあった。

それらのことが風邪が流行ったことで延び延びになっていた。それに加えて『古着大市』の久松町出店で売り立てる異国の品を選んでおく作業も総兵衛にはあった。

異国の品を江戸で売るには神経を使う必要があった。あくまで『古着大市』の一環として品を売らねばならないことになる。だが、鎖国制度に鑑《かんが》み、国を閉ざしているとはいえ、長崎での交易、さらには琉球《りゅうきゅう》口、福江《ふくえ》口などから異国の品が和国に流れ込んでおり、それを買い求める需要が江戸にはあった。

一方でこれまで、南北町奉行所が、不当な取引きの取締りなどで押収《おうしゅう》した品や、盗品で持ち主が特定できない物などを『古着大市』の場で売り立ててきたという経緯もあった。当然、こたびの催しでもそのことは実施される。なにしろ公儀の実入りになることだ、それらの品に独自交易の品を紛れ込ませても役所は見て見ぬふりで通して来ていた。

光蔵がその晩の手配を終えた頃合い、読売屋の『世相あれこれ』の書き手の守太郎が、ふらりと大黒屋の店先に立った。

「おや、守太郎さん、どうなされたね」

「いえね、風邪の流行も一時の勢いを失った。ならば延び延びに止められていた『古着大市』の開催がお上から許される頃合いではないかと思いましてね、面を出しました」

と光蔵に言い、帳場の格子《こうし》の内に机を並べる信一郎を見て、

「おや、一番番頭さんの体から幸せって二文字が漂ってくるのはどうしたことでしょうな、大番頭さん」

と光蔵にわざわざ問うたものだ。早耳の読売屋が信一郎とおりんの祝言を知らないわけもない。

「守太郎さん、すべて承知で口にするなんて野暮の骨頂ですよ」

と光蔵が笑いながら注意した。

「やっぱり所帯を持つのはいいもんでしょうね」

と守太郎の追及はなおも続いた。

「守太郎さんや、おまえさんにも覚えがございましょう。私はご承知のように独り者ですから存じませんでな」

「ならば一番番頭さんに直《じか》に質《ただ》してみるか」

守太郎が上がり框《がまち》に腰を下ろして視線を信一郎に向けると、

「守太郎さんは嫁をもらって何年ですか」

と反問された。

「おや、読売屋の守太郎に逆にお尋ねですか」

「そういうことです」

「上さんをもらって十三年、いや、十四年ですか。子どもが三人おりましてな。いわゆる古女房です」

「それは幸せの極みですね」

信一郎が謹厳実直な顔そのままに応じた。

うーん
と守太郎が唸った。

「どうなされた」

「先手先手を一番番頭さんに攻められて、『世相あれこれ』のわっしがたじたじだ。それにな、祝言を数日前に上げたばかりの花婿にうちの嫁さんの話をしてもな、なんの得にもなりますまい」

「いえ、参考になります」

とあくまで信一郎が真面目《まじめ》な口調で迫った。

店では『古着大市』にむけて多くの奉公人がきびきびと仕度に動き回っていた。大黒屋の司令塔というべき大番頭と一番番頭の帳場だけが静かだった。

こたびの『古着大市』開催の実質的な大黒屋の頭分は、三番番頭の雄三郎に命じられていた。雄三郎の経験不足を光蔵と信一郎が補っているのだ。

信一郎は、総兵衛の許しを得て光蔵にも相談し、こたびの異国交易の補佐方の一人として二番番頭の参次郎を伴うことにしていた。

前回の『古着大市』を承知の参次郎は、交易船団に乗り組んでいた雄三郎に富沢町入堀の両岸に跨《また》がる会場を歩いて、人の流れや問題になりそうな点を教え込んでいた。

だから大黒屋の店に残っている番頭は大番頭と一番番頭くらいしかいなかった。

「困ったな。祝言を上げたばかりの一番番頭さんに古女房の行状を伝えるなんて、幸せに水を差すようなものでございますよ」

「おや、守太郎さんは早《はや》お上さんに飽きられましたか」

「一番番頭さん、早と申されましたが、わっしらが祝言を上げたのは十四年前のことと申しましたよ。甘い日々はそうだな、半年といいたいがうちはすぐに一人目の懐妊が分かりましたからに、『あんた』『おまえ』と甘い声で呼び合ったのは二、三か月で終わりました。今じゃ女房め、わっしが産まれたときから、いっしょにいるような図々しさで一々指図しやがる。時に女房がわっしのおふくろじゃねえかと思えますすよ」

ふーん
と感に入ったような返事を鼻でした信一郎が、

「うちは違います。念願の夢を叶《かな》えたのです。共白髪《ともしらが》まで『あなた』『おまえ』と呼び合う間柄を続けます」

信一郎は冗談とも真面目とも区別がつかない顔で言ってのけ、にやり、と笑って見せたものだ。

「読売屋が大黒屋の一番番頭さんにいいように手玉に取られているぜ。この話は止《や》めだ。『古着大市』の開催は公《おおやけ》にお上から許しが出たんでしょうな」

守太郎が話を戻した。

「出ました」

と光蔵が即答した。

「ならば、うちの読売に書いてようございますね」

「守太郎さんや、『古着大市』の人集めに加勢するようにお願い申しますよ」

と光蔵が願った。

「先頃はめ組と相撲とりの諍《いさか》いの振りが本気の喧嘩《けんか》になり、ちょいと仕掛けが過ぎて人ひとりの命を失う結果になりました。大黒屋さんに大金まで使わせ、後味の悪いことになりましたからな。こたびは、わっしの筆で必ずや『古着大市』を盛り上げてみせますぜ」

め組と相撲取りの芝神明社での喧嘩は、大目付首席の本庄義親が、俗に呼ばれるようになった八州廻り、正式には関東取締出役《しゅつやく》の長を兼帯させられぬように、総兵衛の命で光蔵が、『世相あれこれ』の守太郎に密《ひそ》かに頼んだ仕掛けの結果だった。

だが、光蔵は守太郎の勇み足を一切咎《とが》めなかった。守太郎の人柄を承知していたからだ。

「お願い申します」

と光蔵が願い、守太郎が、

「まずは『古着大市』の現場を見てきます。そうだ、大黒屋さんの裏には、火の見やぐら付の新居が出来上がったんでございますね」

守太郎が信一郎に確かめた。

「主《あるじ》のご配慮で所帯を持った日から新居に住まわせてもらうことになりました」

信一郎の返答に、

「しまった。またそちらに話を向けてしまった。大番頭さん、一番番頭さんは幸せ過ぎて仕事になっていないんじゃありませんか」

「主の総兵衛も承知でございます。一番番頭さんは当分大黒屋の役に立つまい。ならば、折を見ておりんといっしょに駿府の鳶沢村に戻し、少しばかり休養させよとのことです」

「なに、それほど信一郎さんはおりんさんにぞっこんか。こりゃ、話にもならないな」

守太郎がにやにや笑いの信一郎を見て、外に出ていった。

光蔵は、信一郎とおりんの夫婦が交易船団を率いて長い期間富沢町を留守にすることを、鳶沢村へ戻されるということで糊塗《こと》しようと守太郎に先手を打ったのだ。むろん『世相あれこれ』の老練な書き手の守太郎が光蔵の言葉をすべて信じたわけではないことは互いが承知し合っていた。

守太郎が姿をいったん消したあと、信一郎の顔付きがにやにや笑いから険しい表情に変わり、机上に置いた二度目の交易船団の乗組みの面々の名に落ちた。

「総兵衛様にお見せしましたな」

「はい」

光蔵が辺りに人がいないことを確かめ、聞いた。

「総兵衛様はなにか申されましたか」

「いえ、私の人選には一切注文はございませんでした。ただ、海を知らぬ柘植衆の若い者たちを多く加えて下さいとの指示がございました。総兵衛様の実弟勝幸様は、前回の操船組から外し、私の手許《てもと》で厳しく育てるつもりでおります」

「それでようございましょう」

信一郎の言葉に光蔵も応じた。

四半刻（三十分）後、『古着大市』の会場のショバ割りなどを参次郎らといっしょに見た守太郎が再び姿を見せて、

「江戸じゅうの古着屋が富沢町へと、いや、はっきり言やあ大黒屋の傘下《さんか》に入らねば生きてはいけない時代になったね」

と光蔵と信一郎に話しかけた。

「いえ、それは考え違いですよ、守太郎さん」

「大番頭さん、分かってますって。大黒屋が力と金で富沢町に『古着大市』を持ってきたんじゃないことくらい承知ですよ。江戸の人びとが今なにを求めて

いるか、大黒屋の若い主は察しておられて、知恵を巡らして『古着大市』の催しを始められたんだ。それには奉行所を味方に付ける必要がある。それができるのは江戸広しといえどもこちらだけだ。なんたってお上を丸め込まれたんだからね、凄腕《すごうで》ですよ」

「そんなことは一字だって書いてはなりませんぞよ、守太郎さん」

守太郎が胸を一つ叩《たた》いて、

「任せておきなって」

と答えたところに店先に人影が立ち、

「守太郎、任せろってなんのことだ」

と南町奉行所市中取締諸色掛同心の沢村伝兵衛が小者を連れて姿を見せた。

「おや、南町の沢村の旦那《だんな》でございますか。いえ、なにね、こんどの『古着大市』の前触れをうちの『世相あれこれ』に書きますって話ですよ。では、沢村の旦那、ご免なすって」

守太郎が早々に店から辞去していった。それを見ていた沢村が小者に、

「その辺りをぶらついてこい」

と命じて、一人だけ敷居を跨いで上がり框に立った。それを見た光蔵が、

「店座敷にお上がりになりませんか」

と沢村同心に話しかけた。

「曖昧《あいまい》な話で恐縮じゃがそうさせてもらおうか」

光蔵が信一郎にあとを頼んで沢村を店座敷に案内した。

向き合った沢村は、なんとなく自信なさげだ。

「どうなされました、沢村様」

「うむ」

と応じた沢村が生返事で話したものかどうか迷っている。

「どのような話にもこの光蔵、驚きはしませんよ」

「まあ、大黒屋のことだ。突拍子もねえ話と笑って許してくれぬか。だいぶ前の話だ。わしの懇意の米造という夜回りがな、深夜九つ（零時）過ぎに奇妙な光景を大黒屋の前で見たというんだ」

「それはまたなんでございましょうな」

光蔵の背に、ぞくりと悪寒《おかん》が走った。

「うん、白い衣裳の何十人もの異人らしき者たちが珍妙な舞いを踊っていたというんだ」

「それはまたどういうことで」

と答えながらもあの「奇妙な舞い」と総兵衛が説明した異国の舞いを見た者が他にもいたのか、と内心驚きを禁じえなかった。

「おりゃ、そんな面妖《めんよう》な話があるか、大方、川向うに飯盛り女でも買いに行って酒に酔っ払って夢でも見たんじゃないかと怒ったんだ。だがな、ちょいと様子が違うことが分かった」

沢村の迷い迷いの話に光蔵はしばし思案し、

「沢村の旦那、だいぶ前のことと申されましたな。その夜回りはまた何だって今頃になって沢村の旦那に伝えられましたので」

「そこだ」

と沢村が顔を光蔵に近付けた。この話に脈があると感じたからだろう。

「夜回りの米造は、奇妙な踊りを見ただけじゃねえ。見たこともない異国の船三艘《そう》でそやつらが入堀から大川へと下っていくのを見て、追いかけたそうだ」

「ほう、また大胆なことをなされましたな」

「組合橋の辺で三艘の船に追いついた。それで米造は、愚かにも『てめえら、何者だ』と怒鳴ったそうだ。すると無言の面々が米造を見上げた。するとそやつらは色鮮やかな仮面をかぶっていたというんだ」

「では、異人とは言い切れませんな」

「言いきれんな。だが、米造によると、体の大きな者ばかりで、ありゃ、和人の体付きじゃねえと言い張るんだよ。だが、男か女かの区別もつかないともな」

「ほうほう」

「そこでもっとよく見ようと酔った勢いの米造が河岸道《かしみち》の縁に歩み寄ったとき、いきなり左足に痛みが走ったと思うと、気が薄れて倒れ込んだというんだよ。次に気付いたときには美濃加納藩の永井様の上屋敷の塀に寄りかかるように寝込んでいたというんだ。左の太腿《ふともも》に吹矢でも刺さったような跡があって、足が痺《しび》れていたそうな。ともかく米造は、通油町《とおりあぶらちょう》の裏長屋に戻るには戻ったが、その日から一月以上も悪寒がして体がだるくて動くに動けない、飯も満足に喉《のど》を通らない。そんな具合で日にちが過ぎてやっとこのところ元気を取り戻したというんだがな。そんなことってあるかのう」

沢村同心が光蔵に同意を求めた。

「いえ、うちでは全く気付きませんでした。沢村様、かようなご時世です、なにが起こっても不思議ではございませんが、しかしそれはなんとも夢みたいな話でございますな」

光蔵は恍《とぼ》けるしかなかった。

「そうなのだ、ゆえにわしも迷いながらこちらに参ったところだ」

沢村同心も申し訳なさそうな顔をした。

「米造が言うには大黒屋の人間は気付かなかったとしてもこちらの飼い犬は吠えていたから、怪しげな気配を察知していたはずだというんだがな」

「米造さんには気の毒でしたな。一月も仕事を休むことになったのでございましょう」

「そうなのだ。独り者だからいいようなものの、通油町の長屋の連中にも仕事仲間にも迷惑をかけてとしょんぼりしておった」

「沢村様、ちょいとお待ちを」

光蔵は帳場に戻ると信一郎に沢村の話を伝えた。

「念のために沢村様と米造の口封じをしておいたほうがようございます」

と信一郎が小声で言い、光蔵も同意して二両を奉書紙に包んで店座敷に戻った。

「知らぬとは申せ、米造さんにうちは助けられたのかもしれません。米造さんにはこちらから迷惑料を届けさせます。些少《さしょう》ですが沢村様の口利き賃にございます。この夢のような話、沢村様の胸に仕舞っておいて下され」

と光蔵が渡し、願った。

「委細承知した」

沢村同心が包み金を素直に受け取った。

沢村同心が辞去したあと、信一郎が通油町裏の畳屋、備後屋《びんごや》の家作に米造を訪ねていった。

米造は、普段は問屋から頼まれて酉《とり》の市など祭礼の縁起物を造り、夜は町内の夜回りをしている二十七、八の男だった。

信一郎が訪ねたとき、九尺二間の長屋で端午《たんご》の節句の武者人形を作っていた。

「米造さん、大変な目に遭われたようですね」

「これは大黒屋の番頭さん」

と信一郎の顔を知っているようで直《す》ぐに応じた。そして、

「おれが見たのは夢じゃないよな、番頭さん」

と確かめるように聞いた。

「私どもは全く気付きませんでした」

「だがよ、犬は吠えていたぜ」

「南町の同心沢村様にお聞き致しました。怪我《けが》の具合はどうですか」

「もう、ほとんど治った。だがよ、傷の周りにしびれが残っていらあ」

「米造さん、沢村の旦那に吹矢のようなものが足に突き刺さったと言われたそうな。肝心の吹矢はどうなりました」

「それがな」

と米造は曖昧な答えをした。

「もしや米造さんはお持ちではありませんか」

「番頭さん、そんなもの」

と途中で言葉を濁した米造の前に三両を差し出した。

「これはなんだい」

「うちに危害を加えたかもしれぬ怪しげな連中を米造さんが追い払ってくれたのです。その結果、おまえさんが怪我をされたのです、それも仕事を一月も棒に振った。災難でございましたな。これはうちの主からの災難料です」

「お、おれが貰《もら》っていいのか」

頷いた米造に、

「吹矢はお持ちですね」

と信一郎が迫った。

米造は、狭い板の間の端に置かれた三両を見ていたが、造りかけの武者人形を掻《か》き分けて奥の四畳半に行き、古手拭《てぬぐ》いに包んだものを持って来ると信一郎に渡した。

「どのような危難が降りかかるかもしれません、この吹矢、うちが預かります。

この話、今後だれにも話さないほうが宜《よろ》しゅうございます。もし危険を感じたら、大黒屋へ、この一番番頭の私か、大番頭の光蔵に相談に来て下さい。おまえさんの悪いようにはしませんからね」

と懇々と言い聞かせた信一郎は、上がり框の三両に手をかけた米造の動きを背で感じながら長屋を出た。

三

総兵衛は、信一郎が持ち帰った吹矢を、じいっと見ていたが、

「この鉄製の材質は和国にはないものでしょう。異国からもたらされた物です。米造は矢先に付けられていた毒物が少なかったゆえに命が助かりました」

と言い切った。

離れ屋には信一郎と光蔵の二人だけがいた。

「総兵衛様、この吹矢を使った者がどこの国の人間か分かりませぬか」

「材質はプロイセンで出来たものと思えます。されど、この吹矢を使った人間たちがプロイセン人とは思えない。ただ今のプロイセンが遠い和国にまで人を

差し向けて、私どもに敵対する理由が見当たりません」

信一郎の問いに総兵衛が答えた。

「ともあれ、白衣の面々がうちの前でわざわざ『奇妙な舞い』を披露し、目撃した米造の口を吹矢で封じようとした事実がはっきりと致しました。われら一族の新たなる敵と言うてようございましょうな」

光蔵が総兵衛に尋ねた。

総兵衛は無言で頷き、しばし思案をしたあと、

「この者たちが何者か判明するには未《ま》だ証《あかし》が足りませぬ。今後、これまで以上の警戒と用心が肝要です」

「総兵衛様、この者たちが大勢の人びとが集う『古着大市』で事を起こすとは考えられませぬか」

信一郎が問うた。

「もし奴《やつ》らがそう考えているのなれば脅威です、大きな被害が生じる可能性がありります。この者たちは、われらに未《いま》だその力の一端すら見せておりますまい」

と答える一族の総帥《そうすい》の顔が曇った。

「もしあれだけの人が集まる『古着大市』で事を起こされたら、防ぎようはありません。なにしろこのことを承知なのは私どもだけ、一族を総動員しても完全に封じ込めることができるとは言いきれません。それに古着問屋大黒屋が裏の貌《かお》を世間様に晒《さら》すことになりかねません。総兵衛様、こたびの催し、中止することを奉行所に提案致しますか」

「大番頭さん、その判断はいささか早過ぎましょう。まず敵が何者かを知ることが第一です。われら一族が取るべき方策はそれから考えればよい。『古着大市』は五日後に迫り、かの者たちを調べる日にちが余りありませんが、中止の判断はぎりぎりまで待ってもよいと思います」

光蔵の考えに信一郎が反対の考えを述べ、さらに言い足した。

「この期《ご》に及んで大黒屋から『古着大市』の中止の要請を申し出れば、奉行所からその理由を当然問い返されます。われらはどう答えればよいのですか。また『古着大市』を楽しみにしている江戸の方々にどう言い訳すればよいのでしょうな。もしそのようなことになると、これまで培《つちか》ってきた『古着大市』は今後二度と富沢町の主導で開かれることは叶いますまい、お上は絶対に許されますまい」

場を重苦しい沈黙が支配した。

総兵衛は黙然と考えに落ちていた。その手には汚れた手拭いがあって吹矢が載せられていた。

「あの者たちがどこの国の者とは特定できませんが、異人たちがこの繁華な江戸で正面切って戦いを起こすことには無理があります。彼らが行動するとしたら、密かに人混みに紛れて騒ぎを起こすくらいしか手立てはありますまい。しかしそれとても、白昼異人がそのような動きを見せるのは至難の業です」

やがて発せられた、『古着大市』と「奇妙な舞い」の連中の行動の可能性を冷静に分析した総兵衛の言葉に、二人の幹部が頷いた。

「日にちが許されるかぎりこの一件は、私どもの胸にだけ仕舞って、この者たちの正体を突き止めることに全力を尽します。それが叶わなかったときは、鳶沢一族は過去最大の危機に瀕《ひん》します」

総兵衛の言葉は厳しかった。

「われらの他には、吹矢のことを米造から聞いた同心の沢村様と、吹矢を射ちこまれた米造の二人だけが連中の存在を承知しておりますな。口止めしておきましたゆえ、まず沢村様からこの話が広がることはございますまいが」

「大番頭さん、米造とてそれはありますまい」

信一郎が光蔵の言葉に応じた。

総兵衛は、最前から胸の中で思案していることがあった。

「奇妙な舞い」をわざわざ大黒屋の前で演じてこちらが気付いていることを確認した面々は、その所期の狙《ねら》いを達したのではないか、ということだ。大黒屋と鳶沢一族を疑心暗鬼に陥らせることこそ、この者たちの、

「狙い」

なのではないか。

大黒屋を支える二大行事、五日後に開かれる『古着大市』と異国交易が秋に迫っていた。疑心を募らせて『古着大市』の規模が縮小されるようなことがあれば、狙いは成功したということではないか。

「総兵衛様、『古着大市』、予定どおり催す方向でようございますか」

信一郎がまたも沈思する総兵衛に念を押した。

「今のところ中止や規模の縮小は考えないと一番番頭さんは言われるか」

「はい」

と光蔵の言葉に信一郎が明確に応じた。

「それでよい。大番頭どの、師範、一族の気を改めて引き締めておいて下され」

総兵衛の言葉を二人の幹部が首肯して承った。

「総兵衛様、今晩の深浦行きも予定どおりでようございますか」

光蔵の懸念《けねん》は今晩の行動へと移っていた。

「予定どおり出かけます」

総兵衛の言葉もまた明快だった。

「その前に本庄様にお会いしておきたい」

総兵衛は二人に答えると、外出の仕度を整える前に書斎にいったん入った。

吹矢をどうするか考えた末に、作り付けの本棚に設けられた隠し棚の蓋《ふた》をずらして入れた。

その隠し棚は来一郎が総兵衛だけに仕掛けを教えてくれたもので、安南《アンナン》から携帯してきた小型のイギリス製のフリントロック式決闘用短筒二挺《ちょう》が箱に収められて入っていた。だが、豪奢《ごうしゃ》な装飾が施されたそれらの短筒を使うときは、総兵衛が追い詰められたときだ。

「おでかけの仕度ができております」

おりんの声が廊下からした。

「ただ今参る」

「供はだれに致しますか」

「天松一人でよい」

総兵衛の答えだった。だが、総兵衛がそう答えたところで隠し警護が付けられるのは分かっていた。

総兵衛は表向き、手代の天松だけを連れて大黒屋を出た。

八つ半（午後三時頃）過ぎのことだ。

主従はゆったりと歩いているようで足が早かった。次々に声をかけてくる古着屋仲間に言葉を返しながら富沢町を抜けた。

「総兵衛様、天松を供に命じられまして有難き幸せに存じます」

馬鹿《ばか》丁寧な言葉で天松が主に礼を述べ、さらに聞いた。

「本日はどちらに参られますか」

「本庄様のお屋敷にお邪魔します」

「帰りは遅くなりますか」

「いえ、用事を済ませたら早々に富沢町に引き返します」

「根岸にはお立ち寄りなされませんので」

じろり、と総兵衛が天松を見た。ぞくり、と怖《おそ》れを感じた天松が、

「余計な問いにございました」

と小声で言い訳した。

主従は黙々と四軒町の本庄邸に向って歩き続けた。

総兵衛がすでに城下がりしていた大目付首席の本庄義親の屋敷にいたのは半《はん》刻《とき》（一時間）ほどだった。鳶沢一族の十代目と代々幕閣の要職にある本庄家の主とは、表面上は、

「古着問屋の主と幕府大目付」

の付き合いを世間に見せていた。だが、百年以上も前から鳶沢一族と本庄家の歴代の主は、時の大老や老中でさえ両者の間に入ることは叶わぬほどの信頼関係に結ばれた間柄にあった。

ゆえに本日も総兵衛は義親に包み隠さず、

「懸念」

を告げた。

「ほう、異人どもがそなたの店の前で『奇妙な舞い』を演じてみせたというか」

と話を聞いた義親はしばらく黙考していたが、

「総兵衛、そなたがわしを訪ねた理由《わけ》はなんだな」

と直截《ちょくせつ》に問い返した。

総兵衛は義親ならばあの連中の正体に心当たりがあるのではないかと思いついたのだ。

「かような真似《まね》を異人の集団がなしたなれば、とうに幕閣のお方のお耳に入っているのではと思いました」

「いかにもさよう」

と応じた本庄義親がしばし沈黙したあと、話し出した。

「肥前佐賀藩と筑前福岡藩が幕府直轄地《ちょっかつち》の長崎奉行所を手助けして警備を一年交代で為《な》すことは承知じゃな」

「ために両藩の参勤上番は、十一月参府、二月就封と他藩に比べ江戸上府が短うございます」

異国育ちの総兵衛が直ちに答えた。

「昨年長崎の警備に着いた佐賀藩の者より、長崎湾口に横たわる伊王島沖に二百年も前の型の黒い南蛮型ガリオン帆船が停泊し、夜明け前に島の漁師たちがいみじくも『死の舞い』と名付けた舞いとも武術訓練ともつかぬことを毎日繰り返しておると聞かされておった」

総兵衛は、

「死の舞い」

と胸の中で呟《つぶや》いていた。荷担ぎの百造が甲府で得た情報と一致していた。

「長崎奉行所からも極秘にお伺いが江戸にもたらされた。ところがな、長崎奉行より追って書状が届き、奇妙な南蛮型黒船は突如として姿を消したそうな」

大名を監督する大目付首席が総兵衛に告げた。

「その者たち、長崎に立ち寄った後に江戸へと参りましたか」

「長崎の伊王島沖で見かけられたのは半年も前のことだ」

「本庄様、そのガリオン帆船の面々と、こたびわが店の前で警告を発した『死の舞い』の異人らは同じと考えてようございましょうな」

総兵衛が念を押した。

「わしにそのことを伝えた佐賀藩の者は長崎から異国に戻ったと考えておったが、どうやら江戸近辺にやってきたようじゃな」

「本庄様、私どもは『古着大市』の最中《さなか》にこの者たちが何か事を起こすのを恐れております」

本庄義親の表情が一段と険しくなり、

「なるほどその手が考えられるか」

と呟いた。

しばし沈思した二人は期せずして、

「南蛮型ガリオン帆船」

の背後に幕閣のだれかが関わっている可能性があることに気づいた。

「江戸近辺にまで異国の船が出没するとは」

「私どもは城中の高位にあるどなたかが関わっておられるかと懸念しております」

「総兵衛、調べてみよう」

本庄義親が総兵衛の真意を理解して答えた。

「有難うございます」

と礼を述べた総兵衛に、

「そなたらが推量したように異人どもの背後に幕閣の人間がおるとしたら、その狙いはなんと考えるな」

「私ども大黒屋の動かす金と鳶沢一族の力を嫌がっておいでのお方が城中におられるということではございますまいか」

「まずそんなところか」

と得心した義親が、

「大黒屋あるいは鳶沢一族は徳川幕府と一心同体ということを承知せぬ者であろうか」

「いえ、それを承知でわれらが金力と武力を乗っ取ろうと考えられたお方ではございますまいか」

「総兵衛、それは許すわけにはいかぬ」

「決して許せませぬ」

お互いその一点で合意した。

総兵衛は本庄邸の帰路、ずっと沈思したまま歩を進めるため、天松は後ろに黙って従うしかなかった。

入堀の河岸道に入ったとき、総兵衛が天松に密《ひそ》やかな声をかけた。

「天松、異国交易に加わりたいか」

その語調は鳶沢一族の長のものだった。

「一族の者なればだれもが夢見ることにございます」

「秋には二度目の交易船団が出船致す」

「総兵衛様は参られますので」

信一郎が船団長として交易船団を率いることを承知なのは、一族でも限られた幹部数人だ。

「いや、行かぬ。十代目として向後百年の一族を考えたとき、総兵衛が長い月日富沢町を空けるわけにはいくまい」

「八州探訪もそのための一環にございましたか」

天松なりに八州探訪の意味を考えていたのだろう。

天松はなぜ総兵衛がこのような問いを発したかと考えた。

「この天松、総兵衛様が交易船団を率いて異国に向われる折にこそお供しとうございます」

総兵衛が天松の言葉に満足げに微笑《ほほえ》んだ。

その深夜、富沢町大黒屋の船隠しから琉球《りゅうきゅう》型小型帆船が新栄橋下の闇《やみ》に溶け込むように姿を見せて、入堀から大川に向かった。

主船頭は大黒丸の船長に就いた幸地達高《こうちたっこう》の末弟龍助《りゅうすけ》だ。

兄弟は池城《いけぐすく》一族の出だけに操船にも外洋航海にも慣れていた。江戸の内海を夜帆走することなど朝飯前だった。助船頭として柘植《つげ》衆の新羅三郎が乗ってい
た。

胴ノ間には仮屋根が架けられ、風や波を避ける工夫がされていた。

この屋根は古い帆布で造られたもので、簡単に張ったり畳んだりすることができた。

乗り込んだ者は、総兵衛と桜子、信一郎におりんの夫婦、医師の加納恭一郎の五人だ。

桜子は光蔵から、総兵衛が加納恭一郎らを伴い深浦を訪ねると聞いて同行を志願したのだ。その桜子が大黒屋の夕餉《ゆうげ》の刻限に富沢町を訪ねてきて、総兵衛に母親からの言付けを告げた。

「総兵衛様、老中牧野《まきの》忠精《ただきよ》様が城中で富沢町の『古着大市』の賑《にぎ》わいに触れて、『八品商売人』の範疇《はんちゅう》をこえて勝手放題に商いをしておるのは、いささか見過ごしにはできぬと申されたそうどす。それ以上の調べはもう少し時を貸して下されとの言付けどした」

「桜子様、早速のお調べ、総兵衛、麻子様に感謝申し上げます」

「母上の調べはご自分の商いに通じることどす、感謝など要りしまへん」

と桜子が答えた。

総兵衛はすぐに光蔵を呼んで、老中牧野忠精について調べよと命じた。

光蔵は、

「ただ今幕府老中は五人おられますが、確か享和《きょうわ》元年（一八〇一）に京都所司代より出世なされたお方でございましてな、越後《えちご》長岡藩七万四千石の殿様にございます。今のところはその程度のことしか分かりません」

と答えたものだ。

ちなみに五人の老中とは、美濃大垣藩主戸田氏教《うじのり》、陸奥《むつ》磐城平《いわきたいら》藩主安藤信成《のぶなり》、下総《しもうさ》古河藩主土井利厚、牧野忠精と丹波《たんば》篠山《ささやま》藩主青山忠裕《ただやす》の五人だ。

総兵衛は、「死の舞い」を演じた異人集団と老中牧野忠精が関わりがあるかどうかは判らないが、京都所司代を勤めていたのならば、坊城麻子は別な筋から牧野忠精のことを調べられるはず、と思いついた。

光蔵も直ぐに牧野忠精の周りを調べると総兵衛に約束して深浦へと送り出し

た。

琉球型小型帆船は帆布が張られたせいで夜風は当たらなかった。だが、長身の総兵衛には座していても頭が天井につくほどの低さだ。

桜子もおりんも積み込んであった綿入れに包《くる》まり、桜子は総兵衛の大きな体に身を預けて眠りに就いていた。だが、さすがにおりんは、桜子の真似は出来なかった。

「いささか窮屈ですが、加納先生、ご辛抱下さい」

帆走が落ち着いたとき、信一郎が言った。

「一番番頭さん、いや、船団長とお呼びしたほうが宜《よろ》しいのでしょうか。お気遣いは無用です。最初に深浦に案内されたときは、桜子様に笑われるほど騒ぎ立てましたが、何度か深浦に通い、もはや海には万全なほど慣れました」

と恭一郎が答えたものだ。

「加納先生、江戸と深浦の間は内海にございます。外海は猫と獅子《しし》ほどに違います。だれもが外海の怖さを思い知らされることになります」

「船団長、あなたも昨年の交易では船酔いしましたか」

「はい、何か月も船酔いが続きました」

「驚いた。何か月も船酔いですと」

「恭一郎兄はんはお医者はんや、船酔いの薬はおへんのどすか」

眼を瞑《つぶ》って寝ていると思われていた桜子が口を挟んだ。

「船酔いの薬ですか。聞いたことがありませんな、桜子様」

恭一郎と桜子は幼いころからの知り合いで、兄と妹のように育ったのだ。

「医者が船酔いゆえ診察も治療もできぬでは話になりませぬな」

恭一郎の言葉に不安が漂った。

「加納先生、船酔いは波次第、船の揺れに慣れるしか手立てはございません。一番番頭さんは何か月かで克服されたようですが、中にはどうしても船酔いに堪えられず、腰が抜け、食べることも水を口に含むこともできなくなる者もおります」

総兵衛の言葉に加納恭一郎の顔がランタンの灯りの下、青ざめるのが分かった。

「どうしたもので」

「加納先生は私どもの頼みの綱です。ぜひとも船酔いを克服してもらわねばなりません」

　と信一郎が笑い、

「富沢町の『古着大市』が終わりますと、イマサカ号と大黒丸の試走に入ります。去年の交易航海を終えて両船ともに操舵《そうだ》性、操帆性を高めるために船大工が手を入れております。ために試走訓練を伊豆諸島沖で行います。加納先生、それに乗り組まれて船と海に慣れられることです」

「船団長、願いましょう」

　と恭一郎が即座に応じた。

「一番番頭さん、乗組みの者は決めましたかな」

「総兵衛様、およそ陣容は決めました。深浦に参り、イマサカ号の具円《ぐえん》船長、大黒丸の幸地船長らと会い、点検したうえで総兵衛様のお許しを最終的に得たいと考えております」

「分かりました」

　総兵衛は信一郎の言葉に耳を傾けながら、この琉球型小型帆船を警護する二艘の同僚帆船の帆の音を波間に聞き分けていた。二隻《せき》は佃島《つくだじま》の船だまりから出たもので、総兵衛らの帆船をほぼ同じ船足で追走して護衛していた。

「船団長、この秋の航海の人数はおよそどれほどになるな」

前回、イマサカ号と大黒丸が戻ってきたとき、二艘の乗組員は百九十一人だった。海賊の襲来など航海中の危険を考えたとき、イマサカ号級の帆船一艘だけでその数は必要だった。

「柘植衆の若者をかなりの数選びましたゆえ、およそイマサカ号が二百人、大黒丸が五十数人になろうかと考えております」

「その人数には、加納医師、おりんら女衆《おなごし》、加賀金沢藩の十人も入っておりましょうな」

「はい」

「となると、未だ十分とは言えぬな」

「ただ、これ以上交易船団に人を割きますと、大黒屋の商いに差し支えます。琉球にて二十数人ほど補充致しますゆえ、前回より気持ちが楽でございます。なによりお医師が乗り組んでおられる」

「いよいよ船酔いなどしておられぬぞ」

恭一郎が答えたとき、龍助主船頭の声が総兵衛らに聞えた。

「深浦の断崖《だんがい》が月明かりに見えましたぞ」

琉球型小型帆船から合図の花火が夜空に上げられ、深浦の見張りに到着が告げ知らされた。

四

夜明け前、桜子が総兵衛館で眠りに就き、目覚めたのは春の日差しが寝間の障子を明るく照らす刻限だった。桜子は高床式の寝床《ベッド》で眠りに就いていた。畳と布団《ふとん》とは異なる寝心地だが、船に揺られて来た疲れのせいか直《す》ぐに眠りに落ちてしまった。

（うち、深浦に泊まりにきたんと違います）

と自分に言い聞かせたが、時は後戻り出来るはずもない。

寝床から下りた桜子の気配に気づいた女衆が姿を見せた。

今坂一族の若い娘であった。これまで顔を合わせていたが、名までは知らなかった。

「うち、深浦に眠りにきたのんと違いますのに、不思議やな。安心して眠り込んでしもうて」

困惑の顔で呟く桜子に娘が、くすりと笑った。

「うち、坊城桜子どす。あなたは」

「みんです」

少し訛《なま》りはあるがしっかりとした口調で娘が答えた。十六、七であろうか。少し浅黒い肌だが利発そうな瞳《ひとみ》で整った顔立ちをしていた。和人の娘に混じったら、ほとんどの人が異国生まれとは気づかないだろう。

「先生はお香様どすか」

「はい。お香先生です」

「短い間によう和語が上手にならはりました、よう頑張りましたな」

みんの努力を認める桜子の言葉に娘は嬉《うれ》しそうに微笑んだ。笑顔と歯並びのきれいな娘だった。

「総兵衛様方はどちらにおられます」

「船です。桜子様が起きたら案内しろと総兵衛様に言われた」

「眠ったんはうちだけどすか」

恥ずかしそうに尋ねる桜子にみんなが頷《うなず》いた。

桜子は身なりを整えて、

「船へ案内を願います」

と頼んだ。

鳶沢一族が百年の歳月を費やして造り上げた深浦の船隠しの街は、総兵衛館と呼ばれる大きな建物を中心に出来上がっていた。そこは和国の中にあって、

「異国」

を思わせる造りだった。

船隠しのある静かな海に着いたのがまだ暗いうちで、異国交易に再び向かうイマサカ号と大黒丸は静かな眠りに就いていた。

「総兵衛様、イマサカ号にこの船を着けますか」

船団長の信一郎が総兵衛にお伺いをたてた。

「いや、いつもどおりに起床の刻限まで皆を休ませておきなされ。われらは総

兵衛館で時を待とう」

　総兵衛の返答に五人は船着き場についた琉球型小型帆船を降りた。それにしても、おりんの眼にはいつみても深浦は、「異国」そのものであった。

　しかし、総兵衛館の内部に入れば、和洋折衷の造りであることが分かった。そして、なにより深浦の船隠し自体が異国と幕府の二つから身を護《まも》る工夫がなされており、巨大な、

「要塞《ようさい》」

　であることを示していた。

「桜子様、少し休みなされ。船は思いの他疲れるものです」

　と総兵衛が勧めた。

「うちだけどすか」

「おりんもどうだ。少し体を休めたのちにイマサカ号見物に参らぬか」

　総兵衛が勧めたがおりんは、

「後ほど」

　と答えたために桜子だけが総兵衛館の洋間の一室の寝床で横になったのだ。

「桜子様、聞いてよいか」

とみんが尋ねた。

まだ敬語などの使いわけは出来ないらしい。それがみんの場合には嫌味ではなく愛らしく聞こえた。

「なんなりと聞いてかましまへんえ」

「桜子様の言葉、お香先生と違う」

「よう気が付きはりました、違いますえ」

桜子はみんに坊城家の出が京であるゆえ、話し方の抑揚が江戸言葉と違うことを教えた。

「京の都にはテンノウ様がおる」

「そうどす、みんはんはよう承知や」

「お香先生が教えた」

桜子は江戸と京の違いをできるだけ平易な言葉で話した。みんはイマサカ号へと案内しながらも熱心に桜子の話に耳を傾けていた。

「みんはん、ふくはんはどうしておられます」

桜子が総兵衛の実妹のふくの近況を聞いた。

「おふく様、勉強嫌い、お香先生に怒られた」

みんなが事実を告げた。

総兵衛が深浦に残した家族のことを桜子に話すことは滅多になかった。だが、言葉の断片と表情から実弟の勝幸とふくのことを案じる「兄」の気持ちを桜子は承知していた。

勝幸は一度目の異国交易にイマサカ号に乗り組み、少しずつだが大黒屋と鳶沢一族の二つの貌《かお》をもつ境遇に馴染《なじ》んでいこうとしていた。また次の交易にも信一郎の直属の配下として従うことが総兵衛と信一郎の間に内々に決まっており、一族の一員として溶け込む気配をみせていた。

一方ふくは、故郷の安南に心を残している様子で、みんの話を聞いても和国に馴染むことを拒んでいる様子が窺《うかが》えた。

鳶沢一族の下に池城、今坂、柘植衆と四族の融和を図らねばならない苦労の一方で、家族のことも気遣わねばならない兄の難儀と矛盾を桜子は慮《おもんぱか》った。

総兵衛は鳶沢一族の十代目としての立場から家族への心配りを犠牲にしなけ

ればならないのだ。そのことを勝幸もふくも不満に思っていることは容易に察せられた。

広い総兵衛館から異国風の街路を歩き、船着き場のある港へと出た。

静かな海に堂々としたイマサカ号と大黒丸が羽を休めた水鳥のように停泊しているのが陽射《ひざ》しの下でなんとも美しかった。寄り添うように泊まる相模《さがみ》丸、深浦丸ら、和洋折衷の造船術を施した帆船がまるで雛《ひな》のように見えた。だが、深浦丸や相模丸とて千石船の何倍もの容積と帆走性能を有しているのだ。

「桜子様、この舟にどうぞ」

みんなが洋式の小舟に桜子を案内し、自らが櫂《かい》を握ってイマサカ号へと漕《こ》ぎ出した。立ち漕ぎが様になっていた。

桜子は改めて今坂一族が、

「海の民」

であることを意識した。

「桜子様、また聞いてよいか」

「なんなりとと、最前答えましたえ」

桜子がみんに言った。

「桜子様は総兵衛様の嫁になるか」

「うち、なります」

そう答えてくすりと笑った桜子の言葉は正直で明快だった。

「みんさん、お聞きします。うちが総兵衛様の嫁になると知って、今坂の方々はどない思われますやろか」

桜子の反問にみんは、しばし言い淀《よど》むように迷い、答えた。

「男は問題ない」

総兵衛の苦労を知る男たちは桜子を知る機会があった。ゆえに桜子と総兵衛の付き合いはなんの差しさわりもないことのようだった。反対にみんは言外に、

「女衆」

に不満があることを認めていた。

「みんさんはどないどす」

聞き返されたみんがぽかんとして、一瞬桜子を見返した。

（やはり反対なのか）

と思った桜子に、

「どないどすって、どんな意味か」

「どう思われますかと尋ねたの」

ああ、と桜子の問いを理解したみんが、

「桜子様が好きです、問題ない」

と笑顔で答えた。

「おおきに。いえ、ありがとう」

みんの漕ぐ小舟がイマサカ号の主甲板から下げられた簡易階段《タラップ》下に横付けされた。

「桜子様、独りで上がるか」

とみんが案じた。

「みんさん、独りで上がられますか、よ」

「和語は難しい」

と応じたみんが、桜子が直してくれた言葉を何度も小声で繰り返した。

「大丈夫どすえ。前にも上りましたんや」

桜子は着物の裾《すそ》を翻《ひるがえ》してタラップを上りながら、みんなに手を振った。するとみんも桜子に手を振り返した。明るい気性の娘だと、桜子は好ましく思った。

イマサカ号高甲板にある操舵場に総兵衛、信一郎、具円船長、大黒丸の幸地船長、唐人卜師《ぼくし》林梅香ら鳶沢一族の主立った者たちがいた。

「桜子様、目覚められましたか」

総兵衛が目敏《めざと》く気付いて声をかけた。

「堪忍《かんにん》どす、うちだけ眠ってしまいました」

「総兵衛館の寝心地はどうです」

「夢も見んとぐっすり休ませてもらいました」

「それはよかった。もうすぐ昼餉の刻限です。いっしょにイマサカ号の船室で食しましょう」

総兵衛の言葉に桜子は頷き、

「おりんはんはどこにおられます」

と尋ねた。

「おりんは船団長の船室です。いつぞや訪ねた折、桜子様は見ておられますな。そこにおります」

「うち、おりんはんのところに行っておりますえ」

桜子は主甲板からイマサカ号の船尾に設けられた船室に向かった。船には、何人もの男衆《おとこし》が乗り組んで働いていたが、だれもが、

「桜子様、こんにちは」

とか、

「ようこそイマサカ号へお出《い》で下さいました」

と挨拶《あいさつ》した。

桜子も挨拶を返しながら扉を開くと、二重扉の向こうからおりんの声が聞えてきた。話し相手は母親のお香のようだ。扉を開ける前に拳《こぶし》で軽くこつこつと叩《たた》くと、

「桜子どす、入ってよろしおすか」

と許しを乞《こ》うた。

最初にイマサカ号に乗って駿府の江尻沖まで航海したとき、総兵衛が異国の

習慣として、扉を叩いて来訪を告げるのが礼儀作法だと教えてくれたことを覚えていた。

「桜子様、お入り下さい」

お香の入室を許す声がして、中から扉が開かれた。

船団長ら幹部が談義をするイマサカ号で一番広い船室にお香、おりんの親子がいた。

「お香様、うちだけ眠ってしもうて恥ずかしおす」

「桜子様に備わった大らかな気性は一族に得難い雰囲気をもたらします」

お香が言った。

「おりんはん、信一郎はんとの居室見はりましたか」

桜子の問いにおりんが微笑み、

「ご覧になって下さい。私には贅沢《ぜいたく》な船座敷です」

と言いながらも大広間から次の間の扉を開けると、高床式の寝床が置かれた船室が広がって見えた。

船室は七、八畳間ほどの広さで洗面所や造り付けの衣裳箪笥《いしょうだんす》などがあったが簡素だった。

　前回の交易航海の折、船団の長の仲蔵《なかぞう》と信一郎父子が使用していたとか。機能一点張りの船室だった。いかに大きなイマサカ号といえども船団長の居室でさえゆったりとした空間は取れなかった。

「総兵衛様が来一郎さんに願って、信一郎さんとおりんの為《ため》にこの船室に手を入れてもらうことになりました」

　お香が桜子に言った。

「私どものために船室を改装するなんて贅沢です。ですが、先々この部屋は総兵衛様と桜子様が使うことになりましょう。桜子様が異国に参られる折に使い勝手がよいようにこたび手を入れてもらいます。私どもが使って勝手が悪いようなれば、帰国の後に再び来一郎さんの手を借りて直してもらいます」

　おりんが恐縮の体で桜子に説明した。

　桜子はおりんが総兵衛に、

「夫の信一郎と共に異国交易に出よ」

と命じられたあと、イマサカ号の航海中は、夫婦別室で暮らしたいと申し出たことを総兵衛から聞いて知っていた。おりんは、独り身の乗組員のことを慮って申し出たのだ。

その申し出に対して総兵衛の返答は、

「夫婦であるなれば、いかなる場合も同じ屋根の下で寝食を共にすることは当然のことだ。船団長の女房なれば、副船長に等しき身分である。堂々と船室を使いこなし、船団長の女房として振舞うのだ」

というものであったそうな。

「桜子様なれば、この船室にお似合いです。私では分に過ぎます。他に乗り組む女衆にも悪い気がします」

おりんらしい気遣いの言葉を吐いた。

「おりん、最前も申しました。船の暮らしは厳しいもののようです。陸地にあるときより厳格な規律と序列が守られねばなりません。総兵衛様はなにもそなたら夫婦を甘やかして、この船室を使うように命じられたのではありません。規律と序列をかたちとして示すために船団長を補佐する女房として同居を命じられたのです。そなたは総兵衛様の真意を受け止め、航海中は公私の別を厳しく分けて、乗組みの全員に接しなければなりません」

　お香が娘を諭した。

　おりんの母親は異国への航海を経験したことはない。だが、この深浦で今坂一族の男女から異国人の考え方や船での規律を学んでいた。和人の女衆が示す遠慮や謙譲は、時に異国育ちの女衆に誤解を生むことがあるのを承知していた。

「桜子様なれば、自然のままにその威厳が備わっておりますゆえ、黙っておられても皆に心服されましょう。おりん、そなたは桜子様の立居振舞いを出船前までに少しでも学びなされ」

　母が娘にさらに命じた。


　総兵衛は、加納恭一郎の診療室、治療室兼居室の改装具合を信一郎とともに見ていた。

　欧米の帆船、とくに戦艦の場合は、診療室と治療室は中層甲板の真ん中に設けられた。戦闘が行われている最中にも次々に怪我人《けがにん》が運ばれてくるのだ。診療室が舷側《げんそく》にあって砲弾の直撃を受けたら、もはや怪我人の治療は出来なくなり、被害が甚大になる。ために診療室や治療室は船体の中ほどに設けられるのが常だ。

イマサカ号は交易帆船とはいえ、海賊船との砲撃戦の可能性も考えられた。ゆえに欧米の戦闘艦に倣《なら》い、診療室などは船体中央部に設けられていた。

その左舷側には、こたびの航海に乗り組む女衆の居室が造られた。この居室に九人の女乗組員が住まいすることになっていた。

総兵衛が、

「いかがですか、診療室の改装具合は」

と尋ねると、

「総兵衛様、椅子《いす》と机がこれほど便利とは思いもしませんでした。それに診療台、手術台が高くてよい。立って治療ができるのは断然楽です」

と満足げに応《こた》えたものだ。それに比べて恭一郎の居室は三畳ほどだ。薬類も保管されるから居室としては寝るだけの広さしかない。

「この寝台の下が衣類や薬の収納場所とは、なんとも考えたものですな。個室を持っておるのは二百人乗り組むうちの数人とか。総兵衛様、加納恭一郎、かような機会と立派な診療室、治療室を設けて下さったことに改めて感謝します」

と礼を述べた。

総兵衛は信一郎、恭一郎と共に女衆の船室も点検した。

男たちと違って吊り床《ハンモック》で寝るわけではない。三段の木床寝台が三つ並んでいた。各自の寝台の下の引き出しや足元のわずかな部分に収納場所が設《しつら》えられていた。

診療室、治療室と違い、舷側に小さな窓があって外が見えるのが狭い空間で共同の暮らしを強いられる女たちの救いだった。

「総兵衛様、女衆をどのような働き場所で使われるおつもりですか」

と恭一郎が尋ねた。

総兵衛が船団長の信一郎を見ると、

「総兵衛様、女たちは主に三度三度のめし作りと帆布の修理でございましょうか。おりんは本日までに乗り組む女たちを決める気でおります。おりんにはおりんの考えがあろうかと思いますが、航海に堪えられる頑健な娘であれば、航海中に仕事はいくらも見付かりましょう」

　と即座に答えた。

「総兵衛様、船団長、お願いがあります」

「なんですな」

「専従ではなくて構いません。非常時の怪我人の対応は私一人では、とても無理でしょう。その折は、女衆の中から一人ふたり、私の助っ人にしてもらうわけにはいきませんか。長崎で聞いたことですが、異国には医師を助ける看護婦なる女衆の仕事がありますそうな」

「おお、それは気付きませんでした、よき考えです」

　と答えた総兵衛が反対に願った。

「加納先生、出船までに実際に看護婦なる仕事を学ぶ要がありましょうかな」

「総兵衛様、それができれば言うことなしです。血を見て卒倒する女子は困りますがな」

　恭一郎が笑った。

　総兵衛には看護婦の仕事に向いていると思われる女子の名が浮かんでいた。

「一人はおりんではいけませぬか」

信一郎が総兵衛の気持ちを読んだように申し出た。信一郎はおりんにはっきりとした務めがあったほうが船団長としてやり易《やす》いと思っていた。

「おりんさんなら文句なしです」

信一郎と恭一郎の言葉に総兵衛が頷いた。

おりんは鳶沢一族の者として先代の総兵衛以来奥勤めをしながら、幾たびも影仕事の戦いに加わっていた。ゆえに怪我の応急の手当の基本などは心得ていた。

「あと一人をだれに致しましょうか」

「船団長、おりんが決めた女衆の表を見て決めようか」

と答える総兵衛には、二人目の候補の心当たりがあった。だが、この場では口にしなかった。

「総兵衛様、加納恭一郎、今にも出船と申されても即座に対応できますぞ、なんとも楽しみな航海です」

「その言葉、嵐《あらし》に出合うた折まで加納先生、取って置いて下さい」

船団長の信一郎が笑い顔で応じた。

「やはり海が荒れるとこのイマサカ号でも揺れますか」

「大仰に申せば天地が逆さまになるような揺れ方をします」

ふーむ、と恭一郎が唸《うな》った。

「まずは試走航海で船に慣れられることです」

と答えた信一郎が、

「昼餉のあとに加納先生には随伴船の大黒丸の船内も見ていただきます。大怪我の場合の治療はイマサカ号に運んで行いますが、軽い治療や病は、大黒丸に乗り移ることになりましょうからな」

「えっ、大海原でどのようにして私がこの船からあちらへと乗り移るのですか」

「それはその折の楽しみにして下され」

と信一郎が答えたとき、
かんかん
と昼餉を知らせる鐘の音が中層甲板に響いてきた。

# 第三章　影様の陰

## 一

昼餉《ひるげ》は、イマサカ号の船団長の居室につながる船内でいちばん広い集いの間に用意された。

最前、お香とおりんの親子に桜子《さくらこ》が加わって話していた円形の卓が長くなるように広げられると楕円《だえん》型の大きな食卓へと早替わりした。

今坂一族の女衆《おなごし》がその楕円の食卓に真っ白な布をかけると部屋が食堂の雰囲気に変わった。

この昼餉に顔を揃《そろ》えたのは、総兵衛、信一郎、加納恭一郎医師、イマサカ号の具円伴之助《ぐえんばんのすけ》船長《かぴたん》、大黒丸の幸地達高《こうちたっこう》船長、柘植《つげ》衆の長《おさ》で鳶沢《とびさわ》一族では準長老お香、桜子、林梅香《はやしばいこう》、唐人卜師《ぼくし》にして長老の長壱蔵《おさいちぞう》、深浦の船隠しの柘植宗部《そうぶ》、おりんの十一人だ。

楕円型の食卓に椅子《いす》がゆったりと置かれ、十一人がお互いの顔を向け合い、表情が見える形で座ることが出来た。

「これは楽どすな」

桜子が椅子での昼餉に感心した。

「桜子様、総兵衛様方の故郷の料理を今坂一族の女衆が調理してくれるそうです。私はこの深浦にきて安南《アンナン》の料理に魅了されました」

お香の言葉に応じたのは加納医師だ、桜子に代わり興味津々《しんしん》の顔で言った。

「朝餉に食した麵麭《パン》なる食べ物も初めての味でした。昼餉はどのようなものが供されましょうかな」

「加納先生、昼餉ゆえ簡単なものです」

総兵衛が答えたところに、すっかり深浦の暮らしに馴染《なじ》んだ様子の今坂一族の女衆が、食卓の真ん中に緑鮮やかな香菜、もやし、薄く切られた柑橘類《かんきつるい》を運んできて置いた。さらに味噌《みそ》だれなどの数種の瓶が置かれた。

「安南でよく食されるフォーが昼餉と聞いております。うどんのようですが、米で作られた麵《めん》です」

総兵衛が説明した。

女衆が丼《どんぶり》に湯気が立つ麵《フォー》を運んできた。その中には総兵衛の実妹のふくもいた。

「ふく、元気か」

総兵衛が声を掛けたが、硬い笑顔を兄に、いや、今は一族の総帥《そうすい》に返しただけだった。だれの目にも未《ま》だふくが深浦の暮らしを拒んでおり、未だ兄をグェン・ヴァン・キとして慕いたい妹の気持ちがその態度に察せられた。

「桜子どす。おふくはん、時には江戸に顔を見せておくれやす。むろん総兵衛様のお許しを得た上でのことどすが。うちが江戸を案内しますよってにな」

ふくは無言で頷《うなず》いただけだった。

恭一郎がふくを総兵衛の妹と承知かどうかは分からなかったが、その場の空気を換えるように丼を覗《のぞ》き込んで言った。

「おや、確かにうどんに似ているが、具はなにも入っておらずあっさりとしたものですな」

恭一郎は長崎に留学したこともあり、異国の文物ならなんにでも興味を示した。

「どうです、汁から香る匂《にお》いは」

林梅香卜師が恭一郎に尋ねた。

「初めて嗅《か》ぐ香りです。具が入っていないと思ったら鶏肉かな」

恭一郎が丼の中を医師の目で仔細に点検した。

「鶏肉です。あちらではフォーに鶏肉か牛肉を具に入れることがございます。しかしフォーの主役は肉でもなく米の麵でもなく、それぞれが卓上で自ら好みの味に作り上げるこの汁なのです」

総兵衛が食卓に供された香菜を手で摑《つか》んで丼へと千切り入れた。そして、薄切りにされた柑橘ライムの汁を絞りかけ、その上に味噌だれや辛みのたれを適当にかけて、自らの味を調えて搔《か》き混ぜた。

「南の国ではこうして散蓮華《ちりれんげ》と箸《はし》を使い、かように散蓮華の上に麵と香菜を混ぜて載せ、一口ずつ食します。うどんのように啜《すす》ったり、器に口をつけるのは行儀が悪いと考えられております。ですが、初めての方もおられます、お好きなように食して下さい」

総兵衛が一同に説明した。

林梅香や深浦住いのお香、さらには二人の船長には食し慣れたフォーだった。手早く自分の味にフォーを仕上げた具円船長が、

「頂きます」

と食べ始めた。

総兵衛も久しぶりの故郷の麺を散蓮華に載せてひと口食し、

「おお、懐《なつ》かしい味です、美味《うま》い」

と思わず嘆声を上げた。

総兵衛は鳶沢一族の十代目に任じて、古着問屋の主《あるじ》として江戸の習慣や仕来《しきた》りに忠実に従ってきた。それだけにこの深浦に来たとき口にする故郷の味は、文句なしにほっとする味だった。

フォーの食べ方に慣れたお香が香菜と香辛料で好みの味を調えて、散蓮華と箸を上手に使い、食べ始めた。総兵衛や男衆《おとこし》とは違う、上品な食べ方に見えた。

桜子もおりんもそれを真似《まね》てフォーを造り、食した。ひと口食した桜子が、

「美味《おい》しゅうおす、総兵衛様」

と歓声を上げた。

一方おりんは、香菜を入れる量を迷い、香辛料をどの程度かけるものか思案したために最後に食することになったが、ひと口食べて、

「ああ、優しい味です」

と呟《つぶや》いた。

「総兵衛様のお国の味はかようなものですか」

「加納先生、長崎で唐人料理やオランダ料理を食しておられましょう。私の故郷はどこでも米を栽培しておりますゆえ、米を炊《た》いていただくだけではなく、いろんなふうに加工して食します。本日は昼餉ゆえ簡単なフォーになりましたが、もっともっと多様な料理があるのです。交易船団が出船する前に送別の晩《ばん》餐会《さんかい》を行うことになりますが、その際は安南流で催すことにしましょうか」

主人役の総兵衛が恭一郎に答え、この場で初めて異国の味に接する桜子とおりんに視線を移した。その眼差《まなざ》しに気付いた桜子が、

「うち、絶対に総兵衛様の故郷に行きますえ」

といつもの天真爛漫《らんまん》ぶりで宣言し、笑った。

「フォーが気に入りましたか」

「うどんより好きどす」

「安南は和国と同じように南北に長い国です。ために気候も土壌も人柄も地方によって大いに違います。南の土地ではフォーの汁が甘め、北の在所では辛めと味付けも変わります」

「総兵衛様、初めてこの青菜を食しました。どうしたら深浦で手に入るのですか、江戸では見たこともありません」

おりんが香菜について総兵衛に尋ねた。

「おりん、総兵衛様に従ってこられた今坂一族の女衆が苦労して育てられた香菜、柑橘類ですよ」

と母親のお香が答えた。

「そうでしたか」

おりんも桜子も故郷を逃れてきた今坂一族の女衆が、この和国に馴染もうとしている一方、故郷の味も忘れまいとしていることに気付かされた。

「総兵衛様、かような野菜や柑橘類は、この深浦で育てるより鳶沢村のほうがよく育ちませんか。種や苗木を鳶沢村に運んでいってはなりませぬか」

とお香が総兵衛に願い、

「おお、鳶沢村はこの深浦より日の当たる時間が長いでな、それはよい考えです。早速、次の鳶沢行きの船で香菜づくりに長《た》けた今坂一族の女衆といっしょに種子と苗木を運んで植えなされ」

と命じた。

昼餉の終わりに紅茶と甘味が供された。

「おりんはん、異国に参られたら異国の食べ物を仰山食べはって、あとで桜子に教えておくれやす」

「桜子様もフォーが気に入られましたか」

「はい。でも、私が食するより総兵衛様に時に食して頂きとうおす」

富沢町でお店《たな》の味に文句一つ吐かずに我慢してきた総兵衛の気持ちを桜子が察して言った。

「桜子様、お心遣い感謝申し上げます」

総兵衛が笑顔で答えて昼餉が終わった。

昼餉のあと、加納恭一郎は、信一郎と共に幸地達高船長に伴われて大黒丸の改装具合と船内の様子を見に行った。

おりんと桜子はイマサカ号に残り、お香に知恵を借りて交易船団に乗り組む九人の女たちの人選に入った。

一方総兵衛は、林梅香、壱蔵、柘植宗部の三人をイマサカ号の主甲板に呼んで、富沢町で深夜に起こった「死の舞い」の連中の示威《じい》行動を告げた。

「新たに異人の敵が現れましたか」

壱蔵が総兵衛に念を押すように問うた。

「そう見たほうがよかろう。大黒屋の前まで短艇三艘《そう》でやってきた。江戸の内海のどこぞに南蛮型ガリオン帆船が潜んでいるはずだ」

「警備を強めまするると同時に内海を捜索します」

と柘植宗部が請け合った。

宗部の嫡男《ちゃくなん》の満宗《みつむね》は江尻湊の船隠しにいて、第二回目の交易船団に積み込む荷の整理作業の指揮をとっていた。

「そう願おう」

宗部に応じた総兵衛が林梅香老師を見た。

第一回目の交易船団の後見方として乗り組んだ老師は、二回目の交易には従わず深浦に残るつもりでいた。

「二百年前のガリオン帆船ですか。なんとも時代に逆行しているような」

と林老師が自問した。

「手入れさえよければ二百年の歳月に堪えることもできよう。だが、実戦となると無理だ。おそらく二百年前のガリオン帆船に似せた新造帆船と思える。南蛮人ではない。私の推量では、フランス人かオロシャ人ではないかと思う。老師、彼らが敵であるならば、交易船団出港前に始末しておきたい」

総兵衛が自らの意向を告げた。

イマサカ号も形としてはガリオン帆船だ。だが、二百年前のものではなくイギリスの造船場で造られた最新のガリオン帆船で、一回目の交易航海のあと、イマサカ号も大黒丸も改良作業が大規模に行われていた。一回目の交易の収益の一部を使っての作業だった。

「相分かりました」

林梅香老師が総兵衛の意を受けて、「死の舞い」一味の正体を突き止めようと応じてくれた。

総兵衛は、三人をイマサカ号の甲板に残すと小舟で深浦の浜に下り、ふらりと総兵衛館から少し外れた場所にある火薬庫を訪ねた。

そこには今坂一族の火薬方風吉《かざきち》がいて、佐々木正介《しょうすけ》といっしょに火薬の調合をしていた。

「深浦の暮らしはどうですな、だいなごんどの」

総兵衛が小僧の正介に、柘植衆に育てられていた折のあだ名で呼びかけた。

「総兵衛様、もうだいなごんではありません、小僧の正介ですよ」

正介が嬉しそうに総兵衛に答えたものだ。

「そうでしたな、大黒屋の小僧にして鳶沢一族の火薬方見習いでしたな。どうです、異国の火薬の作り方、扱い方を風吉親方から習いましたか」

「総兵衛様、和国の火薬とは雲泥《うんでい》の差ですよ。あの大きな鉄の砲弾を遠くまで飛ばすのですから威力が違います」

総兵衛に答える正介の顔付きが精悍《せいかん》になっていた。

「秋には交易に出ると聞いたが総兵衛様は行くか」

言葉が丁寧になったりぞんざいに戻ったりしていた。それだけ必死で修業に没頭していたのではないかと、総兵衛は想像した。

「いえ、私は江戸に残ります。船団長は一番番頭の信一郎です」

正介がなにか言いかけ、話題を転じた様子が見えた。

総兵衛はそのことに気付いていたが黙っていた。

「風吉親方に教えられて異国の火薬を使い、かんしゃく玉を造ったぞ、いえ、造りました。総兵衛様、見てくれぬか」

と願った。

「見せてもらいましょう」

正介は火薬小屋の中にある石造りの部屋から丸い球と竹製の二尺五寸（約七六センチ）ほどの孫の手のようなかたちの道具を持ち出してきた。

正介の口には種火が咥《くわ》えられていた。

風吉は黙って弟子の正介の行動を見ていた。

孫の手の先には和紙で固めた二寸（約六センチ）余の玉が載せられる半円の器が付けられていた。

正介と総兵衛は火薬庫の外に出た。親方の風吉も従ってきた。

深浦の船隠しは、深浦の里からも離れ、隔絶した土地だった。少々の音にはだれも気付かなかった。

二寸余のかんしゃく玉を孫の手の器に載せると導火線に種火を点《つ》けて、孫の手の端を右手に握り、構えた。そして、導火線の燃え具合を確かめた正介が竹のしなりを利用して遠くへとかんしゃく玉を投げた。

かんしゃく玉は、大きな弧を虚空《こくう》に描いて、およそ二十五、六間（約四五メートル）ほど飛んで地上に落ちた瞬間に爆発した。一間半（約三メートル）四方の土が空に跳ね上がるほどの威力だった。

ふっふっふふ
と総兵衛が満足げな笑いを洩《も》らした。

総兵衛は、風吉にお国言葉で尋ねた。すると今坂一族の火薬方が何事か答えた。

京からの戻り、板橋宿外れの河原で爆発させた正介考案のかんしゃく玉は、「子どもの遊び」程度のものだった。

だが、異国の火薬と風吉の技術と知恵を借りながら、新しく正介が造ったかんしゃく玉は、もう少し工夫を施せば立派な武器、「飛び道具」として使うことができると総兵衛は思った。

佐々木正介には幕府の火薬方であった父親の血が確実に流れていた。

風吉も正介が熱心に火薬についてしつこいくらいに尋ねてくるし、独りで工夫してあれこれと造り出すと総兵衛に答えていた。

「正介、よう工夫したな」

総兵衛が褒めると正介が嬉しそうに笑った。

「だが、これではまだ武器としては使えぬ」

「総兵衛様、火薬玉はいくらも大きくできる、威力も増すぞ」

「竹製の飛ばし機では直《す》ぐに折れて使えなくなる」

「火薬玉も飛ばし機も何本も用意すればいい」

と正介が答えた。

「それでは実戦の折、役には立ちませぬ。正介、鍛冶方《かじかた》の初五郎を呼んできなされ」

総兵衛の命に正介が返事をすると同時に走り出していた。

「ショウスケ、かわいい」

和語に慣れない風吉が言った。

職人は無口の上に一人仕事が多い。どうしても他国の言葉に慣れるのに時を要した。

総兵衛は二人だけゆえ、風吉と故郷の言葉で会話した。

風吉は、こたびの秋の交易船団に火薬方として当然乗り組むことになる。一回目の交易にも従うはずだったが、出立前に病で下痢が止まらぬため深浦に残ることになった。その風吉が正介をイマサカ号に乗せ、実戦修業をさせたいと総兵衛に願った。

最前正介が言い淀《よど》んだのはこのことだろう。

総兵衛は、こたびは信一郎が船団長としてイマサカ号、大黒丸に乗り組む陣容を選抜していることを話し、そのことを伝えておくと答えた。

「総兵衛様、初五郎親方を連れてきたぞ」

と正介が戻って来た。

初五郎は鳶沢一族の出で若い内から深浦の船隠しの鍛冶方を勤めていた。

「総兵衛様、お久しゅうございます」

と髭面《ひげづら》の初五郎が火薬庫に姿を見せた。

「仕事中ではなかったか」

「大黒丸の改装はほぼ目途《めど》が付きましたよ。イマサカ号も大黒丸も一回目の航海時より頑丈になり、操舵《そうだ》操船性能も増しておりますぞ」

鍛冶方としての立場からそう評した。

「信一郎から報告を受けておる、ご苦労でしたな」

総兵衛は、鍛冶方として二隻《せき》の改修に携わった初五郎を労《ねぎら》った。その上で正介に視線を移した。

「まだ火薬玉はあるか」

「大小取り混ぜて十は造ったぞ」

「ならば、もう一度初五郎にそなたのかんしゃく玉を見せよ」

と命じた。

直ちに正介が火薬庫に立ち戻ると竹製の飛ばし機と最前より大きな火薬玉を持ってきた。

「風吉親方の弟子め、なにを造りましたな」

「まあ、見ておれ」

総兵衛らの前で正介が飛ばし機に火薬玉を載せて、導火線に火を移した。

ぱちぱちぱちぱち
と爆《は》ぜながら導火線が短くなっていく。

正介は先ほどより力を込めて大きく飛ばし機を振った。

火薬玉が円弧を描いて前回とほぼ同じ場所に落下して、大きな爆発音とともに破裂した。

「嗚呼《ああ》っ」

と正介が悲鳴を上げた。

竹製の飛ばし機が二つに折れていた。

「初五郎、正介の技を見たな」

「見ましたぞ。だが、こいつはいけませんや」

初五郎が正介の手から折れた飛ばし機を取り、仔細《しさい》に眺めた。

「初五郎、鉄でこの飛ばし機が出来ぬか。軽くて扱いやすく丈夫なものがよい。竹製の二倍から三倍飛ばすほどの距離が増せば、それなりの飛び道具になろう」

「なりますな」

と答えた初五郎が沈思し、風吉がしょんぼりとした正介を慰めるように肩に手をおいた。

「総兵衛様、弩《ど》に使う鉄材を薄くして火薬玉の受皿も一体化すれば、しなりも出て耐久性もあろう」

初五郎は、総兵衛らが安南から持ち込んだ弩の弓部分の鉄材を参考にして、さらに軽量な深浦製の弩を造っていた。その素材を使えば、難しくなく造れると請け合った。

「よし、急ぎ試してみよ」

「正介、その折れた孫の手を借りるぞ」

と鍛冶場に戻って行った。

「竹では駄目か」

「正介、餅《もち》は餅屋ということばを知らぬか。そなたは火薬玉の性能を上げることを考えよ」

総兵衛は正介に忠言し、その上で実戦に使うための技を一つ教え、

「即刻造ってみよ」

と命ずると、

「分かった」

と正介が得心したように返事をした。

二

深浦から幸地龍助《りゅうすけ》と新羅《しらぎ》三郎の操船する琉球《りゅうきゅう》型小型帆船が江戸を目指して出立したのは五つ（午後八時）過ぎだった。

晩春の時節にしてもすでに辺りは真っ暗だ。

船隠しへと通じる自然の要害に鳶沢一族が長年手をかけた水路には松明《たいまつ》が灯《とも》され、水路の両岸からは一族の者たちが総帥の乗る船へ向かって手を振り、

「春の『古着大市』には警護の手伝いに参りますぞ」

と言いながら見送った。

江戸の内海に出れば月明かりを頼りの航海だ。

だが、龍助は兄達高と同じように海をよく知り、操船に熟練した船乗りだ。

総兵衛らになんら心配はなかった。

江戸湾は穏やかで、そのせいか往路では随伴した二艘の船影は見えなかった。

総兵衛の命に従い、距離をおいての航海だ。

「総兵衛様、立派な診療室と治療室を設けて頂き、改めて感謝致します。もは

や加納恭一郎、明日にもイマサカ号に乗り込めと申されても即座に対応できます」

船が帆走に入り、安定した折、自信満々に恭一郎が礼を述べた。

「加納先生、明日出船では大黒屋のほうが対応できませぬ。まず『古着大市』を無事に乗り切る大仕事が待っております。この私、前回の『古着大市』の賑《にぎ》わいを知りませぬ。ゆえに楽しみでございます」

総兵衛の代わりに信一郎が恭一郎に応じた。

信一郎の言葉に微妙な不安が籠《こも》っているのを承知なのは、総兵衛とおりんの二人だった。

過日、大黒屋の前で「死の舞い」を披露した異人らしき集団がなにを画策してくるか、特に『古着大市』の会場で騒ぎを企てることを恐れていたからだ。

「むろん『古着大市』は大黒屋の表の商いゆえ大事でしょう。されど、こたびで五度目の催し、手慣れたものではございませぬか。私どもも江戸の風物詩となった『古着大市』に手助けできるのは光栄です」

加納恭一郎が言った。

恭一郎は大黒屋の陰の仕事に関わる異国交易の添乗医師となって、「鳶沢一族の裏の貌《かお》」に接することになったが、異人らしき集団については何も知らされていなかった。

加納家を紹介してくれたのは坊城麻子だ。麻子は両家の使命と人柄を知るゆえに自信をもって結びつけたのだ。

鳶沢一族と総兵衛にとって加納家と知り合いになれたことは大きな意味を持っていた。

「恭一郎はん、『古着大市』が終わったら、交易船団の試走が始まりますえ」

「桜子様、楽しみにございます」

と恭一郎が言い切った。

総兵衛も信一郎も幼馴染の二人の会話に口を挟まなかった。

海は総兵衛ですら体験したこともないはかりしれない力と可能性を秘めていた。それを海も船も知らぬ二人に重ねて説明したところで無意味どころか、よい結果は産まれないことを総兵衛も信一郎も承知していた。

「船団長、およその乗組員は決まりましたか」

総兵衛が話題を転じた。

琉球型小型帆船は安定した走りを続けていた。それは帆布の屋根の下にいても総兵衛には感じられた。

「イマサカ号の具円船長、千恵蔵副船長、大黒丸の幸地船長、林梅香老師らと相談し、前回の乗組みの者を中心に鳶沢、今坂、池城《いけぐすく》の若い衆に加え、こたびは栢植衆の者を出来るだけ登用するような手配りを致しました、栢植衆の頭分は栢植満宗を考えております」

「よいだろう」

「総兵衛様、前回の交易には私の下に三番番頭の雄三郎が加わってくれましたが、こたびは二番番頭の参次郎と見習い番頭の市蔵に異国交易を経験させたいのでございますが、そのことといかがでございますか」

「大黒屋のできるだけ多くの奉公人に異国交易を経験させることはよきことだ。そなたらの判断に総兵衛も従おう」

と了解した上で、

「手代はどうするな」

「田之助はいかがでございますか」

田之助は前回、総兵衛の京行きに従い、交易船団には乗船していなかった。

「よいでしょう」

とこちらも総兵衛があっさりと了解した。

「小僧は未だ体が出来ておりませぬ。航海に対応できるようになるのは体が出来てからにございます。むろん小僧格の勝幸は前回同様に交易船団に加えます。異国の言葉を話し、船を知る勝幸は貴重な存在です」

信一郎が総兵衛の実弟の勝幸の例外をこう説明した。

「船団長、一人だけ例外を認めてくれぬか。今坂の者でないゆえ航海の当初はそなたが申すように足手まといになるやもしれぬ。だが、航海に慣れれば必ずや交易船団の戦力になろう」

「ほう、だれにございますか」

「正介じゃ」

「総兵衛様、本日、火薬方で話し込んでおられたようですね」

「正介に願われたわけではない」

と総兵衛が言い添えた。それを聞いた信一郎が、

「承知致しました」

と応じた。

信一郎船団長は、まだ体が出来ていない小僧は乗船させぬという自らの決まりを破って了解した。総兵衛には必ずや格別な理由があってのことだと思ったからだ。

「おりん、そなたのほうはどうだ」

「母とも話し、およそ決まりました。あとは総兵衛様のお許しを得るだけです」

「お香とそなたが決めたこととなれば事後報告でよい」

「ふくと砂村葉は加えてございます」

それでもおりんが二人の名を上げて言った。

「女たちの乗船は加納先生の助けになろう」

「総兵衛様、航海中に娘たちを助手となる看護婦に仕立ててみせます」

と恭一郎が請け合った。

「心強いな」

総兵衛が応じたとき、船足が落ちたように思えた。だが、幸地龍助主船頭はなにも言葉を発しなかった。

信一郎もそのことを知りながら総兵衛に話しかけた。

「おりんを交易に伴うとするならば、総兵衛様の世話をする奥向きの女子がいなくなります。だれに致しましょうか」

「うちが手伝うのはあかしまへんか」

桜子が言った。

「桜子様は総兵衛様のお嫁様になるお方です。奥向きのお世話をし、店とのつなぎの役を果たす女衆は、ただ今のところ鳶沢一族の者がよかろうと思います」

信一郎が桜子に釘《くぎ》を刺したのを聞いて、

「母と話しました」

とおりんが言った。

「私の留守の間、母が昔とった杵柄《きねづか》でそのお役目に回るというのはいかがかと申しておりました」

信一郎が総兵衛を見た。

「お香なれば手慣れたものであろう。じゃが、お香はただ今深浦にて今坂と栢植衆の女衆に、鳶沢一族と大黒屋の二つの奉公についての知識や和語、仕来りを教えておろう。その仕事はどうするな」

「最近では今坂一族の女衆に和語をそこそこに話す者が出てきましたゆえ、その者たちや栢植衆の娘たちを富沢町のお店に伴い、実際に江戸にて店の仕来りやら言葉使いを教えるというのはどうかと母が申しておりました」

その言葉を聞いて総兵衛も信一郎も得心した。

「よかろう」

「となれば留守の間、私どもの家を母の住まいにしてようございますか。母は深浦から伴った何人かを手元において躾《しつ》けるつもりのようです」

「万事周到なことよ」

と総兵衛が笑い、桜子を見た。

「うちに仕事はおへんのどすか」

「桜子様には総兵衛様を助けるために高みから大黒屋の女衆を見守るお役が待っております。むろんわが母も桜子様の差配下にございます」

おりんが言い切った。

桜子がいささか寂しそうな顔をしたとき、龍助が、

「総兵衛様、船団長」

と名を呼んだ。

二人が無言で帆布下から琉球型帆船の舳先《へさき》に出た。

江戸の内海に黒い船体のガリオン帆船が茫洋《ぼうよう》として浮かんでいた。

総兵衛も信一郎も直ぐに、半年も前、長崎湾口に浮かぶ伊王島の沖合で見られたというガリオン船のマードレ・デ・デウス号と分かった。

古代より地中海で使われていた船は、

「ガレー船」

と呼ばれる櫂《かい》と帆を併用するいわば内海用の船だった。

だが、十五世紀に入ると時代は地中海交易から新大陸を目指す大航海時代に

突入する。そのためには多くの乗員と戦士を乗せ、物資を大量に運び、強大な戦闘力を持つ、より大型の帆船へと改良が加えられていく。かくして大海原をも乗り切れる三本帆柱の南蛮型ガリオン帆船が完成した。

　このガリオン帆船の出現によってイスパニアとポルトガルは新しい領土獲得を目指して新大陸へ、天竺《てんじく》へと航海していく。

　一度も寄港することなく海上二千海里以上を航海できる船体の耐航性と荒海に抗し得る操舵性を備えたガリオン帆船は、船首楼が高く、また船体全体に装飾が過剰なほどに施されていた。二段にわたる砲門がきれいに両舷にならぶのもその当時のガリオン船の特徴であった。

　そんなガリオン帆船が二人の視界にあった。

　同じガリオン型といっても大きさはイマサカ号の方がはるかに大きい。また装飾を省き、実際の航海における効率性に徹したイマサカ号は、こたびの改修でその能力を大きく高めていた。

　信一郎は持参している遠眼鏡を二百年も前のガリオン船の船名を確かめるために船尾に向けた。しばらく見ていた信一郎が、

「総兵衛様、お確かめを」

と遠眼鏡を渡した。

総兵衛は月明かりとガリオン船の灯りを頼りに遠眼鏡で船尾を見た。やはり、

「Ｍａｄｒｅ ｄｅ Ｄｅｕｓ」

と書かれてあった。

「マードレ・デ・デウス号か、聖母マリア号という名のガリオン船だ」

その船上には人影がなかった。

江戸の内海に南蛮船が停泊していること自体、奇妙極まりないことだった。

「過日、店の前で『死の舞い』を演じた者たちの船でございましょうな」

「まず間違いなかろう」

と答えたとき、内海に死を予期させる調べが流れてきた。するとガリオン船の背後から短艇が三艘姿を見せた。

月明かりに白く透き通った布地が緩やかに閃《ひらめ》き、三艘の短艇に立ち上がった者たちが舞い始めた。

「死の舞い」

だ。

総兵衛は背の高い踊り手たちが、仮面をつけていても、

「女」

であることを認めた。

総兵衛らを油断させようとしてか、ゆっくりと「死の舞い」の短艇が琉球型帆船へと近づいてくる。

「龍助、三郎、帆布を外せ」

仮屋根を畳むように信一郎が命じた。

直ちに帆布が外された。

総兵衛はその間に鍛冶方の初五郎と正介から受け取った道具を足元に引き寄せていた。

信一郎と三郎が弩を摑んだ。

「船団長、新羅三郎、相手が仕掛けぬかぎりこちらから戦う様子を見せてはならぬ」

と総兵衛が命じた。

さらに「死の舞い」の短艇三艘は、ゆっくりと静かに接近してきた。

その距離、一丁半（約一六〇メートル）と迫ったとき、舞い手の女たちの間から弓方が姿を見せた。

火矢だ。

初めて「死の舞い」の連中が明確な敵意を示した。

信一郎と三郎が弩を構えた。だが、三艘の短艇の火矢を構える弓手ははるかに数が多かった。

総兵衛は、足元の布包みを解いた。

「おりん、火種を貸してくれぬか」

総兵衛が言った。

おりんがランタンから火を火縄に移して渡した。

桜子と恭一郎は姿勢を低くして総兵衛らの行動を見詰めていた。

今やおりんも積み込んであった弩を手元に引き寄せていた。

火矢が放たれたが、一射目はみな琉球型小型帆船の帆の傍らを飛び去っていった。

二射目はさらに狙《ねら》いが定まるのがわかっていた。

総兵衛は火縄を口に咥えると、初五郎が試作した鉄の薄板製の飛ばし機の半円の皿に、正介がさらに工夫して造った火薬玉を載せ、火縄で火を点けた。

二射目の火矢がこちらの帆布を突き破り、燃え上がった。

その瞬間、総兵衛は飛ばし機を背に回し、手首のしなりを利かせて火薬玉を飛ばした。

間合は一丁。

火薬玉は夜の波上に円弧を描いて飛び、「死の舞い」を続ける三艘のうちのほぼ真ん中に落ちると、大きな破裂音とともに爆発した。

総兵衛が、

「火薬の中に散弾を混ぜてみよ」

と正介に命じた効果は絶大で「死の舞い」の三艘から悲鳴が上がった。

「よし、帆を畳んで火を消せ」

と信一郎が命じたとき、鳶沢一族の警護船二艘が総兵衛らの船へと接近してきた。

「加納先生、桜子様、隣りの船へと乗り移りますぞ」

総兵衛が言うと桜子の体を、ひょい、と抱え上げ、試作された火薬玉飛ばし機を片手に大黒屋の荷運び頭権造《ごんぞう》が船頭の船へと飛び移った。さらに恭一郎とおりんが乗り移り、権造の船は一瞬にして終わった戦いの場を離れた。

琉球型小型帆船の燃える帆布の焔《ほのお》が消され、もう一艘の僚船に助けられて総兵衛らの船を追ってきた。

総兵衛は桜子を権造の船の胴ノ間に下ろすと、静寂を保つガリオン帆船、マードレ・デ・デウス号船尾の高甲板を見た。

女が独り立っていた。

その女の素手が差し延ばされて短筒を模したか、銃口の指先が総兵衛に向けられて「引き金」が引かれた。

無音の銃声と敵意の銃弾を総兵衛は感じ取っていた。

「死の舞い」の三艘の短艇は、母船のマードレ・デ・デウス号に引き返していった。

「恭一郎はん、総兵衛様とおると退屈しまへんやろ」

「桜子様、確かに」

と答えた恭一郎の言葉は上ずっていた。

権造船頭の船に二艘の僚船が接近してきた。

「総兵衛様、あのような飛び道具は今坂一族の隠し玉でございますか」

と信一郎が尋ねた。

「柘植衆に育てられた正介と鍛冶方の初五郎の工夫よ」

と答える総兵衛の声が嬉《うれ》しそうだった。

「江戸府内では使えまいが、交易船団に何挺《ちょう》ずつか載せるために工夫を重ねよと命じてきた」

「それが柘植の郷育ちの正介を交易船団に加えよと命じられた理由でしたか」

「だいなごんめ、亡父の血筋じゃな、火薬の扱いが上手だ。だが、正介が考えた竹製の飛ばし機では、遠くに火薬玉を投げられぬ。そこでしなりがあって耐久性に優れ、扱い易《やす》いように軽いものを造れと初五郎に命じておいた。急ぎ造ったゆえに未《ま》だ改良の余地がある。だが、十分に実戦に使えることが分かった」

「総兵衛様、扱いが難しい大砲の間に使えば、交易船団の戦力が増すことは必定でございます」

船団長の信一郎も満足げだった。

「桜子様、この加納恭一郎、益々《ますます》交易航海が楽しみになってきました」

「恭一郎はん、忘れてはなりまへんえ。あなたのお役目は病や怪我《けが》を治すことや。総兵衛様方のように戦うことやおへん」

との桜子の注意に、

「ふっふっふふ」

と総兵衛が笑った。


総兵衛ら一行が大黒屋の船隠しに戻ってきたのは、夜半九つ（零時）過ぎのことだった。

船隠しに光蔵が迎えに出て、

「総兵衛様、深浦に変わりはございませんかな」

「一族の者たち、『古着大市』の助けに来ることを楽しみにしておりましたな。

イマサカ号も大黒丸も改装を終えて、あとは試走を待つばかりでした。異変はなにもありません」

光蔵の問いに答える総兵衛の声はいつもの平静な大黒屋の主《あるじ》のそれだった。

「それはようございました」

光蔵の目がどこか上気した加納恭一郎に向けられた。

「加納先生、船の夜旅は疲れましたか」

「いえ、疲れはしませんが、あれこれと驚かされることばかりでした」

「おや、さようで。ならば今晩はうちに泊まっていかれませ」

と光蔵が言い、桜子の、

「うちも泊まらせてもらいます」

という言葉に恭一郎も大番頭の好意を受けることにした。

総兵衛が離れ屋の居間に戻ったとき、光蔵が、

「加賀藩江戸藩邸から使いの方が見えて、『古着大市』が終わり次第、藩士十人をうちに預けるとの口上にございました」

「そろそろ連絡《つなぎ》が入るころと思うておりました」

「十人の長として大筒方物頭に出世なされた佐々木規男様が再び乗り組まれるそうでございましてな、使者というのは佐々木様自らにございましたぞ」

と報告した。

そこへ船隠しから信一郎とおりんが離れ屋に上がってきて、

「事情を承知の佐々木様が乗り組まれるのは心強いかぎりです」

と船団長の信一郎が言った。

「総兵衛様、『古着大市』をまず無事に終えることに専念します。そのあとに交易船団の試走航海に入ろうと思います。それで宜《よろ》しゅうございますな。その前に乗組みの者たちの名簿は、総兵衛様、大番頭さんに確かめてもらいます」

と信一郎が総兵衛に改めて願い、了承された。

三

季節は暦の上で初夏へと移ろった。

すでに富沢町では『古着大市』の仕度が着々と進み、明後日の始まりを待つばかりになっていた。

当初三月の四日から六日までの三日間の開催予定だったが、江戸に風邪が蔓《まん》延《えん》したために一月遅れの開催となった。この開催日の変更についてはその後、「三月の花見の季節に『古着大市』を催すのは勿体《もったい》ない。四月は新緑の季節、天候も安定してなかなかよい」

という古着屋仲間の声が上がり、以後四月十日の開催に定着していくことになる。

とまれ、話が先に進み過ぎた。

大番頭の光蔵は、大黒屋に富沢町の世話方、伊勢屋貴之助《きのすけ》、万屋《よろずや》松右衛門、一徳屋精兵衛、井筒屋久右衛門、柳原土手の浩蔵《こうぞう》、砂次郎らを集め、大黒屋から光蔵、信一郎らが加わって最後の打ち合わせをした。

むろん大黒屋あるいは鳶沢一族に「敵意」を向けてきた異人の集団が江戸でも一、二を争う大市の場に危険をもたらす行動をとるかもしれないなどという話は一切出ることはなかった。

このことは裏の貌《かお》、鳶沢一族の正体を公《おおやけ》にすることになるからだ。ためにこの日は『古着大市』の進行具合やショバ割りの確認、新規に加わった村松町などへの細かい説明などが話し合われた。

打ち合わせがほぼ終わったとき、伊勢屋貴之助が、

「大番頭さん、こたびも川向うの久松町出店では、町奉行所からの預かりの品を売り立てなされますな」

と問うた。

「はい、そのつもりでおりますが、なんぞ差し障《さわ》りがございましょうかな」

これまでも南北町奉行所が不正を為《な》した店から押収《おうしゅう》した品や、盗品でも持ち主が特定できないものなどを久松町出店で預かり、南蛮骨董商《こっとうしょう》の坊城麻子《ぼうじょうあさこ》が女主《あるじ》となって値をつけ、売り立ててきた。

その外にも「新中古」として値の張る京友禅、加賀友禅、紬《つむぎ》、上布《じょうふ》など新品同様の着物、反物、小間物などもあり、また長崎口で輸入した珍奇な工芸品骨董品があり、上客たちの評判を呼んでいた。

大黒屋ではこれらの品々に交易で持ち帰った品を加えて売った。むろん南北町奉行所らは、自分たちの押収品を金子に替えられることもあって、南蛮骨董商の女主人の品物や大黒屋から提供される異国の品には黙認の態度で臨んでき

た。

幕府の財政が逼迫《ひっぱく》する中、町奉行所にとって『古着大市』での売り上げは無視できない額になっていたからだ。

また昨今、『古着大市』に集まる客の好みも多様化し、小物や袋物など身につける物にかぎり、高価な新品でも、

「古着との組み合わせ」

で認めざるをえないようになっていた。

「いえね、大黒屋の大番頭さん、ちらりと聞き込んだことですが、幕閣の一部から富沢町で開かれる『古着大市』は、古着商いの範疇《はんちゅう》を逸脱していないかとの文句が出ているとか、この辺り、町奉行所からなんぞ言ってきておりませぬか」

と案じ顔で伊勢屋が言った。

「伊勢屋さん、『古着大市』を直《じか》に監督差配されている南北町御奉行所からそれはございません。ですが、伊勢屋さんが耳にされた話はうちでも把握しております。お金が動くところには公儀が目をつけられる、それは致し方ないこと

です。そのために皆さんのお力を借りて、御救《おたすけ》小屋や昨年の大雨の被害には大金を投じて入堀の整備をし、新栄橋に架け替えました。幕閣には、その行為を認めるお方もいれば、伊勢屋さんが申されたように苦々しく思っておられるお方も一部にはあることも確かです。ゆえに私どももその点には細かい神経を使い、公儀から注文が出ぬような『古着大市』を開催せねばなりません」

光蔵の返答だった。

「大黒屋の大番頭さんよ、これだけの行事になれば嫉妬《しっと》もあってよ、文句をつける輩《やから》はどこにもいるよな。わっしらは、分を心得て古着を一枚一枚丁寧に売っていく、そのことしか考えてない。これだけの催しだ、おれたちが知らぬところで銭も掛かろうじゃないか。その辺はひょろびり売りのわっしらにはどうにもできねえ。この点は大黒屋さんの手腕に任せてよ、騒ぎのないようにする。それが柳原土手の商いの流儀だがね」

と柳原土手の世話方浩蔵がいい、

「久松町出店の客筋とうちらの客筋は天と地ほどの差があるもんな。お互いが分を心得、補い合うからこれだけの催しに発展したんじゃないかね。町奉行所に途方もない実入りが毎回あるんだろ、例えは悪いが盗人《ぬすっと》の上前はねているのがお役人だ、それも汗もかかずにな。それに嫉妬する輩はどこにもいるってことよ。ここいらあたりの駆け引きは、大黒屋さんに任せるしかねえな。そう、思いませんかえ、伊勢屋さん」

と『古着大市』の始まりからの同じ世話方砂次郎も言った。

「そういうことでございますよ」

一徳屋精兵衛が柳原土手の二人に賛意を示した。

一徳屋では女房が病にかかり、商いが傾きかけたとき、総兵衛の指図で光蔵が二百両の金子を密《ひそ》かに贈って、危機を脱していた。それだけに大黒屋の万遍ない気配りを承知していた。

「有難うございます、柳原土手の衆に一徳屋さん、私どもはお上の意向には逆らうことはできません。そのことを頭におきながら『古着大市』をさらに継続発展させていきたいと思うております」

光蔵が世話方の打ち合わせを締め括《くく》った。

「それより大番頭さん、前回は新栄橋の渡り初めが『古着大市』の始まりを告げたがよ、今回の人寄せの目玉はなんですね」

「浩蔵さん、いいことをお尋ねになりました」

と光蔵が身を乗り出した。

「おお、隠し球があるんだな。なんですね」

「各店にかようなくじ引きの札を置きましてな、百文以上お買い上げになったお客様に札を一枚差し上げて、三枚溜《た》まると新栄橋に設けたくじ引き場で一回くじが引ける仕組みにします。当たりの赤玉が出たら木綿の浴衣地《ゆかたじ》などを差し上げる趣向を考えてございます。どうでしょうな、人寄せとしては地味に過ぎますかな」

「ほう、くじ引きかい。大番頭さんよ、当たりの品が浴衣地というのはどうもな、おりゃ、金がいいがな、金にはできないのか」

と砂次郎が応じた。

「柳原の人、だれがくじの当たり金を出すんですよ。私どもになにがしかの金をといわれても、これ以上ちょっとね」

万屋松右衛門が腰が引けたという顔で言った。

「万屋さん、砂次郎さん、金子を当たりとして差し上げるのは富籤《とみくじ》に絡《から》んでできません。まあ、浴衣地とか、手拭《てぬぐ》いていどの品でも当たればうれしいものではございませんか」

一番番頭の信一郎が言った。

「そうか、富籤とは違うもんな。三百文の古着を買ってよ、一反の浴衣地でも当たればそりゃうれしいぜ」

「うちのおりんが頭分になってやることになっています」

「おお、一番番頭さんの嫁さんが陣頭指揮かえ。ならば柳原から二人か三人、手伝いに出すぜ」

「そりゃ、助かります」

と話が纏《まと》まった。

世話人らが帰ったあと、光蔵は総兵衛にその集まりの様子を報告に行った。

総兵衛は、話に出た『古着大市』に文句をつけた幕閣とは老中牧野忠精《ただきよ》であろうと推測した。

忠精が藩主の長岡藩は、信濃《しなの》川が越後平野に流れ出た地に位置し、越後の古《こ》志《し》郡を中心に三島《さんとう》郡、蒲原《かんばら》郡の一部を領有した譜代中藩である。

老中牧野忠精は九代目藩主にして四十六歳、これまで奏者番、寺社奉行、大坂城代、京都所司代を勤め上げ、享和《きょうわ》元年（一八〇一）から老中に昇進していた。また藩主として七万四千石の領内を固め、

「中興の英主」

として評判が高い大名でもあった。だが、忠精のように出世の階段をとんとん拍子に上り詰めるにはそれなりの金子が要ったはずとも噂されている。

それらのことを総兵衛は光蔵から聞かされていた。

「今日あたり、坊城麻子様か、本庄義親様からお知らせがあってもよいころですがな」

総兵衛は二人の探りに期待をしていた。

「ただ今のところ老中に就かれて五年目の牧野様お一人が『古着大市』の反対派のようでございますゆえ、そう案じることもなかろうとは思います。少なくとも南北両町奉行所管轄の、それも明後日に開催が迫った催しの中止を、先任

のご老中もおられる中でお一人で押し切るわけには参りますまい」

と光蔵が言った。

「大番頭さん、奈辺に牧野様が目くじらを立てられるのかが分かれば対応の仕方もありましょうがな。ここはまず、麻子様あるいは本庄の殿様の知らせを待ちましょうか」

そこへ信一郎が姿を見せて、

「本日の昼下がりに南北町奉行所を訪ねて売り立ての品を預かって参ります。それらの品は坊城麻子様に見ていただいて値を定めたいと思います。ただ麻子様でも男物の煙草《たばこ》入れやら小道具などは判定が難しいそうです。そこでこの際、富沢町の質商富屋《とみや》の番頭さんの知恵を借りたいと思うのですがこの件、いかがにございましょうか」

と総兵衛にお伺いを立てた。

「一番番頭さん、富屋さんが加わるとなると、自分のところの品も売ってくれと願われるのではございませんか。そうなるといよいよ城中のお方の目が光ることになりますすな」

光蔵が案じた。

質商も古着屋と同じ八品商売人として町奉行所の監督下にあった。

「確かにその懸念《けねん》はございます」

「麻子様が値を付けられないものは富屋さんに持ち込み、知恵を借りてなにがしかの鑑定料を払うというのではどうですな」

「まずそう致しましょうか」

総兵衛の提案を光蔵と信一郎が受け入れた。そこで総兵衛は話柄を変えた。

「過日、影様を『古着大市』にお招きしたところ、快く招きに応ずるとのお答えでありましたが、どう接待したものでしょうかな」

「九条文女《くじょうあやめ》様は、おそらく仙洞女院付《せんとうにょいんづき》としての身分でお見えになりましょう。おそらく坊城麻子様とはご昵懇《じっこん》のはず、麻子様のお力を借りるのがよろしかろうかと思います」

光蔵が即答した。

幕府の禁裏付は朝廷対策として江戸から京へと派遣され、仙洞御所などを支配する役人だ。そんな役職の一つに、

「女院付」

というのがあった。

寛永二十年（一六四三）八月晦日《みそか》に初めて置かれたが、延宝六年（一六七八）に東福門院和子の崩御によって廃止されていた。

だが、朝廷と幕府の間を結ぶものとして密かに続いていると、光蔵はいうのだ。

となれば、朝廷に密接なかかわりを持つ坊城麻子と五摂家の出の九条文女が親交を持たないはずがない、と総兵衛は見ていた。

坊城麻子は南蛮骨董商いの仮面をかぶり、九条文女は「影」の務めを果たすためにか、女院付の役職をどうやら有しているらしい。これまでの九条文女の京での言葉を思い出しても、坊城母子《おやこ》のことを承知していることは推察された。

それにしても京の仙洞御所の女院付の女性がなぜ公儀の、

「影」

の役目を勤めるのか、総兵衛には理解ができなかった。

ふと、思い出したことがあった。京に滞在中、光蔵からの書状の文言だ。た

しか、

「五摂家の九条家の娘文女様が、先の京都所司代にして、その後、老中に転じられた、さる大名家の殿様と相思相愛であった」

というものだ。

もしや文女の相思相愛の殿様とは、牧野忠精のことではないか。となると、文女の「影」としての立場は、微妙なものになってくるのではないか。一大名の想《おも》い女《びと》となると厄介なことにならぬか。

これは坊城麻子の力を早々に借りるしかあるまいと総兵衛は思った。


その昼下がり、坊城麻子と桜子が大黒屋を訪ねてきた。

「いよいよ、また『古着大市』の始まりどす」

麻子の顔が珍しく上気していた。

「また麻子様にご足労をお掛け申します」

「総兵衛様、一年に二度の楽しみどす」

「古着を扱う市の中での賑々《にぎにぎ》しい商い、麻子様のいつもの遣《や》り方とだいぶ様子が違いましょう。楽しみにございますか」

「お大名やら大商人らを相手の商いは辛気くそうおす。その点、青空の下、大勢の人びとが詰めかける『古着大市』の中での商い、活気があって心が弾みます」

　と麻子が笑顔を見せた。

「今日にも南北奉行所からの品が届きます、また見立てをお願い申します」

　と総兵衛が願った。

「心得ました」

　麻子が請け合い、久松町の出店を改めて見に行きたいと申し出た。そして、四半刻《しはんとき》（三十分）後に戻って来た坊城麻子に総兵衛が、九条文女のことを承知かどうか尋ねた。

「文女様は京の五摂家の家系どす、ゆえにそこそこにはお付き合いがありますえ」

　この辺りは光蔵の書状に書いてあったことだ。

「九条文女様を古着大市にお招きしたところ、快くお受け頂きました。ですが、どうご接待したものか、総兵衛、見当がつきません。麻子様と桜子様にお手伝いして頂けませぬか」

「おや、総兵衛様が文女様に関心があるとは思いもしまへんどしたえ」

桜子が総兵衛の顔を見た。

京に滞在中、総兵衛と桜子は、茶屋家の瓜生山《うりゅうやま》別荘の茶室安南庵にて主の茶屋清方の接待を受けた。その茶室の連客が九条文女だったのだ。

「桜子、総兵衛様には一族の方々を率いる頭領のお役目がございます。知らぬ振りをするのも大事なことどす」

麻子が桜子に注意した。

「あっ」

と洩《も》らした桜子が、

「堪忍《かんにん》どす、総兵衛様」

と直ぐに詫《わ》びた。

総兵衛は笑顔を桜子に向けて許した。

「総兵衛様、文女様のどのようなことが知りとうおす」

「九条文女様は、さる大名家の殿様と昵懇の間柄であったとか」

麻子が総兵衛の顔を正視した。

麻子もまた今は亡《な》き大名にして大給《おぎゅう》松平家の乗完《のりさだ》と相思相愛になり、桜子が誕生していた。また松平乗完も牧野忠精も京都所司代を勤めたのち、老中に出世していた。だが、それからが二人の老中の運命は違った。乗完は若くして身《み》罷《まか》り、忠精は老中として存命していた。

ともかく九条文女と坊城麻子の境遇は似ていた。

しばし黙考した麻子が、

「文女様のお相手は、越後長岡藩主牧野忠精様どした」

と過去形でずばりと答えた。

なんと影様は鳶沢一族と敵対するかもしれぬ老中牧野忠精の想い女であったのだ。

「今では牧野様と文女様はお付き合いがないと申されますか」

「ございまへん」

麻子の答えははっきりとしていた。

「牧野様の京都所司代は、寛政十年（一七九八）の十二月から享和元年（一八〇二）の七月までどした。老中となられて文女様を江戸へと呼ばれましたが、牧野様の奥方が文女様に激しい嫉妬をなされ、文を度々書き送って激しく詰《なじ》られたとか、今から三年余り前のことどす」

「今は密かなるお付き合いもございませぬか」

総兵衛の執拗《しつよう》な問いに桜子は驚きの表情を見せた。だが、麻子は平然としていた。

「総兵衛様、老中牧野忠精様が『古着大市』の催しに反対なさるのは、九条文女様が総兵衛様に格別の肩入れをされていると見ておられるからやあらしまへんやろか」

「英邁《えいまい》な牧野様が未だ文女様に未練を持っておられる」

「と、思います。けどな、文女様はもはや牧野様とはお付き合いすることがかないまへん、お立場が前と違います」

総兵衛は大きく首肯した。

麻子は文女の正体を察していた。

「麻子様、他人を詮索《せんさく》する不快な問いによう答えて頂きました」

「総兵衛様のご使命のためどす」

「はい」

母親と総兵衛の会話を桜子が訝《いぶか》しげな顔で聞いていたが、一切問い質《ただ》そうとはしなかった。

（うちは総兵衛様のことをなんも知らへん）

いや、自分が知ってはならぬ重荷を総兵衛が負わされている宿命を桜子は改めて思った。

「総兵衛様、うちら、茶屋家の安南庵で茶を馳走《ちそう》になりましたな。こんどは総兵衛様が主《あるじ》で文女様に茶を馳走なされたらどないどす」

「総兵衛は、茶の作法など存じませぬ」

「いえ、いつか、母とうちが茶をいただきましたな。あれでよろしゅうおす。きっときちんとした茶の作法より文女様は総兵衛様の亭主ぶりを喜ばれます」

桜子が言い切り、麻子が頷《うなず》いた。

「その折、麻子様、桜子様、連客として総兵衛をお助け下さいますか」

「もちろんどす」

と桜子が請け合い、影様九条文女の接待方が決まった。

坊城麻子と桜子が大黒屋を辞去したあと、総兵衛は光蔵、信一郎、おりんを呼んで、麻子からもたらされた話を伝えた。

「なんと影様が老中牧野忠精様とさような関わりがございましたか。どう私どもは対処すればよいので」

光蔵が困惑の体で洩らした。

その言葉に総兵衛は答えなかった。その代わり、おりんが、

「牧野忠精様の周りを探ってみます」

おりんは、九条文女と牧野忠精の間が完全に切れているかどうか調べるというっているのだ。

「九条文女様の周りは決して調べてはならぬ」

と総兵衛が注意し、そのことを許した。

「それにしても坊城麻子様と九条文女様の境遇はなんともよう似ておられます

な」

　と光蔵も総兵衛と同じことを考えていたか、その言葉を洩らした。

「大番頭さん、松平乗完様と麻子様の間には桜子様がおられますが、文女様はおそらくお独り身ではありますまいか」

　とおりんが言った。

　ともあれ鳶沢一族に老中牧野忠精が真《まこと》に敵対しているのかどうかは、一族にとって重大な問題だった。

「おりん、北郷陰吉《きたごうかげよし》を手伝わせてみよ。女ではなかなか聞けぬ話を陰吉ならば聞き出してこよう」

　と総兵衛が命じ、おりんも得心して受けた。

四

　その日の夕暮れ前、大目付首席の本庄義親の腹心の家臣岩城《いわき》省吾《しょうご》がふらりと大黒屋に姿を見せた。直《す》ぐに光蔵は店座敷に岩城を招じ上げた。

「ただ今こちらに伺う前に富沢町をひと廻りしてきたが、『古着大市』の仕度はおよそ整ったようですな」

　磊落《らいらく》な口調で岩城が言った。

　光蔵は岩城に緊迫の気配がないと見てとった。

「まあ、ほぼ整いましてございます。明日は朝早くから一日じゅう荷の搬入が行なわれますで、入堀は荷船でごった返しましょうな」

　さほど切迫した様子の見えない岩城に光蔵も『古着大市』の仕度が終わったことなどを答え、

「殿様になんぞございましたかな」

　と遠まわしに用件の催促をした。

「おお、大事なことを先に済ませるべきであった。こちらの主どのへの殿の書状を預かってきておる」

　岩城が懐《ふところ》に携帯してきた書状を差し出した。文箱《ふばこ》を中間《ちゅうげん》に持たせてのことではなく、自らが懐に入れてきたということは『古着大市』開催への挨拶《あいさつ》などではあるまいと、光蔵はすぐに受け取り、

「岩城様、暫時《ざんじ》お待ち下さいまし。主から返書があるやもしれませぬ」

と願って奥へ向かった。

店から離れ屋の渡り廊下に差し掛かると、散歩を終えた甲斐《かい》、信玄、さくらの三頭が九輔《きゅうすけ》と忠吉《ちゅうきち》に餌《えさ》をもらっているのが見えた。四肢を踏んばり、すごい勢いでこの日二度目の餌に食らいついていた。

「総兵衛様、本庄様から文にございます。使者として岩城様がお見えです」

地下の大広間で独り稽古《げいこ》を終えた総兵衛が居間に座したばかりの様子だった。

『古着大市』を控えて総兵衛もなかなか稽古に時が割けなかった。

「拝読いたしましょう」

文机《ふづくえ》の前に座した総兵衛が書状を披《ひら》いて黙読した。短い書状ではなかったが総兵衛は二度ほど熟読し、しばし沈思したあと、

「本庄様に返書を認《したた》めます」

と大番頭に答えた。

総兵衛は文机の前から立ち上がり、居間から書斎へと身を移そうとした。来一郎が普請《ふしん》した部屋の机と椅子《いす》で書を認めるつもりのようだった。

「ならば岩城様のお相手をしております」

光蔵が店座敷に戻って行った。

総兵衛は書斎に入り、天井から吊《つ》るしたランタンと卓上型の行灯《あんどん》に灯りを灯《とも》した。

インク壺《つぼ》にぎやまんのペンを差し込み、用箋《ようせん》に横書きでペンを走らせた。ペンをとると和語であっても横書きになってしまう。互いに信頼を寄せ合う本庄義親宛《あ》てゆえにできる書き方だった。

頭に整理していた返事を一息に書き上げ、読み直した。用箋二枚に認めた文を巻紙に包んで宛て名も差し出し人の名も記さなかった。

居間に戻るとおりんがいた。稽古をしていた総兵衛に湯が沸いていることを告げにきたのだ。

「岩城様にご苦労様と伝えて下され」

と総兵衛が認め終えた書状をおりんに差し出し、

「岩城様に陰警護を三人ほどつけなされ」

と命じた。

おりんは主の命を即刻理解し、首肯した。

総兵衛は、湯殿に向かい、稽古の汗を流した後に湯船に浸《つ》かって本庄義親からの知らせをじっくりと考えた。

湯から上がると総兵衛の着替えがすでに用意されていた。おりんに命じられた砂村葉が用意したのだろう。

脱衣場の外廊下に人の気配があった。

「葉か」

総兵衛は砂村葉かどうか確かめた。

「はい」

と返答が戻って来た。

「葉、おりんから話を聞いたか」

総兵衛が質《ただ》した。

おりんがゆくゆく砂村葉を自分の代わりに奥向きの女衆《おなごし》に育てようと考えていることを総兵衛は承知していた。むろん深浦にいるお香とも相談の上のことだ。

本来ならばお香、おりん母娘《おやこ》が務めてきたように、鳶沢一族の娘から選ばれてしかるべき役目だった。

ところが砂村葉は、鳶沢一族の出ではなく、さらには池城、今坂一族でも新参の柘植衆でもなかった。

少女の葉はかつて過酷な経験を強いられていた。だが、深浦の暮らしの中で少しずつその残酷な経験の記憶が薄れるように務め、生きのびる術《すべ》を本能的に身につけようとしていた。武家の出の彼女は、元々同じ年頃の娘の中でも冷静沈着にして分別ある性格を示していた。

そのことを総兵衛もお香、おりんも承知していた。

葉は総兵衛の問いを即座に理解した。

「はい」

「どうだ、見知らぬ地に参ることは」

しばし沈黙があって、

「得難き経験かと存じます」

と答えた。

うむ、と答えた総兵衛が、

「異国への航海は娘のそなたらには厳しかろう。だが、この江戸だけが世界のすべてではないことを知るよき機会じゃ」

また間があった。そして葉が総兵衛に聞いた。

「お尋ねしてようございますか」

「なんなりと尋ねてみよ」

「葉が、私が異国に行くよう命じられたのは総兵衛様にございますか」

「いかにもさようだ」

葉はまた沈黙した。

「そなたなれば異国を理解し、航海や交易の実際を経験することで自分を成長させるきっかけにできるであろうと思うたからだ。それはそなた自身にとって、ひいては鳶沢一族にとって大事なことなのだ」

鳶沢一族の総帥《そうすい》が一族の者にかようにも懇切丁寧に言葉を告げることは滅多にない。

「砂村葉、身に余る光栄と存じます。必ずや総兵衛様のご期待に応《こた》えます」

「それでよい。イマサカ号と大黒丸の二百五十人余の仲間と過ごすことはきつくもあろうが、楽しくもあろう」

「はい」

と答えた葉が、

「深浦でいつもあの大きなイマサカ号を見ては、総兵衛様と一族の方々が住んでおられた安南とはどのようなところか考えておりました」

と答えて、その気配が消えた。

葉の口調にどことなく諦《あきら》めと感謝の思いが感じられた。

おりんらは、葉が総兵衛に思慕の念を抱いていることを承知していた。

一時、そのことに悩んだようだが、葉自ら桜子に質して潔《いさぎよ》い返事を聞き、総兵衛への想いを絶ったのだった。

異国交易に一族の女子十人を乗せることは、砂村葉のみならず全員に新たなる可能性が生じるはずと総兵衛は信じていた。そして、実妹のふくのことをちらりと考えた。葉に話しかけたようにふくにも言葉をかけてみようと、総兵衛はそのことを胸に刻み込んだ。

総兵衛が居間に戻るとおりんが待ち受けていた。

「夕餉《ゆうげ》になされますか。それとも大番頭さん、一番番頭さんを呼びますか」

「そなたを含めて夕餉をしながら話をしようか」

と総兵衛が命じた。

すでに大黒屋は大戸を下ろし、店の中で帳面の整理や品物の後片付けをしている刻限になっていた。

「承知致しました」

おりんが離れ屋を下がって行った。

庭に人の気配がした。

手代の早走りの田之助が闇《やみ》の中から姿を見せた。

「総兵衛様、岩城省吾様、無事にお屋敷にお戻りになりました」

「ご苦労であった」

総兵衛の返事に下がりかけた田之助に、

「岩城様を注視する気配はなかったな」

と総兵衛は念を押した。

「ございません」

田之助の返事は明快であった。

「分かりました」

総兵衛の言葉に田之助が庭の闇に溶け込み、さくらが吠える声がした。

大黒屋主従四人の膳《ぜん》が整えられ、総兵衛の膳には信一郎らが交易で持ち帰ったフランス産の葡萄酒《ぶどうしゅ》が付けられていた。グラスは別に三つ用意されていた。

「そなたらも異人の酒を試してみますか」

総兵衛の言葉に信一郎とおりんは頷き、光蔵は、

「出来ますならば私は和国の酒を少々頂戴《ちょうだい》しとうございます」

と下り酒を選んだ。

「明日からは夕餉をゆっくりと摂《と》る余裕もありますまい。今晩、そなたらと夕餉を共にしてみようかと考えました」

総兵衛が三人の腹心に言い、四人はそれぞれの器の酒に口をつけた。

信一郎は葡萄から造られる異人の酒を前回の交易の最中に飲んでいたとみえて、

「久しぶりのヴァン・ルージュです」

と言い、初めて口にするおりんを見た。

「これが葡萄から造られる異国の酒ですか。妙な味ですが、飲み慣れると癖になるかもしれません」

と亭主の信一郎を見て、総兵衛に視線を移した。

「おりん、異国を訪ればいろいろなことを経験しよう。何事も毛嫌いせずに試して自らの五感に尋ねてみることだ」

「はい」

とおりんが答えた。

総兵衛はグラスの葡萄酒をさらに一口飲むと、

「本庄様からの文の内容だが、老中牧野忠精様が『古着大市』をいささか商いの範囲を逸脱しておると考えておられるか否かとは直接の関係はない」

その場の三人に緊張が走った。

「牧野様が京都所司代時代に九条文女様と親密な付き合いがあったことは先刻申したな」

同時に三人が頷いた。

「牧野様が未だ九条文女様と関わりがあると、総兵衛様は考えられますか」

光蔵の顔が険しい表情に変わっていた。

「いや、麻子様が申されたようにそれはあるまい。しかし、万万一のためにおりんと北郷陰吉に命じて牧野様の身辺を探らせることにしたわけじゃが」

総兵衛は、そう前置きして大目付首席本庄義親からの知らせを告げることにした。

「われらが江戸の内海で出会《でお》うた南蛮型ガリオン帆船マードレ・デ・デウス号が、肥前長崎湾口に浮かぶ伊王島の沖合に十数日停泊していたことを、半年以上も前に長崎奉行所は確認しておる。長崎湾には入る様子も見せず、毎日夜明け前に奇妙な舞いを踊っていたそうな。肥前長崎の連中は、ゆったりとして一糸乱れぬ群れ舞いを『死の舞い』と名付けていた」

「ほう、『死の舞い』ですか」

と信一郎が応じ、

「わが大黒屋の前で奇妙な舞いを披露した面々と、長崎の『死の舞い』の連中は同じとみてようございましょうな」

「マードレ・デ・デウス号は長崎で停泊し、その半年後に江戸の内海にて見られている。現在では珍しい二百年も前のガリオン帆船であることを考えれば、同じ面々であろう。彼らがわれらを待ち受けていたのは、狙《ねら》いが鳶沢一族にあることをわざわざ告げるためではないか」

「なんのためでございますな」

「信一郎、本日の本庄様からの書状の内容がその答えになるやも知れぬ」

と総兵衛は応じてさらに言葉を続けた。

「半年前、長崎奉行所が伊王島沖のマードレ・デ・デウス号に気付いたのは、島の漁師からの知らせを受けてのことだ。停泊して以来、七日ほどが過ぎておった。長崎奉行所では監視体制をとり、見張りを始めたとき、その船名をマードレ・デ・デウス号と知って驚いた」

「なにかその船名に意味がございますので」

「船名は『神の聖母』という意味だ、神とはイエス・キリストのことだ」

「きりしたんの名を付けた船でございましたか」

「大番頭どの、それだけではない。肥前長崎にとってもかの船にとっても、マードレ・デ・デウス号は格別な意味があったのだ」

慶長十四年（一六〇九）五月、ポルトガル船のマードレ・デ・デウス号が長崎に入港した。船長はポルトガル人のアンドレ・ペッソァであったが、長崎奉行所はペッソァ船長に上陸を命じた。

マードレ・デ・デウス号は白絹糸二十万斤、白銀二千余貫、金鎖、金襴緞子《きんらんどんす》などを満載して、交易を企てていた。

だが、ペッソァ船長はその命に従わず、マードレ・デ・デウス号を率いて脱出を図った。家康直々の命により肥前国有馬の城主有馬修理太夫晴信は、兵と兵船を動員して南蛮船のあとを追わせた。

沖合に逃げようとしたマードレ・デ・デウス号ときりしたん大名の有馬方との海戦は四日四晩に及んだが、枯れ草を満載した小舟に火をつけて南蛮船に接近させるという有馬方の企てが成功して、マードレ・デ・デウス号は燃え上がり、ペッソァ船長は自ら火薬庫に火を放って船を轟沈《ごうちん》させた。乗っていた船長以下二百余名と炎上する船体は伊王島沖に沈没していった。

「えっ、マードレ・デ・デウス号は二百年も前に焼打ちに遭い沈没させられたのに蘇《よみがえ》って長崎に戻って来たのでございますか。いえ、そもそもなぜ有馬方は、交易船を焼打ちするなどの乱暴を働いたのでございますか」

光蔵が当然の疑問を呈した。

「それには曰《いわ》くがあるのだ」

「慶長十四年正月、家康が長谷川左兵衛藤広《ふじひろ》をして書を占城《チャンパ》国に遣《つかわ》し、銀を輸して香材を需《もと》めしむ」

家康の願いを記した古書の記述に事件は端を発していた。

家康は、占城産の奇楠香《きなんこう》（伽羅《きゃら》）なる香料を欲していたがなかなか入手できなかった。

このことを聞いた有馬晴信が占城国王に贈る銀、金屏風《びょうぶ》などを積んだ船を差し向けた。船は航海途次、澳門《マカオ》に立ち寄ったが、寄港中の有馬方の乗組みの者と南蛮人の間に諍《いさか》いが起こり、有馬方は南蛮帰化人久兵衛を除く全員が皆殺しにされた。

久兵衛から報告を受けた有馬晴信は、久兵衛を同行して駿府に行き、家康にその顚末《てんまつ》を報告した。

その報告に激怒した家康は、澳門で有馬方を襲撃した澳門港司令官ペッソァの来日を待ち受けていたのだ。そして、ペッソァは澳門の事件は長崎には知られていまいと高を括《くく》って入港してきた。

一方手薬煉《てぐすね》引いて待っていた長崎奉行所ではマードレ・デ・デウス号ペッソァ船長を尋問しようとした。だが、その動きに気付いたペッソァに逃げられたために伊王島沖の焼打ち騒ぎに発展したのだ。


「……このように澳門の襲撃事件は長崎での焼打ち騒ぎと二百人の死という悲劇に発展したのだ」

と総兵衛が話を締め括り、

「家康公が伽羅を求めた占城国こそが、わが故郷なのだ。事件から二百年後のマードレ・デ・デウス号の新たなる来航には、何かしら遠大なる曰くが隠されておることは明白であろう」

「伊王島沖で二百年も前に沈没したポルトガル船が海底から蘇るわけもなし、必ずや曰くがあるのは確かですぞ」

と光蔵が言った。

「本庄の殿様の書状に長崎の伊王島沖に停泊していた船は、十余日後に飄然《ひょうぜん》と姿を消したとある。だが、その前夜に二人の武士がマードレ・デ・デウス号に乗船したことが確認されておる。その武士は、長崎奉行所の関わりの者でもなく、長崎を一年交代で警護する佐賀藩でも福岡藩の藩士でもない」

「何者です」

と信一郎が険しい顔で言った。

「マードレ・デ・デウス号まで送り届けた漁師によると、江戸から到着したばかりらしきその者たちは幕閣の一人の家臣のようで、姓は樫山《かしやま》、もう一人は小此木《おこのぎ》、と二人が呼び合っていたそうだ」

「樫山に小此木なる武士二人は、この江戸までマードレ・デ・デウス号に乗船してきたのでしょうか。いや、先夜もあの船に乗っていたのでしょうか」

とおりんが自問するように呟《つぶや》いた。

「おりん、マードレ・デ・デウス号が伊王島沖から姿を消したのは半年も前のことですぞ。いくらなんでも半年もの長きにわたり、異人の船に乗り組んでおりましょうかな」

光蔵が疑問を呈した。

総兵衛は無言で沈思していた。

「おりん」

と名を呼んだのは信一郎だ。

「そなた、明日は『古着大市』の仕度は止《や》め、陰吉さんといっしょに牧野様の身辺を洗い始めてはどうかな」

と言った信一郎が、

「この件、いかがでございましょうか」

と総兵衛に許しを乞《こ》うように問うた。

「おりん、仕度はなんぞ残っておりましたかな」

「大番頭さん、くじ引きの仕度も品もすでに終えてございます。私は動けます」

と総兵衛の顔を見た。

「よかろう、早速動いてみなされ」

と応じた総兵衛が、

「先夜の一件は深浦に伝えてありますな」

と念を押した。

信一郎が頷き、

「深浦にもまた鳶沢村の船隠しにも伝えてございます」

と答えた。

「汁が冷めてしまいました。温め直して参ります」

とおりんが四つの汁椀《しるわん》を盆に載せて運んでいった。

「なんとも忙しい初夏にございますな」

と光蔵が思わず呟いた。

# 第四章　五度目の賑《にぎ》わい

## 一

　五度目になる『古着大市』の開催を明日に控えて、富沢町では入堀に船、河《か》岸道《しみち》には大八車と、荷を積んだ乗り物の往来で朝からごった返していた。

　富沢町の古着屋は格別に古着を持ち込む要はないが、柳原土手を始め、今回から新規に加わった村松町なども含めてほぼ江戸じゅうの古着屋が富沢町界隈《かいわい》に集まろうという催しだ。

　一方、古着商を八品商売人として監督する江戸町奉行所からは、『古着大市』の開催を三日間、品の運び入れに一日、片づけと清掃に一日の計五日間しか許しがなかった。

ために品物の運び入れはどうしても混雑することになる。

また『古着大市』の評判が高まるにつれ、前日にも拘《かか》わらず見物にくる冷やかし連まで現れた。

「おい、今年の目玉はくじ引きだとよ。なんでも百文買うごとに一枚の引き札をくれてよ、三枚になると一回のくじ引きができるんだと。くじの係の頭分は、大黒屋の一番番頭の信一郎さんと所帯を持ったおりんさんだ」

「ほかほかの嫁女の顔を見に行くのも悪い趣向じゃねえな。吉原より手近だもんな」

「おおさ、富沢町は旧吉原の隣町だ。近間で手軽だな」

「ところでくじ引きの当たりはなんだえ」

「なんでも一番くじは今年染めた浴衣地《ゆかたじ》一反、二番くじはこれまた『古着大市』特製の染めの入った手拭《てぬぐ》いだと」

「おりゃ、浴衣地にしよう」

「当たりもしねえ前からなんだ。でえいち、おまえ、『古着大市』で銭を使ったことがあるか」

「ねえ。だけどくじ引きだけはしてえ」
などと冷やかし連が荷の運び入れを避けながら、勝手なことを言い合ってい
た。これもまた『古着大市』が江戸の名物として定着した証《あかし》と、大黒屋の大番
頭はにんまりした。
光蔵《みつぞう》は新栄橋の下流側で二番番頭の参次郎相手に、
「やっぱり橋上のくじ引き場は人ごみの邪魔になって迷惑でしょうかな。こり
ゃ、やっぱり今の内にどこかに場所を移し変えたほうがようございますな」
「大番頭さん、確かに橋上は往来の流れを止めてしまいます。とはいえ、目玉
のくじ引きを大市の端っこに持っていくというのもなんですね」
大番頭と二番番頭が橋上で思案した。
よし、と手を叩《たた》いた光蔵が、
「橋の上はやめて、久松町出店と富沢町のお店の一角の二箇所に、くじ引きの
場所を設けますか、二つになれば行列も分散します」
と店を振り返った。
大黒屋は、富沢町の通りと河岸道の交わる角地にあって、間口二十五間（約

四五メートル）と広かった。そこで入堀に面した西北の端と久松町出店の入口にくじ引きの場を分散しようというのだ。

その店の横手から旧伊勢屋の跡地、ただ今では大黒屋の敷地になっている露店の古着屋会場へ向かう小道が口を開けていた。

これまでの経験では人の流れも橋上ほど混雑せず、『古着大市』の中心の一角であることも確かだ。

「総兵衛様や世話方には話を通しておきます」

光蔵の決断でくじ引きの会場が新栄橋上から大黒屋のそれぞれの店舗の二箇所に急遽《きゅうきょ》変えられることになった。

その日の昼下がり、おりんと陰吉《かげよし》は、越後長岡藩の江戸中屋敷に近い愛宕権現《あたごごんげん》社の石段下の茶屋にいた。

その朝おりんは、陰吉と陰吉の長屋で会い、二百年前の黒い船体を持つ南蛮型ガリオン帆船マードレ・デ・デウス号が、半年前に長崎湾口の伊王島沖に現われたこと、その帆船に江戸から来たと思える二人の武家が乗り込んだあと姿を消したことなどを話した。

陰吉は、

「おりんさん、その武家が樫山《かしやま》某、小此木《おこのぎ》某と姓だけでも分かったことは助かる。これまで長岡藩の江戸藩邸に遠くから漠然と聞き込みをかけていたがな、これで探索が進むぞ」

陰吉の口調はもはや薩摩《さつま》訛《なま》りを全く感じさせず、江戸言葉で答えたものだ。

二人はまず長岡藩の江戸藩邸、西ノ丸大手御門前にある上屋敷から探索を始めた。

だが、二人の武家の名はすぐには出てこなかった。

いや、藩邸に樫山姓の家臣はいることはいた。だが、八十に近い年寄りでこの数年病に伏せっていることが分かった。ただし樫山家は御家中と呼ばれる長岡藩の重臣の一族であった。

その当主の子には娘三人しかおらず、一人が分家の樫山孫六の嫁になっていた。孫六は、中屋敷寄合組用人で三百二十石という。それなりの身分だ。

そこで二人は愛宕下の中屋敷の周辺で、樫山用人と小此木某が実際にいるか、また彼らがこの半年のうちに中屋敷を留守にしたことがあるかなどをそれぞれの方法で探った上で愛宕権現社で待ち合わせ、再会したところだった。

「おりんさん、おりましたな」

陰吉の言葉におりんが頷《うなず》いた。

陰吉は、長岡藩中屋敷に出入りする備前町の口入屋や経師屋から、樫山孫六が中屋敷の重臣の一人であり、西ノ丸大手御門前の江戸藩邸をしばしば訪れることを摑《つか》んでいた。

また偶然にも口入屋では、参勤上下番の折に長岡藩の臨時の中間《ちゅうげん》として雇われる祥三という名の男を知り、口入屋を出たあとを追っていき、話しかけて久保町裏の煮売り飯屋へと誘い込んだ。

各大名家では参勤上下番の折、家禄《かろく》に合った威勢を整えるために臨時に中間小者を江戸外れまで雇ったが、彼らは臨時雇いゆえに忠誠心は薄く、口が軽かった。

「祥三さんよ、ちょいと小遣を稼ぐ気はねえかえ」

酒を茶碗《ちゃわん》で二杯ほど飲んだ祥三に持ち掛けた。身なりからして口入屋に仕事を探しにきた様子で、祥三が銭に困っているのは見え見えだった。

「小遣ね、いくらだ」

「話次第で一分までは出す」

「奉公先の話はご法度だ」

「ご法度ゆえに銭になる。なあに大したことじゃない」

忽ち《たちま》茶碗酒二杯を飲み干した祥三に三杯めを注いでやりながら、その返事を待った。

「どこの屋敷の話だ」

「長岡藩中屋敷」

「中屋敷ならいいか、なにが知りたい」

渡り中間の祥三が言い訳するように呟《つぶや》き、陰吉が手にした一分金をちらちらと見た。

「寄合組用人樫山孫六様のことだ」

「おれなんぞは傍にも寄れないお方だな。噂《うわさ》しか知らねえ」

「噂でよい」

「なんでも長岡藩の汚れ仕事を務めるお方と聞いたことがある。おりゃ、汚れ仕事がなにか知らねえ」

　薩摩の密偵を勤めてきた陰吉にはその言葉だけですぐに想像がついた。樫山が江戸藩邸に籍を置かず中屋敷にいること、そして、しばしば江戸藩邸に出入りすることが汚れ仕事の、

「務め」

　を物語っていた。

「この半年、樫山様がどこぞに旅をされたことはないか」

「ある。国許《くにもと》の越後長岡に戻られたということだ」

「長岡にな」

「ところがな、ちょうどそのころ、おれが別の藩の中間に雇われて六郷の渡しへ行ったと思いねえ。その折、樫山孫六様と中屋敷でも剣術の腕前が抜群という小此木平四郎様がよ、渡し船に乗って川崎宿へと渡っていくのを見かけたぜ。二人が戻ってこられたのは、最近のことかね、そう仲間の中間に聞いた」

　と祥三が言い、

「おれが知る話はこんなもんだ」

「一分には足りないな」

北郷陰吉は薩摩の密偵を勤めていただけに祥三のような手合いが話を小出しにすることを承知していた。

三杯目の茶碗酒を半分ほど飲んだ祥三が思案する振りをしたあと、

「江戸藩邸に樫山家の本家の当主がおるそうだ。御家中と呼ばれる重臣の当主は八十を超えた大年寄りでよ、この一族は代々『影目付』の家系と聞いたことがある。他の家臣方が樫山家を恐れていることは確かだな」

祥三は残った茶碗酒を呑《の》み干し、陰吉に手を突き出した。

陰吉は祥三の顔を見て、

「わしがそなたに会うたことを一切喋《しゃべ》るでないぞ。喋れば直ぐに分かる。その折、われらはそなたが得体の知れぬ者に喋ったことを長岡藩と口入屋に知らせることになる」

「そんなことされたら、わしは今後食い扶持《ぶち》を失うことになる」

「ゆえに黙っておることだ」

陰吉の諭すような言葉に頷いた祥三の手に一分金を渡した。すると祥三は煮売り飯屋を早々に出ていった。

陰吉はおりんに祥三の話を告げた。

「陰吉さん、私は長岡藩の中屋敷に勤めていた女衆《おなごし》を見つけました。日蔭町《ひかげちょう》裏の長屋に住む大工の嫁になっていたおふささんです」

「おふさはいくつだね」

と陰吉が聞いた。

「二十六、七と見ました。三年前まで長岡藩中屋敷の台所の女衆を務めていたということです。だから、当人は三年前の長岡藩の話しか知らないのだけど、未《ま》だ朋輩《ほうばい》が務めているので噂話は承知していました」

「火のないところに煙が立たぬのが噂話でな」

陰吉が笑った。

「二年前まで江戸藩邸の御番衆を勤めていた小此木平四郎様は、真影流の免許皆伝にして日置《へき》流雪荷《せっか》派の弓の達人だそうです。樫山孫六様が願ってこの小此木平四郎様を中屋敷付きにしたそうな」

「御番衆から影仕事にくら替えしたか」

「そういうことのようです。小此木家の家禄百五十二石より懐《ふところ》具合がだいぶいいという話です」

「影仕事はどこも書付なしの銭が使えるでな」

「陰吉さんもそうだったのかしら」

「おりんさん、薩摩の身分差別の厳しさをそなたは想像もできまい。外城者《とじょうもん》は人以下、いや、犬猫より下の扱いだ。銭金とて探索中でも生きていくぎりぎりのものしか渡されぬ」

陰吉は淡々とした口調で己の過去を語った。

「小此木平四郎様は、女好きだったとか。江戸藩邸にいるとき、奥向きの御女中に手をつけてそれが発覚し、樫山本家の八郎衛門様の口利《くちき》きで中屋敷に落とされたという話もあるようです。おふささんの同輩も小此木様に強引に情を通じさせられたと、おふささんが羨《うらや》ましそうに話していたけれど、それくらい男前の偉丈夫だそうですよ、この小此木平四郎は」

おりんは最後には敬称を付けずに呼び捨てにした。

「おりんさん、長岡藩中屋敷の樫山孫六と小此木平四郎が肥前長崎に参り、二百年も前の南蛮型帆船マードレ・デ・デウス号に乗り込んだのは事実とみてよかろうか」

「長崎沖で乗り込んだ江戸から来た武士たちの姓が樫山と小此木としか分かっていない以上推測にしかならないけど、国許の長岡に帰ったはずの樫山孫六と小此木平四郎が東海道を上っていくところを見かけられ、長崎では樫山、小此木と呼び合っているのを聞かれている。時節からも姓からも役目柄からも、長岡藩の樫山孫六、小此木平四郎であるとみて間違いないと思います」

おりんが言った。

「おりんさん、わしは今しばらくこの界隈《かいわい》に残り、二人の動きを確かめる」

陰吉の言葉に、

「ならば私はお店に戻り、これまで調べた結果を総兵衛様にお知らせします」

と二人は愛宕下の茶屋で別れることにした。

総兵衛はこの日のうちに、二人の探索の報告を受けた。

七つ（午後四時頃）前、大黒屋の『古着大市』の仕度はほぼ終えた。残っているのは久松町出店の骨董《こっとう》や古道具や飾り物、それに「長崎もの」とわざわざ書かれた異国の品々の値付けをする作業だった。

戸が閉じられた中で坊城麻子《ぼうじょうあさこ》が桜子《さくらこ》の手伝いで値をつけていった。

三日間で売られる品々の予想される売上高は、古着の総売り上げの何倍にも上った。江戸町奉行所から委託された品が混じっているため、公儀も、

「古着屋ゆえに許した『古着大市』になぜ金額が張る骨董品、工芸品、異国の品々がある」

と正面切っての文句は付けられなかった。

大黒屋総兵衛が仕掛けた『古着大市』は時流に乗ったといえた。幕府二百年余の治世の下で、

「武から商」

へと実権が移っていた。事実上商人らが主導するご時世となり、勤倹尚武の気風はとうに廃《すた》れ、いくら公儀が、

「奢侈《しゃし》禁止令」を出そうと、もはやその効き目はなかった。

そんな時代背景の中での『古着大市』の開催だ。

臨時の露店も含め、富沢町全体では千軒余の古着屋が店を連ねたが、大黒屋久松町出店で売られる、

「奢侈品」

の売り上げの方が何倍にも上回わるのは当然の理だった。

「麻子様、桜子様、ご苦労に存じます」

総兵衛と光蔵が久松町出店に姿を見せた。

大戸を閉められた店の中で天窓からの光と赤々と灯《とも》された箱行灯《はこあんどん》や行灯の光が珍奇な品々を照らし出していた。

「総兵衛様、いつまでやっても終わりは来いしまへんえ」

桜子が嘆いた。

「桜子、かような機会は滅多にあるもんではおへん、目のこやしどす。有難くこの機会に勉強しなはれ」

母親の南蛮骨董商の女主人が娘を叱《しか》った。

「分かってます。けどな」

と桜子が言いかけ、総兵衛の手にした袱紗《ふくさ》包みに視線をやった。

「なんでっしゃろ」

久松町出店の鑑定場たる座敷にいるのは、親子二人に総兵衛、光蔵、そして、二番番頭の参次郎の五人だけだ。

総兵衛は二人の前に座ると、袱紗包みを開いた。

出てきたのは異国製と思える皮袋で、さらに袋から取り出されたものは天鵞絨《ビロード》のような柔らかい紫の布に包まれていた。

麻子も桜子も光蔵も参次郎も興味津々《しんしん》に総兵衛の手の動きを凝視していた。

最後の布が広げられた。

行灯の光を受けて、それはきらきらと神秘の光を放った。

「まあ」

桜子が絶句した。

麻子も光蔵も参次郎も言葉を失っていた。

薄紅色に光る貴石だった。

「金剛石どすな」

麻子が念押しし、

「はい」

と総兵衛が短く答えた。

「かような金剛石は見たことがおへん。大きさといい、色具合といい、格別な金剛石かと思います」

「わが祖母様が嫁に来たときに持っていたものです。今坂一族が安南《アンナン》で滅亡の危機にあったとき、祖母が私を呼んで、『私の生はつきました。この貴石をそなたに託します。今坂一族の再興のために使いなされ』と渡してくれたものです」

「さような貴重な金剛石をどうなさるおつもりです、総兵衛様」

と光蔵が質《ただ》した。

「いささか考えることがあり、もしこの催しの中でお買い求めになりたいお方があれば売りたいと思いました。麻子様、さようなことが可能でしょうか」

総兵衛が南蛮骨董商の坊城麻子に尋ねた。

「うち、未だ胸がどきどきしてますえ」

正直な感想を洩《も》らしたのは桜子だ。

「総兵衛様、その金剛石を買い求められるお方は江戸でも一人か二人しかおられへんと思いますえ。されどどれほどの値がつけられるものか全く分かりまへんどすな」

「金剛石の大きさはカラットで表します。一カラットは南蛮の質量で二百ミリグラムです。この薄紅金剛石は三十五カラットあります」

「途方もない値になることだけは確かどす」

さすがの坊城麻子も言葉を失っていた。

「総兵衛様、今坂一族の再興のために使えと御祖母様が申されたそうですが、今坂一族のためにこの金剛石を売らねばならない出来事がございますか」

光蔵が総兵衛に問うた。

「いささか考えることがあると言いました。今坂一族は鳶沢一族に吸収され、今坂一族の継承者たる私が鳶沢一族の十代目に就いています。ゆえに鳶沢一族のために使うと言い換えてもよろしいでしょう」

光蔵が安堵《あんど》した顔で語を継いだ。

「ならば申し上げます。ただ今の鳶沢一族に、かように莫大な費えを要することがなんぞございましょうか。総兵衛様のお考えになっておられることは、今ある大黒屋の蓄えではできぬことでありましょうか」

「それはできましょう。ですが、それではもしやの場合に一族が危機に陥ります」

と総兵衛が答えた。

「三十五カラットの薄紅金剛石、どれほどの値になるんやろか」

桜子が呟いた。

「総兵衛様が考えておられる企ての値が金剛石の値を決めるかと思いますえ、違いますやろか」

麻子が総兵衛を見た。

「おそらくこの金剛石、オランダの市場に出せば一万両は下りますまい。相場がありますゆえ、なんともいえませんが二万両でも売れるかもしれません」

「貴石一つが二万両、驚きました」

と光蔵が呟いた。

総兵衛の手の中の金剛石が麻子の手に渡された。天鵞絨の上に載せたままだ。麻子が天眼鏡で仔細《しさい》に金剛石を眺めた。もはや麻子の顔は商売人の険しい眼《まな》差《ざ》しになっていた。

「傷一つおへん、なんとも譬《たと》えようのない色どす、それに加工どす。文句のつけようがおへん」

それが麻子の鑑定だった。

総兵衛の手に再び金剛石が返された。総兵衛は桜子に差し出した。

「うちも手にしてええのんどすか」

総兵衛が頷き、視線を麻子に戻した。

「麻子様、最前、江戸にも一人二人は関心を示す人がおるだろうと申されました。機会があれば、話してみてくれませぬか」

「急ぎはります」

「次の交易航海に出る前までに処分しとうございます」

この答えに光蔵が首を傾《かし》げた。

参次郎は沈黙したままだ。

「お一人はこの『古着大市』を見物に来はるようにお誘いしてございます」

「その折に話せるような雰囲気なれば、話して下さいまし」

「承知致しました」

坊城麻子が言い、桜子が薄紅金剛石を凝視しながら溜息《ためいき》を吐《つ》いた。

二

文化二年（一八〇五）四月三日、予定よりほぼ一月遅れの、五度目になる『古着大市』が始まった。

陰暦卯月《うづき》は花の季節は終わり、新緑の候へと移っていた。

爽《さわ》やかな初夏の光と風の中、五つ（午前八時頃）に花火が上がり、半刻《はんとき》（一時間）後の市の始まりを告げた。

富沢町の『古着大市』会場は、龍閑川《りゅうかんがわ》とも呼ばれる入堀の両岸に広がり、格別に囲われているわけではない。通りや河岸道や空き地を利用しての古着市だ。

ゆえに夜明け前から集まった客たちを然《しか》るべき道や堀の入口で、人止めすることになる。

江戸町奉行所に許された正式な『古着大市』の開催刻限は、「五つ半（午前九時）から七つ半（午後五時）」の四刻（約八時間）だ。

だが、早い客は夜明け前の七つ半（午前五時）には富沢町界隈の人止めのあちらこちらに行列を始めた。そして、五つにはどこでも何重もの長い行列が出来ているというので、『古着大市』の世話方が、入堀に御用船を止めて待機する江戸町奉行所の与力にお伺いを立てた。

役人らは店の仕度が出来ているかどうか、医師は待機しているか、大黒屋の奉公人を中心にした警備の者は配置についているかを確認した上で、五つ半前に「会場」入りを許した。

その光景を新栄橋の北詰めに臨時に立てられた見張り台から見ていた信一郎は、まるで大海原に津波が押し寄せてくるような錯覚を抱いた。

信一郎の傍らには遠眼鏡を持って天松が控えていた。

「一番番頭さん、怖いですよ」

天松が眼から遠眼鏡を外して正直な気持ちを洩らした。

我勝ちに走って目当ての店に駆け込もうとする客たちを整理しようと、麻綱の両端を握った手代たちが必死で制止していた。

「天松、よく市の始まりに混乱が起こり、怪我《けが》人《にん》が出たりします。この刻限さえ乗り切ればあとは各店がうまく対応してくれましょう」

信一郎は、

（騒ぎが、事故が起こらぬように）

と内心に一抹《いちまつ》の不安を感じながらそう願った。

四半刻（三十分）後、『古着大市』の会場はいっぱいの客で埋まり、早くもこれまで以上の人出で賑《にぎ》わいを見せていた。

「落ち着きましたな」

「ああ、よかった。見張り台の脚に人がぶつかったときは、堀に転がり落ちるかと思いました」

信一郎の洩らす言葉にも安堵があった。そして、天松のそれは正直に恐怖を語っていた。

「天松、これからが勝負です。三日間病人や怪我人を出来るだけ少なくするように警備をしなければなりません。あとは任せましたよ」

信一郎が下りかけてその視線が大黒屋久松町出店に行った。こちらは『古着大市』の客筋とは異なるゆえ、混雑はなく、店には甲斐犬《かいけん》の甲斐がいて番をしていた。開催前、諸々の警備体制が話し合われた際、

「三頭の甲斐犬たちを、会場の警護に配置するのはどうでしょうか」

と手代の九輔《きゅうすけ》から提案があった。

甲斐、信玄、さくらは猫の九輔によって訓練を受けた犬たちだ。無害な者たちには大人しく接するように訓練されていたが、九輔らの命があればどんな強敵にも敢然と飛びかかっていった。

九輔は、この三頭を会場に配置することによって客たちの気持ちも和み、悪いことを企《たくら》む者には牽制《けんせい》する存在となるというのだ。

総兵衛が直ちに、

「それはよい考えです。だが、中には犬が怖い子どもや大人もいるでしょう。

甲斐たちは、それぞれの場所に繋《つな》ぎ、なんぞあって動く場合には引き綱を持ったうちの者が付き添うことになされ」

と九輔の考えを支持した。

その結果、言い出した九輔が甲斐犬三頭を従える特別警護犬隊の長に就き、配下は小僧の忠吉、兼吉らが交代で犬たちの傍らに控えることになった。

値が高い品物を揃《そろ》えた久松町出店には、三頭の中でもいちばん体が大きく、力の強い甲斐が忠吉とともに控えていた。さらにおりんが担当するくじ引き場の傍には優しい顔立ちのさくらがいて、小僧の兼吉がおりんのくじ引きを手伝う一方でさくらの面倒を見ることになった。

信一郎が視線を対岸の富沢町大黒屋本店に転ずると、そこには信玄がいて九輔が、信玄と大勢の客の間に目を光らせていた。

信一郎は、大賑わいの混雑の中にも一定の落ち着きを取り戻した『古着大市』の見張り台から新栄橋の袂《たもと》に下りた。

「一番番頭さんよ、予想はしていたが初日からこの出足、魂消《たまげ》たなんてもんじゃないぜ。用意した品が三日持つかね」

世話人の一人、柳原土手の浩蔵が信一郎に声をかけてきた。

「浩蔵さん、売り物の古着がなくなった折にはいつでも声をかけて下さい。うちの蔵にいくらでも用意してございますからな」

「その言葉を聞いてよ、安心したぜ」

と応じた浩蔵が人混みの中に姿を消した。

前回の『古着大市』から大黒屋自身が古着の小売りをすることはなくなっていた。それよりも小商いの商人に古着を卸す役目専一へと身を引いていた。

そのほうが『大市』に活気が生じ、勢いがつくからだ。

大黒屋にとっても一枚一枚古着を売るより菰包《こもづつ》みで小売り屋に卸したほうが手間もかからない。

なにより大黒屋が神経を配らねばならないのは、久松町出店の小間物、骨董品、工芸品、長崎口と称する異国の品々の売り上げだった。

この店には坊城麻子、桜子が三度目の『古着大市』の折から就いていた。売り上げの額が膨大になった今は、江尻の船隠しから戻って来た柘植《つげ》満宗《みつむね》を頭に新羅《しらぎ》三郎、信楽《しがらき》助太郎らを奉公人に加えて店の安全と警護を計っていた。その上、甲斐犬の甲斐が控えているのだ。

この体制を見た麻子が、

「えろう厳重な警戒どすな。甲斐はんまでうちらを見張っておられますえ。犬が怖いよってお客人が遠慮しはらしまへんか」

と気にしたが甲斐担当の小僧の忠吉が、

「甲斐はこうみえて気が優しい犬なんですよ。おれだって最初は怖かったけどよ、こっちが心を開くと信用してくれるんだよ。ほれ、このとおり」

と甲斐犬の頭を撫《な》でると、反対に小僧の顔をべろべろと舐《な》め始めた。

「ああー、か、甲斐、止《や》めてくれよ」

と忠吉が悲鳴を上げた。

「まあまあ、小僧さん、犬に可愛《かわい》がられておられやす」

麻子や桜子が笑い出し、折から見廻りにきた九輔が一言、

「甲斐」

と厳しい声をかけると、甲斐は忠吉の顔を舐めるのを止めて、見張りの構えで命じられた場所に戻った。

「忠吉、お前、未だ甲斐の下に見られている証です」

とぴしゃりと叱られた。

「ふっふっふ、相手によって甲斐はんの態度が違いますのんか」

と麻子が感心したとき、この日、初めての女の客が久松町出店に入ってきて、

「おや、わんちゃんもお店番ですか」

と甲斐の頭を撫でた。だが、客の行いには甲斐はぴくりとも動かずに大人しく撫でられていた。

「坊城麻子様、これほど心強い奉公人はおりませんよ」

室町の薬種問屋唐物屋の内儀が麻子に言った。唐物屋は江戸でも有名な唐物薬種を扱う老舗《しにせ》で、分限者として知られていた。

「お陽様は犬が怖《こお》うおまへんか」

「麻子様、犬ほど可愛いものはございませんよ」

そんな会話を聞きながら、九輔はその場を離れた。

おりんが担当するくじ引きの場には早くも行列が出来ていた。

「さくら、しっかりと番をしておりますか」

九輔がさくらに声をかけた。

さくらは尻尾《しっぽ》を振ったが警戒の構えは解かなかった。

「九輔さん、さくらがこれほど賢いとは考えもしませんでしたよ。近頃、朝の散歩の折にうちを訪ねてくれます」

「さくらたちは、だれの住いか承知しているのです。自分の縄張り内と思い、見に行くんですよ」

「そう聞くと、いよいよ犬たちが可愛く思えてきます」

とおりんがさくらの頭を撫でると、くじ引きの客までさくらの頭を撫で始めた。職人風の男の番になったとき、

「お犬様お犬様、わっしに浴衣を引かせて下せえな」

と言いながらさくらの頭に触れてくじを引くと、黄玉が出た。

「おっ、浴衣地じゃねえが手拭いが当たったぜ。おめえ、ご利益《りやく》あるな」

と男がさくらを褒めたものだから、次の客からはさくらの頭に触ってからくじ引きをするようになった。

「九輔さん、さくらたちの手伝い、大当たりですよ。犬好きがこんなにも世間

に多いなんて知らなかった」

おりんが驚きの感想を洩らしたものだ。

さくらの頭に触れてからくじを引くようになってしばらくしたとき、二人続けて浴衣地が当たったものだから、
わあっ！

とくじ引きを待つ行列から歓声が上がった。

新栄橋北詰めの見張り台の天松は、人混みの中に悪さを企む者がいないかと怪しげな行動をとる者を肉眼と遠眼鏡で見張っていたが、今のところその様子はなかった。

「おい、手代さんよ」

見張り台の下から声がして天松が見下ろすと、南町奉行所市中取締諸色掛同心沢村伝兵衛に従った「赤鼻の角蔵」こと竃河岸《へっついがし》の御用聞き角蔵親分が子分の五助とともに天松を見上げていた。

一撃無楽流の居合の達人として知られた沢村は袖《そで》から襟に突き出した左手を

顎《あご》にあてて周りを見回していた。

沢村同心は、無役時代大黒屋を眼の敵にしたことがあったが、その力と人柄を認めた総兵衛の推薦でただ今の職に就けたという経緯《いきさつ》があったゆえに、総兵衛に心酔し、大黒屋を大事に思っていた。

「赤鼻の親分さん、今のところ暑さ負けや、人ごみで気分を悪くされたお客さんもいませんよ」

「手代さんよ、なにも大きな声で〝赤鼻〟なんぞといわなくたっていいじゃないか」

と文句を付けた。

「怖《おそ》れ入りました。では、竈河岸の親分、なんぞ御用ですか」

「沢村の旦那《だんな》がよ、大番頭さんを探しているんだがな、どこかにいねえか」

「おや、富沢町のお店におりませんか」

「一番番頭さんもいなければ、大番頭さんもいないんだよ」

「ではきっと『古着大市』の見廻りですよ」

角蔵が沢村伝兵衛を見た。沢村が天松を見上げ、

「本日八つ（午後二時頃）の刻限、うちの御奉行根岸様と北町御奉行の小田切直年《なおとし》様が『古着大市』の見廻りに来られるとよ。偉いお方がくると、同心風情《ふぜい》はいる場所もねえぜ。奉行所でじいっとしていてくれねえものかな。総兵衛どのによ、そのこと伝えてくんな」

いる場所もないという割には平然とした顔付きの沢村同心が伝法な口調で言った。

「ご苦労様にございますね、沢村様。もうすぐ、見張り交替です。必ず総兵衛様に伝えます」

天松が請け合うと沢村同心の一行が人混みの中へと紛れ込み、警護に戻った。

そのとき、総兵衛は、深浦の火薬方で修業する小僧の正介と地下の大広間で会っていた。

総兵衛は深浦の鍛冶方《かじかた》初五郎が工夫した火薬玉を飛ばす道具の改良型を見ていたのだ。先日の試作品より断然軽く、適度にしなりもあってこれならば十分、実戦に供することができると思った。

初五郎は五挺《ちょう》の飛ばし道具を造って正介に持たせていた。

また正介は、こちらも工夫を重ねた火薬玉を二十四個ほど造って持参していた。その外に火薬を入れずに重さとかたちが同じ玉を二つ用意していた。

初五郎が新たに造った飛ばし道具を試すための空の「火薬玉」だ。

総兵衛は飛ばし道具の先端の半円型の玉載せに空玉を置き、神棚を背にして大広間のいちばん端を狙《ねら》って構えた。神棚のある見所前から板の間の端までは、十八間（約三二メートル）はあった。

総兵衛はしなりの加減を手に覚えさせ、さほど力も加えず、

ひょい

と投げた。

空の「火薬玉」は天井すれすれに飛んで、端の板戸に当たった。

「初五郎親方が深浦で試しました。その折、百間（約一八〇メートル）余は飛びました」

正介が総兵衛に言った。

「なに、百間もか。ならば十分に海戦に使えようぞ」

「はい」

と自慢げに正介が答えた。

「火薬玉の威力は増したかな」

「江戸では試したくとも試せないのが残念です」

総兵衛はしばし考え、

「この『古着大市』が無事に終わったなら試走航海に入る。その折、私も乗り組んでこの飛び道具を使ってみよう」

と答えた。

「おれも、いえ、私も乗ってよろしいですか」

「むろんこの火薬玉を考えたのは正介、そなただ。同乗して威力を確かめ、改良すべき点があるなればまた工夫し直さなければならぬ」

はい、と正介が嬉《うれ》しそうに笑った。

「よし、そなたは『古着大市』の手伝いに行きなされ」

と命じた総兵衛は、新たに鳶沢一族に加わった火薬玉と飛ばし道具を新栄橋下の通路に持ち込んだ。

『古着大市』の会期中に江戸府内で使える武器ではない。

だが、新たなる敵と思える老中牧野忠精《ただきよ》も、よもや「死の舞い」を大黒屋の店前《みせさき》で深夜に披露した異人一味を使って、白昼に江戸の街中で戦いを仕掛けるわけもなかろう。先夜のように深夜の海上などであれば、あるいはこの新手の武器が頼りになるかと思ったのだ。

そのとき、総兵衛は正介の創案した火薬玉の欠点は、

「湿気」

かもしれないと気付いた。

火薬玉を包んでいるのは幾重にも張られた和紙だった。海戦では波を被《かぶ》ることもあり、雨の降る中では火薬玉が湿気《しけ》って爆発しない可能性があると思った。

イマサカ号と大黒丸の試走航海でこの点を試してみようと総兵衛は、頭に刻んだ。

隠し窓を薄めに開き、入堀を見た。橋近くには加納恭一郎医師と弟子たちが詰めている船に設けられた診療所があって、人に当てられたか、熱気に気分が悪くなったか、数人の男女が治療をうけていた。さらにその隣には南北それぞ

れ一艘《そう》ずつの町奉行所の御用船が泊まって役人の姿が見えた。さらに向こうに厠船《かわやぶね》も見えた。

どこにも緊迫は見えなかった。未だ何事も起こっていないということだ。

総兵衛は、両岸の河岸道に視線を転じた。これまで見たこともないほどの大勢の客で混雑していた。中でも一段と人だかりができているのは、おりんが頭分で仕切るくじ引きのようだった。

「大当たり、浴衣地一反！」

おりんの声が人混みの向こうから聞こえてきて歓声が沸いた。

隠し通路に人の気配がした。

一番番頭の信一郎だった。

「こちらにおられましたか」

と尋ねる信一郎の注意が新規の飛び道具に向けられた。

「過日、深浦で正介が工夫した爆裂弾でございますか」

頷いた総兵衛がその工夫と威力を説明し、試走航海で試してみたいと言った。

信一郎は初五郎が造った飛ばし道具を手にしてしなりを見ていたが、

「総兵衛様、弩《ど》とこの飛ばし道具が揃うと砲撃戦が一段と破壊力を増すように思えます」

総兵衛は頷き、信一郎が話柄《わへい》を変えた。

「大番頭さんからの言付けにございます。九条文女《くじょうあやめ》様は、明日の八つ半時分に『古着大市』を見物に来られるそうです」

影様としての訪いではない。幕府の仙洞女院付としての見物だ。

「楽しんで行かれるとよいがな」

それが総兵衛の返事だった。

「今一つございます。南北町奉行の根岸様と小田切様が本日の八つ時分にお見廻りに参られると沢村同心から言付けがございました」

こちらはお役目だ。

総兵衛は黙って頷いた。

「牧野様関わりの者と覚しき動きはありますまいな」

「これまでのところ見えませせぬ」

信一郎は今一度新式の飛ばし道具に触り、

「使えるとよろしいのですが」

「使えます」

と総兵衛が言い切った。頷き返して隠し通路から去りかけた信一郎が、

「大番頭さんから伺いました。総兵衛様は一族のために御祖母様の御形見の金剛石をお売りになりたいお考えとか」

と尋ねた。

「その金子の使い道が気になりますか」

「はい」と答えた信一郎が、

「出来ることならば交易船団出船前にお売りしたいと希望なされたそうな。となれば当然交易に関わることかと思いました」

「船団長のそなたには真っ先に相談します。だが、今ではありません。南蛮骨董商の麻子様にお願いした買手探しの結果をいましばらく待った上で、目途が立ったおりに話します」

総兵衛が腹心の部下に答えた。

「失礼を顧みずの問いに、ご丁寧なるお答え、鳶沢《とびさわ》信一郎、恐縮至極にござい

ます」

と詫《わ》びの言葉を口にした信一郎が、

「鳶沢一族が向後どれほど続くかだれにも分かりかねます。されど後世の一族が、一族の危機を救った『中興の祖』と呼ぶことになるのは、六代目鳶沢勝頼《かつより》様と十代目鳶沢勝臣《かつおみ》様のお二人であることは間違いございますまい」

「そんな先の話をするのはいささか気が早い」

「いえ、一族の滅亡の危機を救われ、われらに新たなる指針を示された十代目様は必ずやそのように呼ばれることになりましょう。その十代目様に鳶沢信一郎、この一身を捧《ささ》げる所存にございます」

「ふっふっふふ」

と総兵衛が笑った。

「おりんと所帯をもって師範は変わられたか」

「いえ、それ以前に、私が偽《にせ》の九代目を演じた瞬間から私も一族も変わったのです」

と言い残した信一郎が隠し通路から姿を消した。

総兵衛は新栄橋の隠し窓を閉ざした。

三

南町奉行の根岸鎮衛《やすもり》と北町奉行小田切直年が『古着大市』の巡察に訪れた。前回にも増して賑やかな人出と商いの様子、さらにはしっかりとした警備や運営の状況を見て、満足げな様子で最後に大黒屋の久松町出店に二人は立ち寄った。

会場に案内したのは大番頭の光蔵で、こちらで出迎えたのは総兵衛であり、坊城麻子であった。

むろん二人の奉行は、麻子が京の朝廷と幕府の間を表や陰で取り持つ中納言《ちゅうなごん》家の血筋ということも、生前親しかった相手は老中松平乗完《のりさだ》ということも承知していた。そして、その場にある桜子が乗完との娘であることも摑《つか》んでいた。

この桜子が大黒屋十代目の総兵衛と早晩祝言《しゅうげん》を上げることも知っており、歴代の大黒屋の当主と坊城家のつながりが百年以上にわたることも分かっていた。

その麻子が町奉行所が押収《おうしゅう》した品々の売り立てに関わっているのだ。

町奉行といえども丁寧な言葉付きにならざるをえない。

「不浄の場で押収した品々にも拘わらず、坊城麻子様のお手をまたまた煩《わずら》わしまして恐縮至極に存じます」

「根岸様、品物に貴賤《きせん》はございませんえ。私は大勢の人びとを見ながらの商い、普段と違い楽しんでおります」

「われらがお預けした品の売れ行き、いかがにございますか」

「小田切様、なかなかのものやと思いますえ。三日間を通して天気に恵まれますと、必ずや前回以上の売り上げになるかと思います」

麻子の返答に両奉行とも満足げであった。

なにしろ幕府の財政は逼迫《ひっぱく》していた。ために奉行所に回る費えも抑えられていた。この売り立てで上がる収益の半分が奉行所の探索の費用として使えるのだ。嬉しい知らせであった。

根岸が総兵衛に顔を向けた。

「総兵衛、ご苦労であるな」

「この盛況も南北両御奉行所のお助けとご理解があればこそでございます。今回初めて江戸じゅうの古着商いが揃いました。もはやこれ以上の大商いはありえないかと存じます」

「なに、江戸じゅうの古着商がこの場に集うたか。どおりで前回より出店も人出も多いのはさような理由か」

「小田切様、実際、私どもの目から見ましても初日から前回の一、二割以上お客様が多いかと推測しております」

「そのわりには人の流れが淀《よど》まぬよう、一か所に固まらぬように通行の整理警備が行き届いておるな。さすがは大黒屋の仕切りかな」

「いえ、根岸様、うちだけの仕切りではございませぬ。あちらに控える世話方が自分の商いは二の次にして、世話役に回っているおかげでございます」

総兵衛がその場に控える世話方伊勢屋貴之助《きのすけ》らに花を持たせた。

「そなたらが世話方か。最後まで息を抜かぬように精を出すがよい」

南町奉行直々に言葉を掛けられた世話方一同、晴れがましい表情を見せた。

久松町出店の店座敷で『古着大市』の賑わいの声を聞きながら、桜子から茶の接待を受け、満足した表情で両奉行が『古着大市』の巡察を終えて姿を消した。

久松町出店にほっと安堵《あんど》の空気が流れた、世話方からだ。

総兵衛は、南町奉行の内与力田之内泰蔵《たいぞう》が小者にくじ引きの景品の浴衣地《ゆかたじ》や手拭《てぬぐ》いを持たせてその場に残り、総兵衛と話したがっていることに気付き、

「これはこれは、田之内様、ご苦労様に存じます」

と歩み寄った。

「大黒屋、南北両御奉行が顔を揃えるなど城中以外では富沢町でしかあるまい。お二人ともご満足なお顔で、終始笑顔であったわ。礼を申すぞ」

江戸町奉行の務めは、

「江戸の治安と景気」

の二つを守ることであった。

数年前に始まった『古着大市』の催しが度ごとに賑やかになり、江戸の名物に育ったことは、町奉行の二人にとっても誇らしい実績であり、その上、押収品をこの場を借りて売り立てて、奉行所にも実入りがあるのだ。言うことなしの『古着大市』といえた。

「大黒屋総兵衛の掌《たなごころ》の上で小田切様も根岸様も躍らされておるのう」

と南町奉行の用人ともいえる田之内が言った。

「田之内様、ご冗談を申されますな、怖《おそ》れ多いことでございます。私どもは根岸様と小田切様、両御奉行様のご指導があればこそかような催しが出来るのでございます」

「そう聞いておこうか」

田之内が言い、辺りを見回した。

周辺には大勢の客たちがいたが、この大混雑の中では却《かえ》って話は二人にしか聞こえなかった。

「大黒屋、城中でこの催しが年々歳々大きくなることを喜んでおるお方ばかりではない。気をつけよ」

と田之内が囁《ささや》いた。

「越後のお方と聞き及びました」

「さすがに大黒屋、すでに承知か」

「明晰《めいせき》なお殿様とお聞きしておりますが、なぜ『古着大市』の開催に異を唱えられるか、今一つこの総兵衛、見当がつきませぬ」

「うちの御奉行も同じ考えを洩らしておられる。ただ、どこまで牧野ご老中が本気なのかは察しがつかぬが、わしに言えることは、この一件、長岡藩江戸屋敷家老職桑園吉左衛門様が主導しているということだけだ」

総兵衛らが初めて知る名と職責であった。

「ほう、江戸藩邸の家老職様ですか。精々私どもも気をつけて『古着大市』の開催継続に努めます」

総兵衛が答え、

「大名家のご家老などそなたなら率《そつ》なく丸めこめよう」

と田之内が答えて、小者に合図して根岸奉行のあとを追った。

となると、桑園は、長崎で南蛮型ガリオン帆船に乗り込んだ寄合組用人樫山孫六と元御番衆の小此木平四郎を直に支配下に置く上役かと思えた。

総兵衛は、坊城麻子と桜子に礼を言い、独り会場の見回りに出た。

久松町出店の庭にもたくさんの露店が並び、客を集めていた。

「大黒屋の旦那、稼がせてもらっているぜ」

「有難いことですよ、この通りだ」

と客の応対をしながら総兵衛に声をかけてきた。

総兵衛は一人ひとりに言葉を返しながら、庭の真ん中に立つ青紅葉の大木の下に向かった。そこは根元が周りより高くなり、見通しが利《き》くからだ。

元の土地の持ち主炭問屋栄屋の名残は、この青紅葉と二棟の蔵、それに大きく改装された栄屋の店しかない。

総兵衛が紅葉の根元に歩み寄ると、在所から古着の仕入れに来た体《てい》の老人が、頬被《ほおかぶ》りに破れ笠《がさ》、大荷物の風呂敷《ふろしき》を根元においてその上に腰を下ろしていた。

北郷陰吉だ。

「総兵衛様、長崎で異国の帆船に乗り込んだ二人が市を見物に来ていますよ」

とそっぽを向けた顔のままに洩らした。

「ほう」

総兵衛も市の賑わいを見る装《よそお》いをとりながら返事をした。

「おりんさんのくじ引きを、飴《あめう》売りの屋台の傍から見ておりますよ」

総兵衛は人の流れを確かめる体で二人に視線を向けた。

小太りの中年の武家と長身にして鍛え上げられた肢体の二人だ。小太りの武家は四十前か。一方、長身のほうは小太りより四つ五つ若く、三十三、四と見た。こちらが小此木という剣術と弓術に優れた長岡藩の家臣だろう。

総兵衛は二人をちらりと観察しただけで顔を覚えた。

「爺様《じいさま》、無理をしないで仕入れをしなされよ」

と言い残した総兵衛は客の流れに乗って久松町に向かう出口から通りに出た。

総兵衛は久松町出店に戻ると手代の九輔に、

「動けますか」

と尋ねた。

総兵衛は九輔が三匹の甲斐犬の監督をしていることを気にしたのだ。

「甲斐も信玄もさくらも人ごみに慣れまして、小僧さん方で十分世話は務まります」

と答えた九輔に、陰吉から知らされた二人の武家の風体を教えて、『古着大市』の会場でなにを企てているか見張るように命じた。その上で、

「無理は禁物です」

と注意した。

「相分かりました」

と九輔が人ごみに紛れてくじ引きの場に寄って行き、さくらの頭を撫でながら樫山と小此木を確かめ、見張りに入った。

一日目の終わりの刻限が近づくと富沢町を中心とした一帯に熱気が一段と増した。

「総兵衛様」

麻子から声がかかった。

麻子は初老の婦人に応対していた。形《なり》からいって武家方のようだった。

「ご紹介申しましょう。寺社御奉行大久保忠真《ただざね》様の奥方小雪様にございますえ」

総兵衛は寺社奉行が大名職とは承知していたが、咄嗟《とっさ》に大久保家の領地がどこか思いつかなかった。

「総兵衛様、うちら、駿府《すんぷ》に参る折、大久保様のご城下を通りましたけど、きれいな御城を覚えておいでどすか」

　桜子が助け船をくれた。

「むろんにございます。小田原城下は譜代様ならではの整った町並みにございました」

　総兵衛の返事に小雪が、

「私は未《ま》だ小田原に参ったことがありません」

と答えた。

　大名家の正室は譜代大名であれ、在府するのが幕府の決まりだ。

「大黒屋の主《あるじ》が若いとは聞いておりました。けど、これほど若く、美男とは想像もしませんでした」

　小雪は真面目《まじめ》な顔で言ったものだ。大名家の奥方が『古着大市』にお忍びで来るとは、坊城麻子ならではの人脈であろう。

「奥方様、なんぞお気に召されたお品がございましたか」

「総兵衛と言われるか、異国の品があれこれあって目移りします。されど商人とは違い、武家方の内証は豊かではありません、迷うております」

「お気に召したお品なれば麻子様にご相談されてみてはいかがです。なんぞ知恵を絞ってくれましょうからな」

と総兵衛がそう執り成してその場を辞した。


初日目が定刻の七つ半（午後五時）に店仕舞いした。

客は未だ名残おしそうに残っていた。だが、光蔵が世話方に言って、きっちりと店仕舞を徹底させた。

総兵衛は入堀の加納恭一郎が長の診療船を訪ねた。

「加納先生、ご苦労にございました。いかがでしたか、屋敷を出てかような町家の中で治療にあたるのは」

「なかなか得難い経験でした。幸い、重い病人も怪我人《けがにん》もありませんでしたし、熱気と人ごみに当てられた買い物客が結構運び込まれましたが、しばらく休んでいますと元気を取り戻すようで、大半の人がまた買い物に戻っていかれました。総兵衛様、これはただの古着の市ではございませんぞ。花見以上に人の欲望をくすぐる企てです。この考えを思いつかれた総兵衛様は、真《まこと》の知恵者です。

加納恭一郎、感服致しました」

恭一郎が言い切った。

「あと二日、無事に乗り切りますと、加納先生の楽しみが待っておりますで、頑張って下され」

総兵衛はさらに町奉行所の御用船、さらには浅草弾左衛門《だんざえもん》支配下の車善七《くるまぜんしち》の手の者たちが世話を務める厠船まで挨拶《あいさつ》に出向いた。すると、たまさかその場に居合わせた車善七が、

「大黒屋の当代自らかような場所にまで挨拶に来られるとは、新町の頭取が感心なされるわけです。なかなかできることではございません」

と感嘆してくれた。

「善七さん、人の世は上から下まであってこそ成り立つものです。その一つが欠けても立ちゆきません。どうか最後の日までお付き合い願います」

総兵衛の挨拶は、店仕舞いする古着屋らを回って続けられた。

新栄橋北詰めの見張り台から天松が下りてきた。

「奉行所のお役人は、見張り台があるゆえ、これだけの人出があっても掏摸《すり》、

かっぱらいが少ないと褒めておられました」

と総兵衛に報告した。

そこへ小僧の忠吉らに引かれた三頭の甲斐犬がやってきた。散歩を終えてこれから餌《えさ》を貰《もら》うのだ。

「そなたらも頑張りましたな」

総兵衛が小僧らと甲斐、信玄、さくらの三頭の犬たちを褒めた。

「総兵衛様、お客さんの半分以上が犬好きでよ、頭を撫《な》でるのはまだいいほうだ、子どもが体に抱き付いてもよ、さくらは大人しくしていたぜ」

忠吉が報告した。

「ああ、そうだ。役者になった里次が『古着大市』に買い物にきてさ、くじ引きで浴衣地が当たったと喜んで芝居町へ戻っていったぜ、会期中にまたくるそうだ。総兵衛様よ、あいつ、役者面《づら》になってやがった」

忠吉が嬉しそうに報告した。

「ほう、里次がな、いや、もはや呼び捨てにはできませんな。中村里次、精を出していい役者になって下さいと、総兵衛が言っていたと伝えて下さい。その折は、必ずや新しく仕立てた舞台衣装を贈らせてもらいます」

「総兵衛様のその言葉を聞かされたらあいつ、泣いて喜ぶぜ」

と忠吉が言い、ふと、天松の視線に気付いて、

「ああ、つい大勢の人に興奮してさ、言葉遣いを忘れちゃった。兄貴、勘弁な」

と詫びた。

「勘弁ではありません。総兵衛様相手になんという下品な言葉遣いです」

「下品たって、おれ、湯島天神の床下育ちだもんな。床下育ちでございます、なんてよ、言えるか」

と忠吉が口を尖《とが》らせて反問した。

だれもが大勢の人出に興奮していた。

「天松、忠吉、まずは甲斐たちに餌を上げなされ」

と総兵衛が命じた。

手代の猫の九輔が総兵衛の前に姿を見せたのは、総兵衛が離れ屋に戻った直

後のことだ。九輔の顔は真っ青だった。

「どうなされた」

「あの者たち、私の尾行に気付いておりました」

総兵衛は、老中牧野忠精がわざわざ中屋敷に移らせて影仕事を命じた者たちだ、ただ者ではあるまいとは思っていた。

「総兵衛様、私に二人が仕掛けたのは『古着大市』の中、それもうちの店裏の旧伊勢屋の跡地でした」

と九輔が悔しそうにいった。


九輔は総兵衛の命に従い、久松町出店の一角にあるくじ引きの催しを見るとはなしに眺めている二人を人混みに隠れて見張り始めた。

二人が動き出したのは四半刻《しはんとき》（三十分）と経《た》たないうちだ。人混みの中をぶらぶらと『古着大市』の商いの様子を見ながら新栄橋を渡った。だが、北詰めに設けられた見張り台や大黒屋の富沢町店には視線もくれず、その代わり入堀に泊められた船の診療所や町奉行所の与力同心が待機する船を見ながら、もう一か所のくじ引き場、大黒屋の店の一角にならぶ行列を掻《か》き分けて、伊勢屋の旧地の露店商いが並ぶ売り場に向かった。

そこには一番番頭の信一郎とおりんの新居が大銀杏《おおいちょう》と稲荷《いなり》社の傍らにあった。小此木が屋根に天水桶《おけ》と火の見やぐらを設けた新居をしげしげと見て、露店商いの集う場へと入って行った。

その真ん中に異国情緒があふれる一角があった。ジャワ更紗《サラサ》や天竺《てんじく》物の布地を縄で吊《つ》るして売る富沢町外れにある柏やの広一郎が出す店だ。

初夏の風に異国の四角や長四角の布地が揺れる光景は、なんとも晴れやかだった。広一郎は鳶沢一族の者だが、一見大黒屋とは関わりがない顔で小さな古着屋を富沢町外れに持っていた。その店へと大黒屋の地下から隠し通路で往来することができた。一族の者が大黒屋の中にいると見せかけて、密《ひそ》かに出入りするためだ。

樫山孫六と小此木は派手な色彩が風に揺れる中に姿を消した。

九輔は一瞬見失い、間を詰めようとした。

その時、風が吹いてジャワ更紗などが地上から虚空《こくう》に舞った。すると小此木平四郎が九輔を睨《にら》む姿があった。

（気付いていたか）

九輔は冷汗を掻き、不安に捉《とら》われた。

（樫山孫六はどこに行ったか）

背後に回られたことを九輔は覚悟した。だが、振り向くことはしなかった。

「手代さんよ、なにか用かえ」

広一郎が九輔に声を掛けたとき、風が止《や》んでジャワ更紗の布地が垂れて九輔の視界を閉ざした。

（どうしたものか）

一瞬九輔は迷った。

そのとき、総兵衛の言った無理は禁物という言葉が浮かんだ。よもや大黒屋の敷地の中で襲われることはあるまいと思ったが、前後から静かなる殺気が押し寄せていた。

間合よく広一郎が近づいてきた瞬間再び風が吹き、原色の布の壁が虚空に舞い上がった。二人の姿は掻き消えていた。

「九輔、わが敷地で睨み合ったにしてはだいぶ時が掛かりましたな」

「長岡藩の中屋敷は愛宕下《あたごした》と聞かされておりましたので、あちらに走りました」

総兵衛の問いに面目なさそうに九輔が答えた。

「私が二人の姿を見失ってから一刻（二時間）後、小此木平四郎だけが中屋敷に戻って参りました」

ふっふっふふ
と総兵衛が笑った。

「あやつども、なかなかやりますな。大黒屋を虚仮《こけ》にしてくれました」

総兵衛の言葉に九輔の体はいよいよ縮こまった。

「手代さん、あやつども、例の『死の舞い』の異人どもと結託しているほどの者たちです。老中牧野様の影仕事を勤めてきた面々でもあります。一筋縄では参りますまい」

総兵衛はそういうと九輔を下がらせた。

初日の『古着大市』の店仕舞いが終わり、光蔵と麻子、桜子らが居間に集り、夕餉《ゆうげ》を共にした。

『古着大市』の間、坊城母娘《おやこ》は、離れ屋の一室に滞在することになっていた。

「総兵衛様、初日の売り上げは前回の初日を少し上回るほどに終わりましたえ」

「三日間ございます。麻子様、売り上げをうんぬんするのはそれからで宜《よろ》しいかと存じます」

「人出から推測して『古着大市』の本業の商いは、おそらく二、三割増しではございますまいか」

光蔵の報告にも総兵衛は頷《うなず》いただけだった。

「例のものどすが、江戸ではなかなか難しいのと違いますやろか、未だ二日残っておりますがな。そこで一つだけ手立てを考えましたんどすけど、私の判断でよろしゅうおすか」

「麻子様のご判断にお任せ致します」

こちらの総兵衛の返事もあっさりとしたものだった。

離れの寝間を坊城母子に明け渡した総兵衛は、来一郎《きいちろう》が造った洋式の書斎の寝台に寝ることにした。

その深夜、この書斎を訪れた者がいた。だが、甲斐ら三匹の甲斐犬たちは吠《ほ》えることはなかった。

四

二日目、風もない晴天に恵まれた。

『古着大市』の世話人たちは、

「風邪の流行のせいで一月遅れたが、四月頭の開催のほうが天気は安定していませんか」

「いや、人出もこれまでに増して多いですよ」

「大黒屋さんに四月固定を願いますか」

などと話し合っていた。

朝餉のあと、総兵衛は光蔵と信一郎に夜の訪問者について話した。

「九輔のしくじりを陰吉の父《とっ》つぁんが救ってくれましたか」

話を聞いた光蔵の感想だった。

総兵衛に命じられたわけではないが、北郷陰吉は九輔とは別に二人の動きを注視していた。

伊勢屋旧地での九輔と樫山、小此木の駆け引きを仕入れにきた田舎爺《じじい》の体で眺めていた陰吉は、長岡藩中屋敷の寄合組用人樫山孫六一人に神経を集中していた。

ジャワ更紗などの布の「壁」を利用して九輔をたぶらかした樫山は、小太りの体に似合わず機敏に動いた。

樫山が独り向かった先は富沢町からさほど遠くない、

「二丁町」

と呼ばれる芝居小屋のある堺町《さかいちょう》の料理茶屋すずの家だった。

陰吉は料理茶屋の女衆《おなごし》に一分を握らせて樫山孫六の相手を問い質《ただ》した。すると長岡藩江戸藩邸の家老桑園吉左衛門と分かった。

だが、陰吉は桑園と樫山が会った二階座敷には近寄れなかった。桑園にはそれなりの供が従っていたからだ。

陰吉は、二人の談義が五つ半（午後九時頃）過ぎには終わり、屋敷に帰る桑園の一行を追って長岡藩江戸藩邸に入るのを確かめたうえで富沢町に戻り、総兵衛に報告したのだ。

「いよいよ老中牧野様の家老が姿を見せましたか」

と光蔵が言った。すると信一郎が、

「総兵衛様、長岡藩の職制は、藩主の牧野忠精様の下に五人の家老がおり、その下に中老職が数人おり、さらに奉行七人が加判列座と呼ばれる重臣にございます。桑園様は家老五人のうちの二番手、家禄《かろく》は千六百石にございまして、上座家老の山本厳斎様が高齢とてその座を狙《ねら》っておられますそうな」

牧野家の江戸藩邸の内情を調べたらしく説明した。

「樫山様が『古着大市』を見物したあと、二丁町に待つ桑園様に報告したのは、今日、明日にもなんぞ企てるつもりでございましょうか」

光蔵が聞いた。

「それに備えて昨日以上に警戒を厳しくせねばなるまい。相手は、己れらがわれらに知られていることを承知しておる。となれば、われらの弱みをついてくることは確かだ」

「総兵衛様、本日は九条文女様が『古着大市』見物に参られます」

「一番番頭さん、九条様のお屋敷は承知でしょうな」

光蔵が信一郎に問うた。

「神田橋御門の北側、錦小路《にしきこうじ》の中ほどにございます」

「総兵衛様、九条様の行き帰り、陰警護をつけますか」

「願おう。だが、くれぐれも九条様に気付かれてはならぬ。お出《い》での折は白昼ゆえ、人数は少なくともよかろう。騒ぎが生ずるとしたら帰りじゃ」

総兵衛は、場合によっては九条文女の帰路に、自ら陰警護に就こうと考えた。

「白昼の警護は三番番頭の雄三郎を頭分にして行います」

と信一郎が請け合い、総兵衛が頷いた。

二日目の客の出足は初日を上回わった。出店した古着商たちは朝のうちから途切れることのない客足に嬉しい悲鳴をあげることになった。

久松町出店も常にお客があふれていて、坊城麻子と桜子の巧みな対応ぶりや気品と京言葉に誘《いざな》われてか、言い値で品を買い求めて行く客が多かった。

麻子はあまり阿漕《あこぎ》な値は付けず、次の機会も客たちがこの催しに戻ってくるような値を定めてもいた。

昼下がりの八つ半（午後三時頃）前に総兵衛が久松町出店を訪ねると、金庫番を担当させた四番番頭の重吉が、

「総兵衛様、麻子様と桜子様のお力は大したものです。すでに昨日の売り上げを大きく超えております」

と古着商売とは違う商いの規模に驚きの表情で告げた。

店の片隅には、大黒屋の荷運び頭、「坊主《ぼうず》の権造《ごんぞう》」の異名を持つ権造が傍らの柱の陰に六尺五寸余（約二メートル）の赤樫《あかがし》の棒を隠して、ひっそりと待機していた。権造の得意は鳶沢流の棒術だ。

だが、今のところ権造の出番はなかった。

総兵衛は、権造に仙洞女院付の九条文女様が見えられたら、一段と注意して警護せよと命じた。

「入堀の通行は一切禁止、わしの出番はなにもない。いささか暇を持て余しておりましたよ。こちらの客筋は古着屋とはまるで違う、だいいち女子《おなご》ばかりじゃや」

「眼の保養になってよいでしょう」

と総兵衛が笑ったとき、手代の天松が総兵衛に近寄り、九条文女が乗り物で屋敷を出たことを報告に来た。

「大門通りにて私もお待ちします。乗り物は大門通りと田所町の角の井筒屋に止めるように願うてあります」

天松が踵《きびす》を返して九条文女の行列へと戻っていった。

この井筒屋、『古着大市』の世話方の井筒屋ではない。染物屋で古くから大黒屋とは付き合いがあった。裏庭は広く、乗り物も止められた。

坊城麻子が総兵衛の様子に気付き、

「桜子、そなたも総兵衛様にお供しなはれ」

と命じた。

久松町出店の様子をくじ引きの場から見ていたおりんが姿を見せて、麻子の手伝いに加わった。

「さすがに大黒屋はん、どなたはんも主の気持ちをよう読んで動いてはる、息がよう合《お》うてはる」

と麻子が感心した。

「くじ引きは今のところ、若い女衆に任せても大丈夫でございます」

二箇所のくじ引きの場を監督していたおりんが麻子に答えた。

総兵衛と桜子は、久松町出店を出ると、新栄橋を渡り、大黒屋の富沢町本店の前を通りかかった。

帳場格子《ごうし》に控えた大番頭が総兵衛に頷き返した。

「総兵衛様、大黒屋では目で話が通じるんと違いますのん」

桜子の言葉に総兵衛が笑った。

在所から来た客たちか、長身の総兵衛と色白の雛《ひな》人形のような桜子の二人を見て、

「あの二人、だれだべ」

「古着を買いに来た男と女じゃなかべ。きれいなべべ着て、古着市には似合わねえべ。来るところを間違えただかね、教えてやるべか」

などと話しながら見送った。

総兵衛は大門通りの井筒屋に顔を出し、挨拶して乗り物を置かせてくれることに改めて感謝した。

そうこうするうちに九条文女の乗り物が大門通りに入ったことを天松が知らせにきて、二人は出迎えの辻《つじ》に立った。

先導の付き人の女衆が総兵衛と桜子に気付き、文女に知らせた様子があり、井筒屋の前で乗り物が止まり、履物が揃《そろ》えられて引戸が開けられた。

七つ前で店仕舞の刻限に近かったが、それでも会場の熱気が大門通りまで伝わってきた。

「九条様、ようも『古着大市』に参られました。大黒屋総兵衛、これに勝る光栄はございません」

「総兵衛どの、お邪魔をします。おや、桜子様もごいっしょですか」

文女が眼差《まなざ》しを桜子に向け、京以来の再会を喜ぶ笑みを浮かべた。

文女は、二人の姉のような年齢であり、存在だった。

「この先はもはや人ごみにございます。恐れ入りますがお歩き願います」

「楽しみにしておりました」

文女はやや緊張気味のせいか江戸言葉で話した。

三人が大門通りから『古着大市』の西はずれの弥生町に入ると一気に熱気に包まれた。

その文女の周りには鳶沢一族の者たちが買い物客に扮《ふん》して陰警護していた。

文女は、入堀沿いの人出と露天の出店、食物屋の行列等々に好奇の眼差しを向けているうちに緊張がとけたのか、

「桜子はん、噂《うわさ》以上の賑《にぎ》わいどす、祇園《ぎおん》さんとはまた違《ちご》ておすが、まるでお祭りの熱気どすな」

と嬉しそうに京言葉で感想を述べた。

「文女様、あの総二階の建物が大黒屋どす」

桜子の指差す黒塗り漆喰の建物を見た文女が、

「桜子様、えらいお宅にお嫁に行かれますのんやな」

と笑った。

総兵衛は説明役は桜子に任せて、伊勢屋の跡地の露店から富沢町一帯に広がる古着商いの店をひと通り先導して、最後には新栄橋を渡った久松町界隈《かいわい》へと向かった。

「おや、くじ引きもありますのんえ」

文女がおりんが戻ったくじ引き場の行列を見て言った。

「文女様、百文で一枚くじ引きの札がもらえます。札が三枚溜《た》まると一度くじを引くことができますんや。当りは浴衣地やら手拭いどす」

「桜子様、すっかり『古着大市』に馴《な》染《じ》んでおられますな」

「前回も手伝わせて頂きました。けど、くじ引きは初めての試みどす」

「私もなんぞ購《あがの》うてくじ引きをさせてもらいます」

と笑みで応《こた》えた文女に桜子が、

「文女様、一番番頭の信一郎はんのお嫁はん、奥向きの女衆のおりんはんどす」

と紹介した。おりんはまさか桜子が九条文女を引き合わせるとは考えてもみ

なかったようで、

「大黒屋のりんにございます。ようかような催しにお出で下さいました」

と礼を述べた。

「つい最近どしたね、一番番頭さんと祝言《しゅうげん》されはったんは」

文女の言葉は総兵衛らを驚かせた。だが、文女が影様である以上、大黒屋の動きを常に注視しているのは当然のことだった。

「はい」

とおりんが上気した顔で文女に返事をした。

「おりんはん、幸せになっとおくれやす」

文女の気遣いにおりんは深々と頭を下げた。

四半刻を大きく過ぎて『古着大市』の会場をそぞろ歩いても、文女は疲れも見せず、楽しげだった。

総兵衛と桜子は、坊城麻子が女主人を務める久松町出店に最後に文女を誘った。

こちらは表の喧騒《けんそう》とは違い、雰囲気が一転して静かな空気が流れていた。

文女が坊城麻子を見て黙礼した。

「文女様、ようお出でやした」

「麻子様、この景気、驚きました」

京が出自である二人は、それなりに付き合いがあることを示して挨拶し合った。

「催しは七つ半までどす。うちがいうのんもおかしゅうおすけど、ゆっくりしていっておくれやす。文女様、お話は後ほどゆっくりとさせてもらいますよって」

麻子が九条文女の接待を桜子に目顔で命じた。

「文女様、人疲れなされませぬか」

「総兵衛どの、私、子どものころから祭礼好きでした。楽しゅうございます」

「それはようございました」

三人は再び新栄橋を渡って大黒屋へ向かおうとした。

その橋の上で総兵衛らは、老中牧野忠精の家臣、樫山孫六と小此木平四郎の二人と行き違った。

小此木は総兵衛に警戒の視線を向けたが、樫山は文女に驚きの眼を向けた。

総兵衛は二人と知らぬ顔で擦れ違いながら、

（樫山は少なくとも主の牧野と文女の過去を承知）

と推測した。

このことが老中牧野にどう伝わるか気にはなったが、あれこれ忖度《そんたく》しても致し方ないことかと総兵衛は考えた。

大黒屋の内玄関から中庭に面した廻り廊下に立った文女が、武家屋敷造りの庭を注視した。

幕府開闢《かいびゃく》以来、何代にもわたって作り上げてきた口の字型の建物と庭だ。それがなにを意味するか、見る人が見れば一目瞭然《りょうぜん》に分かった。

「大黒屋の秘密に触れておりますのんか」

文女が京言葉で桜子に尋ねた。

「文女様、うちは答えられしまへん」

「これが代々の」

と言いかけた文女がその先の言葉は発しなかった。総兵衛は、

「これが代々の影が頼りにした大黒屋、いや、鳶沢一族の本丸ですか」

と文女は言いかけたのだろうと想像した。

離れ屋に渡ると、

「文女様、京では茶屋清方様が見事なお点前《てまえ》を披露なされました。恥ずかしながら、総兵衛が真似事《まねごと》を致したく存じます。お付き合い頂けましょうか」

さすがの文女もこの総兵衛の言葉には驚いた顔で一瞬の間のあとに、

「まさかのお持て成し、九条文女喜んで受けさせていただきます」

「文女様ご推察のように、私の生まれはこの地ではございませぬ。茶道の作法に違《たご》うことはすべてお許し下さいまし」

総兵衛は離れ屋の茶室に文女と桜子を案内した。

すでに茶室には炉に炭が熾《おこ》り、蘆屋《あしや》釜《がま》からは湯気が静かに立ち上がっていた。

正客《しょうきゃく》の座に文女が、相客の座に桜子が着いた。

亭主の座に着いた総兵衛は、茶屋清方の動作を思い出しつつ、総兵衛流にゆったりと濃茶《こいちゃ》を練った。

文女は、総兵衛には一統を率いる頭領の器としての貫禄《かんろく》と品格が生来備わっ

ていることを改めて感じ、

（鳶沢一族はこの人物によって救われた）

と思い知った。

茶室の風情《ふぜい》は渋い造りながら、そこはかとなく異国風の佇《たたず》まいがあった。だが、それがどこからくるものか、文女には分からなかった。

ともあれ、大黒屋に茶室があり、異国生まれの主《あるじ》が亭主になって点前をなすなど、夢想もしていなかった。

富沢町の喧騒とは千里の距離をおいた静けさの中で、漆黒《しっこく》の天目茶碗《てんもくぢゃわん》で濃茶を喫したとき、文女は、

（桜子の幸せ）

を姉のような気持で喜んだ。

正客から相客の桜子に天目が渡った。

桜子も作法通りに茶を喫し終え、天目の内側に広がる神秘的な星紋に驚いた。

「これは曜変《ようへん》天目やおへんか」

桜子が思わず驚きの言葉を漏らした。

茶室で茶碗を褒める作法はあっても驚きの声を発する者はいまい。だが、桜子は正直に驚きの言葉を発していた。むろん心を許した総兵衛と文女の前だからだ。

「曜変天目とはどのようなものですか。私が知っているのは、わが今坂一族に伝わる数少ない唐物の茶碗というだけにございます」

総兵衛の返答は淡々としていた。

(一碗が一国に値する)

ことを知らぬ総兵衛の大らかさに文女は微笑《ほほえ》んだ。

「桜子はん、あなたはんのご亭主になるお方は途方もないお人どすな」

「はい」

「茶の作法も知らぬどころやおへん、人としての格が大きゅうおす。和国で珍重される曜変天目をふだん使いの茶碗のように使うておられます、というて雑とは違います。総兵衛はんの器がその天目を上回っておられますのんや」

と京言葉で褒めた。

静かな刻限が茶室に流れていった。

廊下に人の気配がした。

「総兵衛様、二日目の『古着大市』が終わりましてございます。坊城麻子様もそろそろこちらに戻って参られます」

おりんが告げた。

「文女様、私の居室にお移り願えますか」

総兵衛の願いに二人は、武骨とも思える庭が見える大黒屋の主の居間に座を移した。

そこへ坊城麻子と光蔵が姿を見せた。

「ご苦労に存じます」

文女の労《ねぎら》いの言葉に、

「文女様、ふだんの商いと違《ちご》うて賑やかで面白おすえ」

と麻子が笑いかけた。

京に関わりがある三人が集うと三姉妹のように見えないこともない。むろん長女は麻子だ、そして、次女の文女とは、奇《く》しくも老中を勤めた、あるいは勤める大名と情を交した同じような過去を持っていた。三女の桜子だけが天真爛《らん》漫《まん》な娘であった。

「文女様、お願いがございます」

と総兵衛が願った。

文女が総兵衛を見た。

「町屋の夕餉を坊城様お二方とともにして頂くわけには参りませんか」

総兵衛の胸の中には、影様と鳶沢一族の頭領が親しい付き合いをなすことが、一族にとってよいことかどうか迷う気持ちはあった。

文女が『古着大市』に姿を見せたことは、総兵衛には、九条文女から表の顔と裏の貌《かお》は別にしての付き合いを求められていることを意味しているように思えたのだ。

「文女様、ぜひそうしてくれはらしまへんか」

と麻子も願い、文女が頷いた。

「九条様、大黒屋の大番頭にございます。乗り物とお付きの方々は母屋《おもや》の方に来て頂いております。こちらは主総兵衛だけが接待させていただきます」

と光蔵が言い残して母屋に下がった。

九条文女は楽しく坊城親子や総兵衛と話を交し、土産にくじ引きの景品の浴衣地と手拭いを持って、六つ半（午後七時頃）に大黒屋を辞去した。

総兵衛は一族の者たちに錦小路の屋敷まで厳重な陰警護をするように一番番頭の信一郎に命じて見送った。

「文女様、楽しそうでおしたな」

その夜も大黒屋に泊まる桜子が言った。

一方、総兵衛と麻子の胸の中には、大黒屋の台頭を快く思わぬ老中牧野忠精が、九条文女と大黒屋の接近をどう思うか、一抹《いちまつ》の不安があった。

総兵衛はその夜、桜子のいない場で麻子に質《ただ》した。

「老中牧野様は、影様の存在を知っておられましょうか」

しばし沈思した麻子の答えは、

「いえ、それはありますまい。また文女様が影様に就かれたのは牧野様と別れたあとであることは確かです」

と答えたものだ。

# 第五章　試走航海

## 一

五度目になる『古着大市』が無事に終わった。

大黒屋の大番頭光蔵《みつぞう》は、どこか気が抜けた感じで帳場格子《ごうし》の中に座っていた。祭礼が終わった時のように、なんとなく寂しさとも虚《むな》しさともつかぬ気持が顔に出ていた。

おおよその『古着大市』の総売り上げが出たが、なんと前回の売り上げの五割増しに上がった。

この人気と人出の秘密は、まずは天候に恵まれたこと、もう一つはこの催しが江戸の名物として定着したこと、それに読売屋の『世相あれこれ』の守太郎らが競って前景気を上げようと読売で書き立ててくれたことも後押しとなった。

ただ一つ残念だったことは三十五カラットの薄紅色の金剛石が売れなかったことだ。だが一万両を超えようという金剛石がそう易々《やすやす》と右から左に売れるわけもない。

麻子によれば、金剛石を見せるまでの反応を示した者はいなかったという。

その麻子が、

「総兵衛様、すまんことどした。必ずや交易船団出立前までに目途を付けて見せますえ」

と改めて約定していた。

「麻子様、私の思い付きでございます。どだい『古着大市』で売るべき品ではございません、気長に心がけておいて下さいまし」

と総兵衛は願った。

『古着大市』が終わって十日余りが過ぎていた。

総兵衛も信一郎もおりんも、秋の交易航海に乗り組む大半の者たちが、

「鳶沢《とびさわ》村の法要」

を理由に富沢町から姿を消していた。

試走航海のためだ。

交易組の抜けた分、大黒屋の店の内外が静かになった。中でも光蔵の姿には寂しさが色濃く漂っていた。

「おい、大番頭さんを見たか」

小僧の忠吉が同輩の兼吉《けんきち》の脇腹《わきばら》をひじで突いた。

「まるで気が抜けた紙風船だな」

「ああ、どうにもならんな」

小僧たちはいつもの古着問屋の作業に戻り、今は上方から買い集められた古着を絹物と木綿物、傷《いた》み具合などによって選り分ける仕事をしていた。

中座していた手代の天松がそっと戻ってきて、二人の小僧の頭を、こつんこつん、と音を立てるほどに叩《たた》いた。

「な、なにをするんだよ、天松兄い」

「うちは堅気のお店です。天松兄いなんて、そのような言葉遣いは許されておりません」

「おこものちゅう吉だった時分を承知だろ」

「もはやおこもではありません、大黒屋の小僧です」

「だけどよ、大番頭さんを見てみなよ、寂しそうだぜ」

「大仕事が終わったばかりです。年寄りは若い者より張っていた気が抜けると、ああなるのです。見逃してやりなされ」

手代の天松の言葉に気がついたか、光蔵が顔を上げて、
じろり
と土間を睨《にら》んだ。

「うわっ、怖わ」

忠吉が思わず漏らした。

「だれです、気が抜けた者は」

忠吉が指で大番頭を差した。天松が慌《あわ》ててその指を下ろした。

「天松、私は気など抜けておりませんぞ」

「いえ、私は」

「年寄り呼ばわりしたのはおまえさんです。おまえさんこそしっかり仕事をし

なされ」

と叱《しか》られた天松が小僧の間に入り、

「忠吉、おまえのお蔭《かげ》で叱られたじゃないか」

と小声で文句を言った。

光蔵は光蔵で自らに気力が欠けているのを承知していた。天松の名を上げて叱ったのは、天松ならばこちらの気持ちを察してくれようという光蔵の「甘え」だ。

隠居する齢《とし》は越えていた。

九代目が病がちであったことが、一番番頭信一郎にその座を譲れなかった一番の要因だった。

九代目が亡《な》くなり、跡継ぎがいないことも理由に加わったが、幸いにも十代目が異国から救いの神として富沢町にやってきた。

六代目以上に破天荒ともいえる十代目の行動力豊かな商いによって、一気に大黒屋の衰えていた力は盛り返した。だが、それに伴い大黒屋の陣容が急拡大し、仕事も大きくなった。

新規の異国交易や『古着大市』の催しのために大番頭の地位を信一郎に譲るどころか、光蔵の肩にかかる役割は逆に増えていた。

歳はだれもがとる、そのことを光蔵はつくづく恨んでいた。

光蔵はこたびの催しで振りかかった危機の状況をふと思い返した。

『古着大市』の二日目の夜、『古着大市』見物と大黒屋での持て成しに満足した九条文女《くじょうあやめ》を、信一郎が頭になって陰警護していった。

後に信一郎が報告した仔細によれば、御城近くの鎌倉河岸《がし》西端から錦小路《にしきこうじ》に入る辺りで、九条文女の乗り物が止まったかに見えたという。

船と岸から間をおいて見張ってきた鳶沢一族の面々が、弩《ど》などの武器を構え直し、九条文女の乗り物を囲むように迫ってきた殺気に対し、逆にその輪の外から取り囲む、

「防御と攻め」

の態勢を取った。

姿を見せない敵と鳶沢一族がしばらくそのまま睨み合った。

その間、九条文女の乗り物は凍《い》てついたように止まったままだ。

どれほどの時が流れたか。やがて、
ふうっ
と九条文女の乗り物に迫っていた殺気が闇《やみ》に溶け込むように消えた。

そして、その場には武家方二人だけが残された。

「何事か」

老中牧野忠精《ただきよ》の中屋敷寄合組用人樫山孫六が、元御番衆で今は樫山の直属の配下となった小此木平四郎に尋ねた。

「陰警護があの乗り物に従っていたようでございます」

「大黒屋の一味か」

「それしか考えられませぬ。相当な人数らしきゆえ、ここは戦いを避けるしか手はございますまい」

小此木が錦小路の左右を見た。

北側には警護の気配が残っていた。二人はその気配がない鎌倉河岸側に向かって走り、待たせていた船に乗り込んで、神田橋御門の方へと船頭に命じて漕《こ》ぎださせた。

　一方信一郎は、九条文女の乗り物を最後まで見届ける組と、樫山と小此木を追う組に分け、自らは樫山、小此木を追う組を率いて坊主《ぼうず》の権造《ごんぞう》が漕ぐ船で追った。

　権造の船は予《あらかじ》め鎌倉河岸に人の気配も見せず泊まっていたのだ。その傍らを樫山と小此木を乗せた船が急ぎ通り過ぎた。

　追跡する権造の船には、信一郎の下に手代の田之助、天松、新羅《しらぎ》三郎、信楽《しがらき》助太郎らがいた。

　信一郎を除く四人が弩を携えていた。信一郎は腰に一剣を帯びるのみだ。信一郎は祖伝夢想流の達人だ。

　樫山らの船は日本橋川を下って大川から江戸の内海に入り、鉄砲洲《てっぽうず》を横目に築地《つきじ》川へと入って行った。さらに赤坂溜池《ためいけ》から流れ込む御堀に入り、汐留《しおどめ》橋、芝口橋、難波《なんば》橋、土橋、幸橋と潜って、長岡藩中屋敷に近い新シ橋《あたらしばし》で船は停まった。

　信一郎には予測されたことだ。

　信一郎は天松と三郎に何事か耳打ちして、船着き場の一つに飛び下りさせた。

二人は戦衣姿で弩を提げていた。そして、銀色の仮面を頭に載せていた。その姿は勇ましくも剽軽《ひょうきん》にも映じた。

信一郎が手勢を二つに分けたのは樫山らを前後に挟むためだ。

樫山らを下ろして空になった船は御堀の奥へ、赤坂溜池の方角へと進んでいった。

権造がすかさず河岸に船をつけた。

「一番番頭さん、わっしもいくかえ」

力仕事の荷運びの頭だけに、奉公人らしくない口調で信一郎に尋ねた。

「いえ、今夜は過日の返礼程度に留めるつもりです、頭の出番はこの次です」

と応じた信一郎が深浦の鍛冶方《かじかた》初五郎が工夫したという新しい道具を手に河岸道へと上がった。

すでに河岸道に上がっていた田之助と信楽助太郎は、戦衣に銀色の仮面をかぶり、腰に一剣を、手には弩を携えて戦仕度《いくさ》で信一郎を待っていた。

信一郎も河岸道に上がる前に仮面で顔を隠した。

新シ橋から南に延びる道の東側には鶴見七左衛門の御馬預かりの馬場が御堀

に沿って広がっており、西側には御用屋敷があった。ために深夜のこの界隈《かいわい》は森閑として人気がなかった。

　御馬場の西側を抜けると、豊後《ぶんご》臼杵《うすき》藩稲葉家と讃岐《さぬき》丸亀《まるがめ》藩京極家の江戸藩邸が向き合っていた。その先の道の左右にも大名家の上屋敷がずらりと門を連ねていた。

　この新シ橋からの大名小路は、

「愛宕下通《あたごしたどおり》」

と土地の人に呼ばれていた。この界隈は愛宕山から流れ出る湧水《わきみず》を利用して道の両側に石造りの疏水《そすい》が流れていた。

　深夜のことだ。せせらぎの音だけが響いていた。

　愛宕下通のどこの屋敷もひっそり閑として眠りに就いていた。

　新シ橋から長岡藩中屋敷までは六丁（約六五〇メートル）ほどあって、二人は南に向かってその中ほどに差し掛かっていた。

　不意に異形の二人が行く手に姿を見せた。

　弩を構えた天松と三郎だ。そして、顔には銀色の仮面があった。

最初に気配に気付いたのは小此木平四郎だ。

「何奴《なにやつ》か、怪しげな」

と言いながら腰の大刀の鯉口《こいぐち》を切った。

日置《へき》流雪荷《せっか》派の弓の名人だけに、二人が持つ、

「弩」

にまず注意を払った。

「御用人、うしろへ」

と己の背に回るように願った。

「小此木、後ろも塞《ふさ》がれておる」

と答えた樫山の声が震えていた。

「なんですと」

小此木が振り向くと、同じような形《なり》の者が二人、異人の弓を構えていた。そして、その背後にもう一人、奇妙な道具を持った男が立っていた。

「大名屋敷が連なる愛宕下通で怪しげな振舞をなすと、その方らの命取りになるぞ」

樫山が震え声で言った。だが、言った当人にはこの界隈の屋敷を巻き込む気持ちはさらさらなかった。

二人の前後を囲んだ五人は無言だった。

三人組のほうの一人が樫山と小此木に数歩近付いて歩みを止めた。

深夜の愛宕下通で信一郎ら三人と樫山、小此木の二人は十数間の距離をおいて向き合った。

信一郎が初五郎の造った飛ばし機の皿に拳《こぶし》ほどの大きさの布包みを乗せると、ゆったりとした動作で樫山と小此木に向って投げた。

「御用人、そこの土塀へ身を寄せて下され」

と言いながら、自らはその場に屹立《きつりつ》し、飛んでくるものを身を挺《てい》しても防ごうとした。

だが、虚空《こくう》を緩やかに飛んできた「布包み」は、小此木の二、三間（四、五メートル）手前にぺたりと落ちて転がった。

「な、なんだ」

土塀の傍らに身を避けた樫山寄合組用人が小此木に尋ねた。

小此木は相手に戦う意志がないことをすでに悟っていた。すると彼らが今夜取った行動にはどのような意味があるのか。

(警告か)

と気付いた。

小此木は足元の手前に落ちた布包みを拾い、古布をむしりとった、すると、常夜灯の薄暗い灯りに吹き矢が見えた。

異人たちが使う吹き矢だ。

長崎からの船の航海中に幾たびも見せられた訓練の一環に吹き矢があった。その先端には毒が塗られていると聞いた。

「なんじゃ、それは」

樫山が土塀から小此木に歩み寄り、小此木が手にしたものに触ろうとした。

「御用人、矢先に毒が塗られているやもしれません」

小此木は樫山の手から吹き矢を遠ざけた。

疏水のせせらぎだけが静かに響いていた。

「こやつら、大黒屋の者か」

と樫山が言い、囲んだ五人に視線を向けた。だが、前後にいたはずの五人の姿は忽然《こつぜん》と掻《か》き消えていた。

樫山は、夢を見ているのではないかと思った。

「御用人、これは警告です」

「老中の家臣のわれらに警告じゃと」

樫山が言ったが小此木は、

(大黒屋の面々は老中でさえ恐れてないのだ)

と思い、背筋に急に寒さを覚えた。

小此木がこれまで考えていた以上に大黒屋の力は大きく、謎《なぞ》に満ちていた。よほどの覚悟がなければ、この戦いに勝ちを得ることはできまいと思った。そして、長崎から同乗した異人の帆船に乗っていた者らも奇怪な連中だったが、大黒屋の一味もまた異人どもに拮抗《きっこう》する力を有していると思った。

頼りにできるものはマードレ・デ・デウス号だったが、それでも大黒屋を潰《つぶ》すことは容易ではなかろうと思った。

『古着大市』の二日目の夜の出来事の報告を信一郎から受けた総兵衛は、

「さあて老中どのがどう動くか」

と呟いた。

「牧野様が与《あず》かり知らぬこととは考えられませぬか」

「大番頭どの、家老の一人が企てたことと言うか」

「はて、やはり主《あるじ》の了解なくして異人船を江戸近くの海に入れることは無理でございましょうな」

光蔵が直前の言葉を撤回して言った。

「まず牧野様は承知しておられると思われる。その牧野様にわれらから過日の警告の返礼をなした、なんらかの反応があろう」

総兵衛の言葉に信一郎が頷《うなず》いた。

「ともあれ明日の最終日の『古着大市』をなんとしても無事に乗り切らねばなりませぬ」

三日目の『古着大市』は最高の人出を集めた。

どこの古着屋にも食いもの屋にもくじ引き場にも行列ができていた。にもかかわらず、大黒屋の奉公人総出でそれぞれの役を果たし、世話方たちも皆頑張ったので最後の店仕舞までに大きな騒ぎは起こらなかった。それでも人あたり暑気あたりした年寄りなどの治療で加納恭一郎の診療船は混み合い、厠船《かわやぶね》も大忙しであった。

ともかく江戸名物の定例行事になった『古着大市』が終わり、前回に増す売り上げとなった。

大黒屋では本業を卸だけに絞り、品が足りなくなった古着屋に分け隔てなく品物を卸した。それもいつもの卸し値より安くしてだ。

総兵衛の考えでこの本業では利を考えず、久松町出店の骨董品《こっとうひん》、長崎口と称した異国の珍奇な工芸品、飾り物、宝石類、ジャワ更紗《サラサ》などの布地の売り上げに重きを置いた。

この出店ですべての品を扱った坊城麻子《ぼうじょうあさこ》ですら、売上金の総額が五千両は軽く超えたことは分かっていても利潤がどれほどか、未だ計算できていなかった。

両町奉行所からの預かり品の売り上げ分は明日にも光蔵が届けるつもりでい

た。むろんそれぞれから手間賃などとるつもりもない。

「麻子様より南北町奉行所からの預かりの品の売り上げは、四百三十七両二分と一朱と聞いております」

「ならば南と北にそれぞれ二百両ずつを届けて、後ほど詳しい売り上げの報告をし、最終的な精算を致しますと申し上げてみなされ。御用の金子は一日でも早いほうが有難いでしょうからな」

と総兵衛が光蔵に命じた。

ともあれ『古着大市』は無事終わった。

大黒屋としては休む間もなく次なる異国交易の仕度、イマサカ号と大黒丸の試走航海が待ち受けていた。

第一回の異国交易で判明したことは、イマサカ号と大黒丸の帆走力の差だった。船足も操舵《そうだ》性も荒海での復元力も大黒丸が劣っていた。

そこで今坂一族の船大工と鳶沢一族の船大工が一丸となって、大黒丸の性能向上に知恵と工夫をこらした。だが、世界一の海運国イギリスの船大工の手がけたイマサカ号と、和国の船大工が見よう見まねで造り上げた帆船大黒丸では、基となる造船技術が違った。

その点がどこまで解消され、性能が向上しているかが最大の課題だった。

一方、イマサカ号は遠洋航海に合わせた船体の修復、交易品の船倉の改装、乗組員の居住性の向上を目指して手が入れられた。

防備の要《かなめ》である大砲もイマサカ号と大黒丸の連係を考えて、砲門の組み替えを行なった。

イマサカ号は中層甲板に三十二ポンド砲を中心に装備され、両舷《りょうげん》に一門ずつ、六十四ポンドカロネード砲を搭載していた。ぶち壊し屋と呼ばれるカロネード砲は、大黒丸にも二門積まれて接近戦に備えていた。大黒丸の主砲は二十四ポンド砲だ。

総兵衛は、正介《しょうすけ》が創案した火薬玉が海賊船との接近戦に及んだとき、大砲の欠点を補うような気がしていた。

大砲の射程距離は二十四ポンド砲弾や三十二ポンド砲弾でおよそ十五町（約一五〇〇メートル）、榴散弾《りゅうさんだん》となると三割ほど射程距離が短くなった。

大砲は砲撃するたびに、砲身内をきれいに掃除し、次の砲弾が砲身内で爆発せぬようにしなければならず、さらには鳥の羽の軸に火薬を満たした導火線を差し込まねばならなかった。

ために砲撃と砲撃の間にはゆっくりと百を数えるほどの時を要した。それも熟練の砲手方を配備していての時間だ。

海賊船の狙《ねら》いは積み荷だ、ために狙った船を沈める前に接近戦で荷を奪わねば利益は得られなかった。そういう場面で仕組みの簡単な正介の爆裂弾の火薬玉が威力を発揮すると思えた。

「総兵衛様、試走航海の日程はいつに致しましょうか」

信一郎が改めて総兵衛に尋ねた。

『古着大市』が終わった夜のことだ。

坊城麻子、桜子の母娘《おやこ》も久しぶりに根岸の屋敷に戻って、総兵衛、光蔵、信一郎だけの席だった。

「まず昨晩の師範らの『警告』に相手がどうこたえるか、数日様子を見ようではないか。あの者たちが動かないのを確かめ、試走航海に出る。五日くらいは『古着大市』のあと始末にかかろう」

総兵衛が答え、信一郎が頷いた。

「総兵衛様、マードレ・デ・デウス号なる南蛮帆船は、深浦の船隠しの存在を摑《つか》んでおりますまいな」

大番頭がそのことを案じた。

「先のイギリス測量船カートライト号ではわれらは油断した。深浦も江尻もそのことを肝に銘じて見張りを怠っておるまい。まず今のところはその懸念《けねん》はあるまいと思う。だが、試走航海のわれらの前に姿を見せることは十分考えられる」

「その折はどう致しますか」

「船団長、そなたが決めることよ」

それが総兵衛の返答だった。

老中牧野忠精方が動きを止めたまま数日が経った。

そこで総兵衛は交易船団の試走航海を命じた。

## 二

伊豆七島の神津島《こうづじま》沖、二十数海里（約四〇キロ）の大海原をイマサカ号と大黒丸が並走していた。

航海に入って三日目。イマサカ号の船首像は鳶沢一族の家紋、なんとも凛々《りり》しくも勇ましい双鳶《ふたつとび》だ。

大黒丸のそれは、龍神だ。

イマサカ号の操舵場《そうだじょう》に鳶沢総兵衛、交易船団長の信一郎、イマサカ号の具円《ぐえん》船長《かぴたん》、副船長にして航海方の千恵蔵らがいた。

その外に今坂一族の出で舵方《かじかた》の太郎次、その下に従う総兵衛の実弟の勝幸《かつゆき》らがイマサカ号の舵の利《き》き方を確かめながら主甲板で行われている縮帆拡帆作業の基本訓練を見下ろしていた。

今回の交易航海に初めて参加する一族の者は、鳶沢一族が五十人余、柘植《つげ》衆が四十人ほど、さらには加賀藩前田家の家臣たちが前回参加の佐々木規男を除いて九人いた。総員百人余は、船衣の胸に名が大きく墨書されていた。

その上、おりんら女衆《おなごし》が十人乗り組み、船団医師として加納恭一郎が加わっていた。

それら大半の者たちが江戸の内海を出たとたん、船酔いに見舞われた。予測されたことだ。とはいえ、船酔いを理由に訓練を休むことは許されなかった。

柘植衆は山の民だ。何代も加太峠《かぶと》で山賊の上がりを頂戴《ちょうだい》しながら、一族が生きてきたのだ。

江戸の内海を柘植衆の何人かは経験していたが、柘植の頭分の柘植満宗《みつむね》以下全員が外海の大海原を経験したことはなかった。

初夏の日差しが照り付け、穏やかな西風に乗って二艘《そう》はゆっくりと帆走していた。それでも大半の新参者たちの顔色は悪く、足腰がふらついていた。

加賀藩藩士は、藩所蔵の和船で能登《のと》の海で航海訓練したらしく、九人がそれなりにしっかりとした動きで、訓練を司《つかさど》る水夫頭《かこがしら》の弥次郎の命をこなしていた。

だが、巨大な帆船の縮帆拡帆作業などまだ危険でできなかった。

弥次郎は、安南《アンナン》を出る以前からイマサカ号に乗り組んでいたから、船と海のすべてを承知だった。それに弥次郎は安南にいるときから和語が出来た。

水夫頭の弥次郎が池城《いけぐすく》一族の出の城間《しろま》用光《ようこう》と加賀藩士の中で機敏な動きを見せた板取由三郎《いたどりよしさぶろう》を初心者らの前に呼び寄せ、しばし考えた末に総兵衛を見上げて、

「総兵衛様、勝幸さんを貸してくだされ」

と達者な和語で願った。

「弥次郎、船団長は信一郎じゃ。さらに舵方は、太郎次ぞ。二人に断らぬか」

「はい」

と応じた弥次郎に、

「勝幸にさん付けは要らぬ。水夫頭は配下の者を呼びつけにせよ。加賀藩士とて同じことだ」

と言い切った。

弥次郎が信一郎と太郎次に断り、勝幸を主甲板に下ろした。

「そなたら、帆の上げ下ろしがどのようなことか知るまい。その基《もとい》となる帆柱上りをただ今見せる」

と新参者たちに申し渡すと、

「いいか、よく見ておれ」

と弥次郎が一同から選んだ勝幸ら三人を振り見た。

「そなたら、手本をみせよ。勝幸は主檣《メインマスト》を右舷の帆綱から、用光は左舷の帆綱を使い、板取は後檣《ミズンマスト》を好きな位置から帆柱上まで登ってみよ、競争じゃ」

と命じた。

勝幸と用光は目くばせして、右舷と左舷の帆綱の下に行った。

一方板取は後檣の真下に行き、主檣より一段低い後檣のてっぺんを眺めて、身震いした。

いくら加賀藩所有の帆船で訓練したとはいえ、和船とイマサカ号では船体の大きさも帆柱の高さもけた違いだった。茫然《ぼうぜん》として言葉も出ない。だが、加賀百万石の前田家の家臣たる誇りと面目があった。

「登れません」

とは言えなかった。

「どうする。板取由三郎」

訛《なま》りは強いが十分に意が通じる水夫頭の問いに、

「上ります」

と板取が返事をした。

「よし」

弥次郎が胸に吊《つ》った笛を口に咥《くわ》えた。

ぴぃぃー
と笛が響くと同時に勝幸と用光が両舷の帆綱に飛び付き、器用に体を帆綱の上に引き上げ、主檣の戦闘楼目がけてするすると登って行った。

動きは両者ともに機敏にして迅速、たちまち主甲板から十数丈（三十数メートル）はあろうという戦闘楼の外側に手をかけ、体を上に攀《よ》じ上げた。

まるで猿《ましら》の動きそのものだ。

帆柱の中段に設けられた戦闘楼は、海戦の折に見張りが立ったり、鉄砲や弩を敵船へ撃ちかけるときに用いられる。むろん通常の縮帆拡帆の際にも使われる、目もくらむ高さの帆柱を取り囲む衝立《ついたて》のない「踊り場」といえないこともない。

この戦闘楼には帆柱に沿って開けられた穴からも上ることができた。だが、この穴は、

「臆病口《おくびょう》」

と呼ばれ、老練な水夫は、より安全な臆病口ではなく、わざわざ外側から身を虚空に晒《さら》して上った。この方が臆病口より早いという者もいた。

戦闘楼に一瞬先に用光が、続いて勝幸が立った。二人はさらに主檣の頂上帆桁《メイントゲルヤード》まで競い合って上り、帆桁に立ったのはほぼ同時だった。

一方、板取由三郎は、未だ後檣の戦闘楼どころか、一番下の帆桁の上にも体を押し上げられていなかった。

弥次郎が、
ぴぃぴぃぴー
と笛を吹いて競い合いの終わりを告げた。

結果は歴然としていた。

新人たちには言葉もない。

「今日の海は、赤子に産湯《うぶゆ》を使わせられるくらいの穏やかさである。今二人が

上り着いた頂上帆桁に立ち、帆桁の両端の綱を解いて同時に落とし、続いて帆桁の真ん中の綱を落とすと一気に帆が広がる。この作業を烈風と荒れた波にもまれる中で行うのだ。油断すれば、風にあおられた帆に叩《たた》かれ、一瞬にして海に投げ出される。それがそなたらの仕事だ」

という水夫頭の言葉を新入りの柘植衆や鳶沢一族の者たち、加賀藩士らが恐怖と不安の中で聞いた。

「だが、わしの命ずることをきちんと聞いておれば、試走航海の間にそなたらの何人かは用光と勝幸が上がりきった頂上帆桁に到達できよう。ともかく船と海に慣れた体を造らねば、船上の作業はできぬ。海戦ともなれば、さらに酷《ひど》い条件の中で動くことになる。よいな、わしのいうことを信じて従え」

新人たちは弥次郎の言葉に頷くしかない。

この帆柱上りと縮帆拡帆訓練の組合せは毎日休みなく繰り返され、夕刻、全甲板を磨き上げてようやく一日が終わった。

濃密な日々が流れていく。

総兵衛は、時に操舵場から、時に舳《へ》先楼《さきろう》から新入りたちの訓練を見守り続けた。

一族の頭領が自分たちの動きを見ていると思えば、訓練の場で手を抜くことなどはできなかった。また手を抜くなどと考える余裕もなかった。

ただ、単調な作業の繰り返しに彼らが少しでも気の緩みを見せたかと信一郎が判断したときには、具円船長のもとへ五人一組で上がらせ、イマサカ号がどのような仕組みで大海原を航海できるのか、初歩的な知識を教えた。

「船乗りが一番大事にするのはコンパスと呼ばれる磁石だ。この文字盤を見てみよ、Nと記してあるのが北の方角を示す。Sは南、Eは東、Wは西だ。Nの文字盤の上に磁気を帯びた針を合わせると、そちらが北の方角を示すのだ」

「なんでじゃろ」

と新羅三郎が不思議そうな顔をして呟《つぶや》いた。三郎は加太峠で生まれ育った杣植衆だ。磁石などとは無縁に山中で経験と勘だけで生きてきたのだ。

「三郎、今は理屈はいい。そう憶《おぼ》えよ。島影も見えない大海原でこの磁石一つで目的の地に辿《たど》りつけるのだ、またこの六分儀は、正午の太陽の高度を計る器具だ。お日様の高さから船が南北方向にどれほど移動したかが計算できる。むろん陸地で絵図が要るように海では海図が大事になってくる。海図には、島、岩、暗礁《あんしょう》、海岸線の形状、陸を示す灯り台などが記してある。とはいえ、海図はイギリス国などの海洋国家の測量船が造ったもので、見落とした島や岩が無数にある。ゆえに見張りの役目は重要なのだ、分かったか、三郎」

「なんとなくです、船団長」

「今のところはこのような道具や海図を駆使してイマサカ号が何百里も離れた目的の地に到着するのだということを覚えておけ」

「はい」

「船団長、聞いてよいですか」

と早走りの田之助が言った。

陸地では一日何十里も駆け通すことができる手代の田之助も海の上では勝手が違った。

「和船に比べ、イマサカ号は船足が速うございますな。どこが違いますか」

「帆の枚数が多く、それぞれの帆に役割があって逆風ですら風上方向に進むことができる。これが異国の帆船の特徴だ。風が順風なれば、満帆の風をはらんだときは、半刻《はんとき》に十数海里も帆走できる。船の速さを計る道具がある。艫《とも》に参れ」

信一郎は五人組をイマサカ号の船尾に連れていき、船尾に設《しつら》えられた道具箱から麻縄が巻かれたものを取り出した。

「よいか、この麻縄の先に円盤を四つに切り分けたようなものが付いておろう。これを海中に投下する」

信一郎がログラインとよぶ円盤の四分の一の板を実際に海に投げ込んだ。

「この麻縄には結び目が等間隔についておる。この結び目をイギリス人は、海里《ノット》とよぶ。一海里は、異人たちの間で一八五二メートル。およそ陸里の半里弱だ。一定の時間内にこの結び目が引き出されていく数を勘定すれば、船の速さが分かる。ただ今は私の推測で十一、二海里《ノット》の速さであろう」

と信一郎が立ちどころに田之助の問いに答えた。

第一回の航海で信一郎は寝る間も惜しんであらゆる疑問を具円船長や航海方の千恵蔵や後見の林梅香《はやしばいこう》老師にぶつけ、その答えを帳面に記録して身に叩き込んだのだ。

総兵衛はその様子を見ながら、信一郎を船団長に選んだことが間違いでなかったことを確信した。

一方おりんら女衆は、裁縫場と呼ばれる帆布の繕いをする作業場にいて、帆布修繕方の末五郎からやり方を習っていた。

大黒屋は古着問屋だ。針を持ち、繕うことなど女衆ならば当たり前の手作業だ。

だが、イマサカ号の帆布は生地が厚く、並みの針では通らなかった。畳針にも似た大針で厚地の帆布を繕うのは、女衆にはなかなかの大仕事だった。

末五郎は和語が得意ではなかった。

ゆえに自らがやってみせ、それをおりんらに習わせた。

ふくは根気仕事が苦手だとみえて、末五郎に安南の言葉で何かと話しかけ、手のほうが疎《おろそ》かになっていた。

「ふく、末五郎どのに話しかけてばかりで、手が疎かになっています。帆布を縫うことに専念なされ」

おりんの叱声《しっせい》に、ふくがぷいとむくれた顔をして裁縫場を出ていった。

末五郎が困った顔をした。

ふくは今坂一族の頭領勝臣の実妹として、わがまま放題に育ってきたのだろう。

「オリンサン、モウスコシガマン」

末五郎がおりんに願った。

おりんは、末五郎が言わんとする気持ちがよく分かった。

「もう少し我慢して見ていてほしい」

ということだろう。

「お師匠に却《かえ》って心配をかけましたね」

おりんが末五郎の気持ちを思いやった。

帆布繕いの稽古《けいこ》はさらに一刻（二時間）ほど続いた。

おりんは女衆に少しばかりの休息を取らせた。

その場に残ったのは砂村葉だけだった。

「おりん様、加納先生の治療室に参ってもようございますか」

「私も行こうと思っていたところです」

二人が中層甲板にある治療室を訪ねると、柘植衆の若者時三《ときぞう》が船室の鴨居《かもい》で頭を打ったとかで、治療が始まるところだった。

イマサカ号は巨船だが、内部の通路は狭く迷路のように入り組んでいた。時三は自分たちの居室がある船室に下りようとして頭を鴨居の金具で打ち、裂傷を負ったという。

「ちょうどよかった、おりんさん、葉さん、手伝ってくれぬか。まずこの者の鬢《びん》の毛を切ってくれ」

時三が必死に痛みを堪《こら》えていた。

「縫っておいたほうが治りは早かろう」

加納恭一郎の言葉に、

「せ、先生、おりゃ、畳じゃねえよ、怪我《けが》なんて布で押さえておれば血が止まって自然に治るもんだ」

「そなたの傷は鴨居の金具にあたって深く切れておる。つべこべ言わずにその場にじっとしておれ」

おりんが鋏《はさみ》と布切れを持って鬢の毛を手際《てぎわ》よく切り落とした。傷がそれなりに深いことがおりんにも葉にも分かった。

「葉さん、その黄色の消毒液を傷口に塗ってくれ」

葉は血を見ても傷を見ても平静を保っていた。

物を挟む道具を恭一郎が葉に渡した。

「その先で消毒液に浸した布を一枚とって傷口を拭《ぬぐ》うのだ」

「せ、先生、痛くねえか」

「そなた、大黒屋の新入りか」

「へえ、この間まで加太峠で住み暮らしていた柘植衆の者だ」

「柘植衆なれば甲賀や伊賀の忍者と同じ武勇の者であろうが。消毒を受けるくらいでつべこべいうでない」

加納恭一郎は蘭学でも外科が専門の医師だ。時三の傷など怪我のうちに入らぬかすり傷扱いだった。

「時三さん、柘植衆の面目にかけて泣き言などいわないの」

葉が新入りの標《しるし》の名札を見て言い、傷口を素早く拭った。

「おお、お二人ともなかなか手際がよろしいな。専属でここにいてもらいたいくらいだ」

「加納先生、船酔いはどうです」

「おりんさん、それを思い出させてくれますな。最前から胸がむかむかして、うまくこの者の傷の縫合ができるかどうか案じておったところです」

「せ、先生！　おりゃ、いい、自分で治すから」

と叫んで立ち上がろうとする時三を葉が優しく抑えつけ、

「先生、どうぞ」

と願った。

船酔いでむかむかしているといった加納恭一郎だが、なかなか素早い針運びで五針の縫合が行なわれ、おりんがその上に新たな消毒布を当てて白布で巻き、治療が済んだ。

「お、終わったか、先生」

「終った」

ふうっ、

と安堵《あんど》の吐息をした時三が、

「命が助かった」

と洩《も》らした。

「大げさな。時三さん、早くみんなのところに戻って訓練に加わりなさい」

おりんの言葉に柘植衆の若者が元気を取り戻したか、

「よいか、今日は激しい動きをしてはならぬぞ」

という恭一郎の声を背に、治療室から脱兎《だっと》のごとく逃げ出して行った。

「まあ、あれは怪我の内にも入るまい。海戦となれば、手足の一本も切り落とされる怪我人も出よう。どうです、おりんさん、葉さん、そのような際でも頼りにしてよろしいか」

二人が同時に頷いた。

「心強い味方が出来ましたな。ところであなた方、船酔いは大丈夫か」

恭一郎の問いにおりんが、

「今のところは」

と答え、

「私はなにも感じません」

と葉が応じた。

「船酔いには女の方が強いのかね」

と恭一郎が溜息《ためいき》を吐《つ》いた。


治療室から主甲板に戻る途中、葉がおりんに言った。

「おふくさんのことですが、私が話してみてようございますか。なんとなくおふくさんの気持ちが察せられるのです」

しばしおりんはお葉の提案を考え、

「お葉さん、ふくさんのことそなたに託します」

そのことはあとで総兵衛に告げようと思いつつ頷いた。

「はるばる異国からこの地に来るなんて私には考えられないことです」

「お葉さん、私たちも秋には総兵衛様やふくさんの故郷に行くのですよ」

「その時になれば、おふくさんの気持ちが今よりもよく分かるのではないでしょうか」

葉の言葉におりんは大きく頷いた。

「楽しみのようでもあり、なにか怖いような気もします」

「私はわくわくしています」

と葉が言い、総兵衛の人を見る眼の確かさにおりんは改めて驚かされた。

## 三

試走航海が始まって十数日後、イマサカ号と大黒丸は駿河湾《するがわん》の江尻《えじり》沖まで遠出していた。そして、夜を待って二隻《せき》の交易船団は、船隠しに入った。

試走航海の中休みであり、三月後に出船する折の荷をイマサカ号と大黒丸にどう振り分けて積み込むかの確認作業をするためでもあった。

江尻の船隠しは東海道に近いが、浜辺に続く松林と大きく曲がった岬の内側に造られているために人目に付きにくく、船の出入りや荷積みも深浦より断然楽だった。

そこで二回目の交易からは江尻の船隠しを活用することに総兵衛が決めたのだ。船隠しは鳶沢村に接してもいた。

この界隈《かいわい》の人間は、鳶沢村の一族が神君家康の遺骸《いがい》に従い、駿府から久能山の仮霊廟《れいびょう》へ、さらには日光東照宮完成の折には、日光まで随行したことを承知しており、今も久能山の霊廟を守る衛士《えじ》の役目を負っていることを知っていた。

ゆえに鳶沢村は江戸の古着問屋大黒屋の〝国表〟とも言うべき地であるとともに、幕府の役人といえどもうかつに触れてはならぬ、

「特別な存在」

であった。

その地に、鳶沢村の長《おさ》にして一族の長老の一人、鳶沢安左衛門が数年の歳月と莫大《ばくだい》な費用を投じて、

「船隠し」

を完成させたのだ。

折しも深浦の船隠しがイギリスの測量船カートライト号に知られてしまった、つまりはイギリスの東インド会社に把握されてしまった現在、江尻の船隠しの存在の意味は大きかった。

石造りの巨大な船隠しにはイマサカ号と大黒丸が並んで停泊しても十分余裕

があった。それに船隠しを囲む高い石垣と土塁の内側には、乗組員が泊まることのできる宿泊施設と、大きな荷倉がいくつも並んで建てられていた。

船団長の鳶沢信一郎は、乗組みの者に二日の休みを与えた。

信一郎や具円イマサカ号船長、幸地達高大黒丸船長の話によれば、第一回目の交易航海の時よりイマサカ号も大黒丸も航行性、操舵性、操帆性などが改善されたという。特に大黒丸の船足が一割五分ほど上がったために、イマサカ号の航行に相当程度、並走できるようになったというのだ。

ただし試走航海の結果、両船共に改良すべき点が多少見つかったという。船大工たちはこの二日の休みの間に手入れの作業にあたることになった。

総兵衛は、おりんら女衆を連れて鳶沢村を訪ねた。

鳶沢村出身のおりんらにとっては生まれ故郷であったが、総兵衛の実妹ふくと砂村葉にとってはだれ一人として知り合いのいない土地だった。

葉はふくに常に寄り添って和語で話しかけるようにしていた。

そんな二人を見ていた総兵衛が、

「ふく、葉、供をせよ」

とこの日、命じた。

一族の総帥《そうすい》の命は絶対だった。

葉は、

「畏《かしこ》まりました」

と承知したが、ふくは小さく頷《うなず》いただけだった。

「ふくさん、総兵衛様のお言葉にははっきりとお応《こた》えするのですよ」

と優しく囁《ささや》いて教えた。だが、ふくは頑固に言葉を発しなかった。

総兵衛が元来鳶沢一族ではなかった二人の娘を連れていったのは久能山の家康の霊廟だった。

総兵衛は二人に、この霊廟に徳川幕府の祖であり、基を築いた神君家康が一時葬《ほうむ》られたことを教えた。

総兵衛は、霊廟の傍らにある小屋から掃除の道具を持ち出した。葉は率先して、霊廟の周りを丁寧に箒《ほうき》で掃いていった。

ふくは徳川家康が何者か判らぬ様子でただ突っ立っていた。

「ふく、掃除を手伝うのだ」

総兵衛に命じられたふくが嫌々という顔付きで葉を真似《まね》て掃除を始めた。だが、それがおざなりの行動であることは明らかだった。

「ふくさんの故郷では箒で掃くとき、どうするの」

葉がふくに尋ねた。なにか答えたが総兵衛には聞えなかった。

総兵衛は、湧《わ》き水を桶《おけ》に汲《く》んできて、雑巾《ぞうきん》を固くしぼり、霊廟の碑銘を丁寧に拭って行った。

毎日、一族の者が掃除をしているのでさほど汚れてはいなかった。それでも四半刻（三十分）をかけて霊廟をきれいにし、周囲も落ち葉一つないように清めた。

総兵衛は霊廟に向かい、正座した。

葉はそれに見倣《みなら》ったがふくは立ったままだ。

総兵衛は、胸の中から妹のふくのことを追い出し、神経を集中させて祈った。

胸の中に言霊《ことだま》が響いた。

（わしが許した鳶沢一族とは違った趣になりおったな）

（一族が増えたことを家康様はお怒りですか）

総兵衛が問い返した。

(さあてのう)

(時の流れとともに万物すべて変わります、人も組織も変わらねば生き残れませぬ。そうでなければ家康様とわが一族の初代頭領との約定が果たせませせぬ)

(居直りおったか、総兵衛)

家康が糺《ただ》した。

(江戸の内外に新たなる事態が発生しております。それに即応するために一族を改めました)

(四族融和とは異国生まれのそなたでなければ考えられまい)

(家康様、使命を全うするために組織を改編し、人を鍛え直します)

総兵衛の返答は明快だった。

しばし総兵衛の胸中に家康の声なき声は聞こえなかった。

(やり始めたことを途中で投げ出すのは、愚の骨頂よ)

(有難きお言葉、総兵衛、肝に銘じます)

気配が消えた。

瞑目《めいもく》していた総兵衛が後ろを振り見た。

葉は総兵衛を見倣って瞑目していた。だが、ふくは霊廟から離れたところにある切株に腰を下ろしていた。

「ふく、この霊廟の主《あるじ》がどなたか、教えたばかりではないか」

兄の和語に対してふくが安南の言葉で激しく応じた。

総兵衛はふくに腹に溜《た》まった不満を、吐き出すだけ吐き出させた。

葉はじっと兄と妹の様子を見ていた。

総兵衛が優しく言い諭すようにふくに話し始めた。

「ふく、われら今坂一族が生きていく地はここしかない。だれもが必死で和国に、大黒屋に、鳶沢一族に溶け込もうと頑張っておる。そなたは自分が人の親切を、心遣いを無にしておると考えたことはないか」

ふくが再び安南語で詰《なじ》った。

葉はその言葉の意味が分らずとも、ふくの不服な気持ちは察せられた。

「ふく、そなたはもはや今坂一族の女ではない。総兵衛の妹でもない。ただ鳶沢一族の娘にして大黒屋の奉公人の一人でしかないのだ」

総兵衛の厳しい言葉にふくの両眼から涙が滂沱《ぼうだ》として流れ出した。

「そなたを交易船団に加えたのは誤りであったようだ。そなたはおりんを始め、周りの者たちの害にこそなれ益になることはなにもない。試走航海は後半に入る、そなたが変わらねば、交易船団から外すことになる」

総兵衛の言葉は険しかった。

その言葉を理解したかどうか、ふくは久能山の林の中に駆け込んでいった。

「総兵衛様、ふくさんのこと、もうしばらく大目に見て下さいまし。私が必ずやふくさんの気持ちを変えてみせます」

葉の言葉に総兵衛が、

「これからの試走航海での訓練はこれまでより一層厳しくなろう。ふくのあのような態度は船団にとってよいことではない。航海は厳しいものだ、一人の腐った考えや不満が他の者に伝播《でんぱ》することがいちばん怖い。船団長の信一郎に無用な苦労は負わせたくないでな」

総兵衛の言葉を頭に刻み込んだ葉がふくを追って林の中に入っていった。

二日の休暇を挟んで大黒屋の交易船団の二隻が江尻の船隠しを夜のうちに出航して駿河湾へと出て行った。

実戦訓練に入るために駿河湾からぱしふこ海の大海原に出たイマサカ号と大黒丸はいったん別れた。

単独航海の訓練をなすためだ。

次なる再会場所は、伊豆七島の三宅島《みやけじま》と御蔵島《みくらじま》の中間地点だ。

二つの島の間は十海里（約一八キロ）ほどもない。ゆえに晴天なれば、互いの船を視認できた。再会の日時は五日後の昼九つ（十二時）と決められていた。

イマサカ号は改良した帆を最大限に張った全速航行など厳しい訓練を日々繰り返しつつ伊豆の海を目指した。ためにようよう新入りの者たちも船酔いにだいぶ慣れてきていた。

明日は大黒丸との再会地点に到達するという夕暮れ、総兵衛はイマサカ号の舳先《へさき》にいた。ジャワ更紗《サラサ》のゆったりとした打掛の裾《すそ》が風になびいていた。

「総兵衛様は舳先が似合うお方ですな」

と加納恭一郎の声がして、前部高甲板に顔色が青い恭一郎が上がってきた。

「先生も船にだいぶ慣れたとみえますな」

「船酔いは未《ま》だ感じております。されど船の揺れに体をまかせるこつを会得《えとく》しつつあるような気がします」

「それは大事なことです」

イマサカ号は見慣れた三宅島を右手前方に見ながら御蔵島へと進んでいた。

「この分なれば明日早朝には大黒丸と落ち合いましょう」

「総兵衛様、おりんさんとお葉さんは貴重な助っ人です。二人は何事にも動じません。さすがに鳶沢一族の育ちですな」

と加納恭一郎が言った。

総兵衛は恭一郎が医師であることを考え、砂村葉が受けた残酷な体験をざっと語り聞かせた。

「齢《とし》にしては落ち着いた娘と思うておりましたが、なんとそのような酷《むご》い経験を強いられましたか。しかし、総兵衛様方に出会《でお》うたゆえ、あの娘もいずれ幸せを摑《つか》みましょう」

と恭一郎が言った。

総兵衛は船室の中で砲撃の音に目覚めた。

操舵場《そうだじょう》に駆け上がると信一郎がすでにいて、遠眼鏡で薄闇《うすやみ》を眺めていた。

信一郎が遠眼鏡を離して総兵衛に渡しながら、

「マードレ・デ・デウス号が大黒丸に砲撃を加えております」

と言った。

総兵衛は遠眼鏡を覗《のぞ》いた。

搭載砲の射程距離はマードレ・デ・デウス号のほうが長かった。ゆえに大黒丸は、必死で自分たちの搭載砲の射程距離に入り込もうとしていた。

二隻の帆船は未だイマサカ号の接近に気付いていないように思えた。

「よし、総員反撃態勢に移れ」

総兵衛の命でイマサカ号は、砲撃態勢に入り、戦闘要員は弩《ど》を摑んで主甲板などに散って配置された。

夜明けが近づき、海と空の境がはっきりとしてきた。

そのとき、イマサカ号は、海戦の場に半海里（一キロ弱）まで詰めていた。

すでに両船ともにイマサカ号の接近を承知していた。

大黒丸は勢いづき、マードレ・デ・デウス号は、一気に大黒丸に接近して、短い射程ながら船体に大穴を穿《うが》つカロネード砲で六十四ポンド弾を打ち込もうとしていた。

「戦闘ラッパ、奏せよ！」

船団長信一郎の命が船上に響きわたり、ラッパと太鼓が鳴らされた。

総兵衛はいったん船室に戻り、正介と初五郎が工夫した爆裂弾と飛ばし機を手に操舵場に戻った。それを見た小僧の正介が種火を手に総兵衛に従ってきた。

そのとき、イマサカ号は大黒丸とマードレ・デ・デウス号におよそ二丁（二〇〇メートル余）と迫っていた。イマサカ号は両船の船尾から接近していた。

マードレ・デ・デウス号の六十四ポンド砲が発射され、大黒丸の右舷《うげん》上部に大穴を空けたのが見えた。

イマサカ号は一丁を切って迫っていた。

総兵衛は正介が差し出した火縄を導火線に点《つ》けると、飛ばし機の皿に載せ、狙《ねら》いを定めてマードレ・デ・デウス号の船尾に向って投げた。

爆裂弾はマードレ・デ・デウス号の船尾を越えて主甲板を直撃した。火薬の中に混ぜて入れた鉄屑《てつくず》や釘《くぎ》が飛散して、主甲板の白い衣裳《いしょう》を纏《まと》った者らを強襲した。甲板も破壊されたはずだ。

「おお、やった！」

正介が歓声を上げた。

マードレ・デ・デウス号にとっては思わぬ方向から想像もしない攻撃がやってきたことになる。

さらに総兵衛と正介が組になって手際《てぎわ》よく二撃目、三撃目と爆裂弾を飛ばすと、マードレ・デ・デウス号は、戦闘海域から逃げ出した。相手方が二隻になったことで海戦が不利になったのを悟ったのだ。

「追跡は無用じゃ！」

船団長信一郎の声が響いて、カロネード砲の六十四ポンド弾に右舷を直撃された大黒丸にイマサカ号が並んだ。

「幸地《こうち》船長、怪我人《けがにん》はおるか」

イマサカ号の操舵場から船団長の信一郎が大黒丸へ呼びかけて確かめた。

「船団長、朋親《ともちか》と良之助《よしのすけ》が破片に当たって胸と足に怪我を負っております」

大黒丸が砲撃を食らったのは右舷上部だった。ために砲甲板は被害が少なかったが、主甲板にいて弩を手にしていた二人が破片に当たって怪我をしたという。

「よし、二人をイマサカ号に移せ」

大海原の中、両船が船腹を寄せてイマサカ号から釣り降ろされた担架に乗せられた朋親がまず最初に移されてきた。

朋親は池城一族の出で、ヌンチャクの名人だった。舷側の木片が胸と脇腹《わきばら》の間に刺さったらしく、ぐったりとしていた。

直《す》ぐに治療室に下ろされると、おりんと葉が手伝い、まず破片を除去して消毒をし、手術が始まった。

次に運ばれてきた良之助も池城一族の出の若者だ。骨折のようで、痛みに青い顔で耐えていた。柘植満宗が、

「船団長、私が応急手当をしてもよろしいかな」

と信一郎に尋ねた。柘植衆は忍びの出だ、病や怪我の治療は大概自分たちで

採った薬草で治したという。

「加納先生は、朋親の治療にだいぶ時を要しよう。頼もう」

と願うと満宗が、

「良之助さん、こいつをよく噛《か》んで食べな、痛み止めだ」

薬草の根っこのようなものを良之助の口に突っ込んだ。

「苦げえ、痛い」

と良之助が叫んだ。

「その元気があれば大した怪我じゃないな」

満宗は左足の骨折部分を伸ばすと、その部分に添え木を当てて白布で固定した。脂汗《あぶらあせ》を浮べながらも良之助は必死で痛みに耐えていた。

加納恭一郎が初めて船上でなす手術には一刻（二時間）以上を要したが、朋親は命に差しさわりはないという。さらに満宗が応急手当した骨折を診た恭一郎が、

「この船には私の他にも医者が乗っておるではないか」

と感心した。

試走航海が突如実戦へと変わった。

海戦では不意を突かれた大黒丸が後れをとったが、正介と初五郎の工夫した爆裂弾が奇襲攻撃の役に立ち、マードレ・デ・デウス号との二度目の海戦は、「引き分け」

に終った。

その夜、夕餉《ゆうげ》の時間に加納恭一郎が、

「おりんさんとお葉さんは私の手伝いが十分にできます、突然の怪我人に平静な態度で接するのは、なかなかできることではございませんぞ」

と褒めた。

「おりんは修羅場を潜っておるゆえ、その程度は応対できようと思ったが、砂村葉がそれほどまでとは想像もしなかった。心強いかぎりじゃな」

と総兵衛が応じた。

「総兵衛様、大黒丸の修繕は海の上にてできないこともございませんが、試走航海は改めて後日できようかと思います。いったん、深浦に寄港し、大黒丸の修繕と怪我人を陸地に下ろしませぬか。われらの真《まこと》の交易出港までは、あと三月ほどございます、ただ今無理をすることはございますまい」

信一郎の提案に総兵衛は許しを与えた。

二人の怪我人の治療の後、大黒丸の修理のために深浦に引き返すことになった。

「それにしても総兵衛様、奇妙な飛び道具をお持ちでございますな」

と怪我人といっしょにイマサカ号に乗り移ってきていた幸地達高が驚きの顔で言ったものだ。

「あれはな、だいなごん様の工夫よ」

と総兵衛が前置きして、事情を説明した。

「いや、あのように相手方が戸惑うとは思わなかったわ」

総兵衛も正介と初五郎の工夫した武器が実戦に役立ったことを評価し、

「船団長、幸地船長、交易出船までにあの飛び道具を二隻の船それぞれに二十挺《ちょう》ほど載せられるように二人に命じておく」

と約定した。それを受けて信一郎が、

「得難い得物が加わりました。総兵衛様が小僧の正介をこの試走航海に加えられた意味が分りました」

「試走航海だけではなく本航海にも伴ってくれぬか」

と言った。

と願った総兵衛の胸の奥には、妹のふくのことが懸念《けねん》としてあった。

「航海から下ろすべきかどうか」

総兵衛は決断が出来ないでいた。

四

文化二年（一八〇五）五月、幕府は関八州の農民に武芸禁止令を出し、六月には関東取締出役《かんとうとりしまりしゅつやく》、俗に、

「八州廻り」

と呼ばれる組織を設置する。

これらの担当役人としては江戸近郊の代官領の下僚、手附・手代ら八人を当てるという。

しかし、もはや関八州の百姓の逃散《ちょうさん》、賭博《とばく》行為は常態化して手の施しようが

なく、「八州廻り」は屋上屋を架す新組織に終わるのは歴然としていた。

そんな中、上州から古着の仕入れにきた小売り商人が利根川の河原で襲われ、古着も持ち金も奪われる騒ぎが起こり、富沢町で噂《うわさ》になった。

「八州廻りなんぞができたって博徒は屁《へ》とも思わねえだろうよ。手先になる御用聞きが博徒と御用聞きの二足の草鞋《わらじ》だものよ」

「大きな声ではいえないが、公儀では八州廻りの旦那《だんな》の懐《ふところ》を肥やすだけの策というのが分らないのかね」

大黒屋に仕入れにきた担《かつ》ぎ商いの会話だ。

大番頭の光蔵の傍らには一番番頭の信一郎の姿はなかった。

だが、離れ屋には大黒屋の主十代目総兵衛が戻っていた。

試走航海はマードレ・デ・デウス号の待ち伏せを受け、大黒丸の右舷が破壊されたのと朋親ら二人の怪我人が出たことで一時中断となった。

総兵衛は、船団長信一郎、イマサカ号船長具円《かぴたん》伴之助《ばんのすけ》、大黒丸の幸地達高船長、おりん、加納医師ら幹部と相談し、鳶沢一族の総帥《そうすい》は本丸たる江戸の富沢町にいたほうがよいと判断したのだ。

総兵衛が今、迷っているのは、実妹のふくのことだった。

「下船させようと思う」

という総兵衛の考えを聞いたおりんが首を傾《かし》げた。

「反対か、おりん」

「今、おふくさんを下船させればもはや立ち直れないことになりましょう。兄上の総兵衛様に甘えたくともできない苛立《いらだ》ちがあのような態度言動を取らせているのでしょう」

「一つの腐った果物は取り除かねばすべてを腐らせる。過酷な航海では特に放置してはならないことだ」

「総兵衛様、私もおりんが申しますように長い目で見られることを願います」

信一郎が言い、加納医師も、

「総兵衛様を頼りにし信じておるのです。ですが総兵衛様は一族全体を見なければならぬ務めに追われておられる。ただ本番の航海においては、意外とおふくさんの経験や言葉が役に立ち、自信を取り戻すきっかけになるかも知れませんぞ」

と言った。

その言葉に二人の船長も同意するように頷いた。

「よかろう、大黒丸の修理がなったなら、二度目の試走訓練でのふくの様子をおりん、信一郎、冷静に観察しておくように。その報告次第では、ふくを下ろすことも考えられる」

総兵衛がもう少し様子を見る案を受け入れた。

一人だけ富沢町に戻った総兵衛は、光蔵とお香らに試走航海の様子を語った。

総兵衛が海戦の経緯を告げると、

「マードレ・デ・デウス号が、敵意をむき出しにしてきましたか」

と光蔵は驚きを隠せないようだった。

「彼らの行動の陰に老中牧野忠精様が直《じか》に関わっておられるかどうか、未だ判明せぬ。じゃが、この対立は長引くような気が致す」

総兵衛の見解に光蔵が憂《うれ》いの表情を見せた。

「じゃが、よきこともあった。正介が考案した爆裂弾が思いの他、接近戦では有効なことが分かった。実戦に使われ、三発投げた中で二発はそれなりの船体破壊と人的被害を与えていよう。その修理が済むまでは、マードレ・デ・デウス号もまた直ぐには動けまい」

と総兵衛が述べ、光蔵が愁眉《しゅうび》を開いた。

「牧野様方の動きはどうか」

「信一郎らが錦小路で異人が使った吹矢を投げ返して以来、静かなものにございます」

「一時の静けさじゃな。だが、こたびの海戦を受けて必ずや何か仕掛けてこよう」

総兵衛の判断だった。

「おお、そうでした。桜子様がたびたび見えられて、総兵衛様のお帰りは未だか未だかと矢の催促にございましたぞ。なんでも麻子様が総兵衛様に直にお話ししたいことがありますそうで」

「ならば、今夕にも根岸に伺おう」

総兵衛はその夕、天松と忠吉を供にして富沢町から根岸の坊城邸を訪ねた。

むろん座敷に通されたのは総兵衛一人だ。

「あら、総兵衛様のお顔が日焼けしておられますえ」

「桜子様、みっともないところはご勘弁下され。海の上の光は陸地のそれよりも強いものでしてな、こうなってしまうのです」

「うちも船に乗ったら顔が日に焼けてしまいますのんやろか」

「陽射《ひざ》しは人を選びませんでな、おりんたちは自分たちで陽射しを避ける頭巾を白布で造って被《かぶ》っておりましたぞ」

「おりんさん方は未だ船におられますのんどすか」

「試走航海は後半に入っております」

とだけ総兵衛が答えた。

イマサカ号と大黒丸との試走航海の話が一段落したあと、総兵衛は麻子に視線を向けた。

「なんぞ御用がございますそうな」

総兵衛の問いに麻子が頷いた。

「例の金剛石の話どす」

「おお、どなたか関心を見せられましたか」

「総兵衛様のお知り合いのお方どす。ただ、それが総兵衛様にとってよきことか悪《あ》しきことか、判断に迷うておりますんや」

麻子の答えに総兵衛は、江戸で知り合った人々を順繰りに思い浮かべたが、一万両以上の金子を一つの貴石に出す人物に心当たりがなかった。

「麻子様、お教え下され」

「京の茶屋清方様どす」

「おお、茶屋様でしたか。ならば得心が行きました」

「茶屋様は総兵衛様を信頼しておるゆえ、言い値でよいと申されましたえ。その内半分はメキシコ銀で支払ってもよいとのことどした」

この当時、メキシコ銀が国際通貨のように使われていた。茶屋が大量のメキシコ銀貨を持っていることは未だ異国との交易を続けていることを意味した。

「有難いことです」

総兵衛の感謝の言葉の後に麻子はしばし間を置いた。

「総兵衛様、一つだけ茶屋清方様から尋ねられたことがございます。いえ、そのお尋ねは売り買いの条件ではございまへんえ」

「なんでございましょう」

「総兵衛様がなぜ祖母様の大事な金剛石を売らんとなされるのか。なにに使われるのか、と関心を抱いておられるんどす」

「ごもっともです。大黒屋の商いは『古着大市』の成功もあって、何の心配もございません。ただし、蔵の中に所蔵する金子を使い果たすと、こんごの商いに差しさわりが生じます」

「分かります。それだけに総兵衛様がなにを買われるのか、母も私も興味津々《しんしん》どす」

桜子が口を挟んだ。

「このこと、光蔵にも信一郎にも相談もしておりません。それをお含みおき下さい」

総兵衛が商談が成立するまでは何も言わぬように願うと、

「商いの鉄則どす」

と麻子が間髪いれずに応じた。

貴石一つが一万両以上もするという途方もない売買で、その金の使い道に関心が向かうのは、人情というものであろう。

「麻子様、船を購《あがな》います」

「船やて、なんでやろ。総兵衛様はイマサカ号と大黒丸の他に何隻もお持ちと違いますのん」

「桜子様、こたびの試走航海で交易船団の弱点が現れました。イマサカ号の能力に大黒丸が追いついてこれないことです。前回の交易でも信一郎らの話を聞くまでもなく、大黒丸の船足に合わせての航海となりました。今回、江尻の船隠しでイマサカ号も大黒丸も手が入れられるところは手を加え、性能の向上を計りました。ですが、船体の基となる構造が違う以上、船足も運搬能力も大黒丸はイマサカ号に近づくことはできません。いえ、今回の交易は、この二隻体制で進めます。ですが、次回、あるいはその後には、イマサカ号に勝る帆船を建造しておきたい。そのための費えとしたいのです」

麻子も桜子もしばし言葉を失っていた。

「うちなど考えつきもせえへんことどす。総兵衛様は先々のことまで考え抜かれてはる」

　と桜子が言い、

「総兵衛様、失礼な質問どしたな。今のお考えを聞かれた茶屋清方様は必ずや、総兵衛様の願う金子を払ってくれはります」

　と麻子も感無量といった体で答えた。

「総兵衛様、こたびの交易は二隻で出立し、三隻で戻ってこられるのどすか」

「桜子様、着物を誂《あつら》えるのとは違います。こたび私の要求する船の絵図を信一郎が携えていき、私が信頼を寄せるペナンの造船場で相手方に会い、どれくらいの日数で建造できるのか、どれくらいの総工費がかかるのか、計算をしたのちに契約となれば内金を支払います。次の機会には必ずや私が船団を率いて参ります。その折、造船の進み具合や不具合を見て注文をつけます。イマサカ号ほどの帆船の建造は二年から三年はかかるものなのです」

「驚きました、気の長い話どすな」

「それほど海は怖いもので、その荒海に抗して乗り切るためには頑丈で操舵性、操帆性のよい船でなければなりません。しかしどんな帆船でも一つ判断を間違えば木っ端みじんになります」

「うち、総兵衛様と行くのん、考え直します」

桜子の正直な言葉に総兵衛がからからと笑った。

「致し方ございません」

「いいえ、冗談どす。うち、総兵衛様とならばどんなとこへも行かしてもらいます」

総兵衛は麻子と相談し、互いがそれぞれに茶屋清方宛《あ》てに書状を認《したた》めることにした。

久しぶりに根岸で夕餉を馳走《ちそう》になった総兵衛は、天松と忠吉を連れて富沢町に向かった。

「総兵衛様よ、尋ねていいか」

「忠吉、お尋ねしてようございますか、です」

と天松が注意した。

「言葉づかいを気にすると言いたいことも言えねえ」

天松が口を挟もうとするのを制して総兵衛が、

「なんですね」

と質《ただ》した。

「船には小僧はまだ乗っちゃならないんだよな」

「そうです。航海に堪えるほど体が出来ておりませんからね」

「だけど、だいなごんと呼ばれていた小僧の正介さんは乗り組んでいるって噂だぜ」

「忠吉、総兵衛様の考えられたことに小僧が口を出すなど許されると思いますか」

天松が言ったが、忠吉は引き下がらなかった。

「正介さんがいいのに、おれは駄目か。天松さんだっておれだって船に乗り組みたい」

総兵衛は、しばし黙したまま歩き、

「大黒屋の商いもあります、未だ大勢の奉公人が乗り組みたいのを我慢しています」

「それとこれとは話が別だ」

「こら、総兵衛様が優しく話して下さると思うて調子に乗るんじゃない、忠吉」

と天松が癇癪《かんしゃく》を起した。

「天松、忠吉、こたびのこと、小僧を乗せないという信一郎船団長の方針に反して私が正介を乗せました。それは正介が火薬の扱いに長《た》けていたからです」

総兵衛は、正介が創案した武器が実戦に使えることを海戦の際に証明してみせたことを話した。

「なんだって、正介さんにはそんな才があったのか。おりゃ、おこもで悪態つくくらいしか能がねえのにな」

忠吉は自分流に総兵衛の説明を受け入れた。

「忠吉、人はそれぞれ分があります。正介は揺れる船の中で火薬の調合をしているのです。一つ間違えば、自分の身が粉々になることだってあり得ます」

「そうか、正介さんはえれえな。おりゃ、ダメだ」

「忠吉、私が異国に行くときは、総兵衛様に願ってそなたも連れていきます。それまでお互いしっかり奉公しましょう」

と天松が忠吉を励ましたとき、総兵衛らの行く手に立ち塞《ふさ》がった者たちがいた。

白い薄物の衣をまとい仮面をかぶった女三人だった。

間合は十数間あった。

「なにか御用かな」

総兵衛の和語に答えは返ってこなかった。そこで総兵衛は、フランス語、英語で問い質《ただ》したが、なにも答えなかった。

「用事を尋ねようか」

安南の言葉で総兵衛が告げた。

一人の女が片足を横手に水平に伸ばし、もう一方の足は爪先立ちとなった。残りの二人も同じ構えで、ゆったりとした舞いを舞い始めた。

総兵衛ら三人は魅入られたように「死の舞い」を見詰めていた。

長い時が流れた。

動きが停止した。

真ん中の一人が手にした布切れを総兵衛の足元に投げた。過日の吹矢を返し

てきたのか、と総兵衛が思ったとき、

ふわり

と三人の女たちが闇《やみ》に溶け込んだ。

忠吉がおずおずと布切れを摑《つか》んで解いた。すると中から女の黒髪の一部と爆裂弾の破片が出てきた。

「しまった」

総兵衛が叫ぶと、

「富沢町へ急ぎ帰りますぞ」

と走り出した。

天松も忠吉も事情が分からないままに主に従い、富沢町まで必死の形相で走り通した。

閉じられた大戸の前に乗り物が泊まっていた。

総兵衛ら三人が閉じられた通用口を叩《たた》くと、直ぐに中から戸が開かれた。

飛び込んでいった総兵衛らの前に、常に九条文女に従っている女衆の不安げな顔があった。

「九条様になんぞございましたかな」

「は、はい。お戻りがございません」

「どういうことです」

「本日は登城日にございました。いつもなら五つ（午前八時頃）過ぎにお屋敷を出て昼過ぎの八つ（午後二時頃）には帰邸なされます。それが本日にかぎり未だお帰りがなく、竹橋御門外に待機していた付き人が門番衆に質しますと、『九条様はいつものように八つ前に下城なされた』との返答にございましたそうな」

　総兵衛はしばし考え、

「女衆を離れ屋に招じ上げなされ」

と命じた。

　離れ屋で改めて顔を合わせた女衆は、九条家の代々の付き人、佐伯淑子《としこ》と自己紹介した。やわらかな言葉づかいからいって京の出であろう。

　総兵衛の顔を淑子、光蔵、お香の三人が見ていた。

「九条文女様は、誘拐《かどわか》されたと思われます」

「文女様がどすか、なんのためどす」

思わず京言葉が口を突いた。

「誘拐した者らの見当はついております。私の推量が当たっておれば、まず文女様のお命には当面別条なかろうと思います」

光蔵がなにか言い掛けて口を閉ざした。

総兵衛は、懐に入れていた布包みを出し、経緯を話した。そして、

「この黒髪は文女様のものにございましょうか」

と淑子に差し出した。

黒髪に鼻を寄せた淑子が、

「この髪油の香り、主のものに間違いございません」

と言った。

「淑子様、今夜は一先《ひとま》ず錦小路のお屋敷にお戻りくださいまし。うちの者たちがお送りします」

と願った総兵衛が、

「一つだけお尋ねします。淑子様は女主様のお帰りがないと思われたとき、な

ぜこちらに問い合わせに見えられましたな」

「それは文女様が『うちになんぞあった折は大黒屋にそのことを告げよ。さすれば大黒屋の主どのが動いて下さる』と前もって申されておりましたゆえでございます」

「いつのことです」

「はい。『古着大市』の見物に参られる直前でございました」

「すべて得心致しました」

お香が淑子を離れ屋から店へと送って行った。

「総兵衛様」

光蔵の声に不安が滲《にじ》んでいた。

「相手方は、為《な》してはならぬことに手をつけました。それがだれであれ、応分の始末はその身で償うてもらいます」

総兵衛がすでに平静に戻った声で言い放った。

光蔵は新たなる戦いが始まることを覚悟した。

文化二年（一八〇五）五月半ばのことだった。

# あとがき

渋谷のマンションを引き払うことにした。およそ十年前に購入した中古の建物だった。このマンションと熱海《あたみ》の仕事場を行き来しながら時代小説を書いてきた。だが、馬齢を重ねて古希は何年も前に過ぎた。東京、熱海間およそ百キロとはいえ、資料をトランクに詰めて往来するのが辛《つら》くなった。もう一つ熱海を終《つい》の住処《すみか》としようとしたには理由があった。

旧岩波別荘の惜櫟《せきれき》荘の番人に就いたからだ。戦前建築された数寄屋《すきや》造りの建物の完全修復を為《な》したとなると、常に建物の内外に眼を配り、手入れを忠実《まめ》にしないと木造家屋は潮風に傷《いた》む。

そんなわけで熱海に暮らす日々が増えて、昨年など一度として渋谷のマンションに家族で戻らなかった。そこで足腰の使える内にマンションを整理して、熱海に本式に暮らす覚悟をした。

となると厄介なのは書籍類だ。家具は娘のマンション、調理道具や鍋釜《なべかま》は熱海、そして書籍は熱海と思ったが、蔵書の中にはこの十年、一ページも開いていないものも多い。例えば、スペインから戻ってきた直後、刊行が始まった岩波書店の『大航海時代叢書《そうしょ》』全四十二巻、大岡昇平全集、中南米文学の類《たぐい》などだ。

「よし、この際だ」

と思った。

馴染《なじ》みの古書店に連絡して処分することにした。

五年前、愛書家児玉清さんが亡《な》くなられたが、家が傾くほどの蔵書類は未《いま》だ手つかずにあることを私は承知していた。本ばかりは購《あがな》った当人でないと捨てられない。それでも闘牛関係の書籍と画集は残した。これで熱海に運ぶ本はだいぶ少なくなった。だが、熱海とて本棚は一杯だ。

あと何年存命か。無駄と知りつつ、本棚を造ってもらうことにした。

マンションで引っ越しの荷物を整理しながら女房と飼い犬のみかんと三晩最後の時を過ごした。前回家族と過ごしたのは二年前、大雪が東京に降ったときだと思い出しながら、やはり「潮時」だと自分を得心させた。

新・古着屋総兵衛『死の舞い』は、シリーズ十二巻となる。

十九世紀に入り、日本にどんどんと異国の影が忍び寄ってくる。鎖国下にある徳川幕府は、漠とした外圧に曝《さら》されている。なんとなく現代と似通った、

「不安の時代」

と思える。

総兵衛の指導力が問われる、ということはこちらの才が問われるということだ。ともかく頭を絞って書き上げた時代小説、いや、現代小説です。

平成二十八年三月　熱海にて

佐伯泰英

# 佐伯泰英
# 文庫時代小説
# 全作品チェックリスト

どこまで読み進めたのか、チェック用にご活用ください。

掲載順はシリーズ名の五十音順です。
品切れの際はご容赦ください。

2016年5月末現在
監修／佐伯泰英事務所

佐伯泰英事務所公式ウェブサイト「佐伯文庫」 http://www.saeki-bunko.jp/

キリトリ線

# 居眠り磐音　江戸双紙《いねむりいわね　えどぞうし》

双葉文庫

- ☐ ① 陽炎ノ辻《かげろうのつじ》
- ☐ ② 寒雷ノ坂《かんらいのさか》
- ☐ ③ 花芒ノ海《はなすすきのうみ》
- ☐ ④ 雪華ノ里《せっかのさと》
- ☐ ⑤ 龍天ノ門《りゅうてんのもん》
- ☐ ⑥ 雨降ノ山《あふりのやま》
- ☐ ⑦ 狐火ノ杜《きつねびのもり》
- ☐ ⑧ 朔風ノ岸《さくふうのきし》
- ☐ ⑨ 遠霞ノ峠《えんかのとうげ》
- ☐ ⑩ 朝虹ノ島《あさにじのしま》
- ☐ ⑪ 無月ノ橋《むげつのはし》
- ☐ ⑫ 探梅ノ家《たんばいのいえ》
- ☐ ⑬ 残花ノ庭《ざんかのにわ》
- ☐ ⑭ 夏燕ノ道《なつつばめのみち》
- ☐ ⑮ 驟雨ノ町《しゅううのまち》
- ☐ ⑯ 螢火ノ宿《ほたるびのしゅく》
- ☐ ⑰ 紅椿ノ谷《べにつばきのたに》
- ☐ ⑱ 捨雛ノ川《すてびなのかわ》
- ☐ ⑲ 梅雨ノ蝶《ばいうのちょう》
- ☐ ⑳ 野分ノ灘《のわきのなだ》
- ☐ ㉑ 鯖雲ノ城《さばぐものしろ》
- ☐ ㉒ 荒海ノ津《あらうみのつ》
- ☐ ㉓ 万両ノ雪《まんりょうのゆき》
- ☐ ㉔ 朧夜ノ桜《ろうやのさくら》
- ☐ ㉕ 白桐ノ夢《しろぎりのゆめ》
- ☐ ㉖ 紅花ノ邨《べにばなのむら》
- ☐ ㉗ 石榴ノ蠅《ざくろのはえ》
- ☐ ㉘ 照葉ノ露《てりはのつゆ》
- ☐ ㉙ 冬桜ノ雀《ふゆざくらのすずめ》
- ☐ ㉚ 侘助ノ白《わびすけのしろ》

キリトリ線

キリトリ線

□ ㉛ 更衣ノ鷹《きさらぎのたか》 上
□ ㉜ 更衣ノ鷹《きさらぎのたか》 下
□ ㉝ 孤愁ノ春《こしゅうのはる》
□ ㉞ 尾張ノ夏《おわりのなつ》
□ ㉟ 姥捨ノ郷《うばすてのさと》
□ ㊱ 紀伊ノ変《きいのへん》
□ ㊲ 一矢ノ秋《いっしのとき》
□ ㊳ 東雲ノ空《しののめのそら》
□ ㊴ 秋思ノ人《しゅうしのひと》
□ ㊵ 春霞ノ乱《はるがすみのらん》
□ ㊶ 散華ノ刻《さんげのとき》
□ ㊷ 木槿ノ賦《むくげのふ》
□ ㊸ 徒然ノ冬《つれづれのふゆ》
□ ㊹ 湯島ノ罠《ゆしまのわな》
□ ㊺ 空蟬ノ念《うつせみのねん》
□ ㊻ 弓張ノ月《ゆみはりのつき》
□ ㊼ 失意ノ方《しついのかた》
□ ㊽ 白鶴ノ紅《はっかくのくれない》
□ ㊾ 意次ノ妄《おきつぐのもう》
□ ㊿ 竹屋ノ渡《たけやのわたし》
□ 51 旅立ノ朝《たびだちのあした》

【シリーズ完結】

□ シリーズガイドブック 「居眠り磐音 江戸双紙」読本
（特別書き下ろし小説・シリーズ番外編「跡継ぎ」収録）

□ 居眠り磐音 江戸双紙 帰着準備号 橋の上《はしのうえ》
（特別収録「著者メッセージ&インタビュー」「磐音が歩いた『江戸』案内」「年表」）

□ 吉田版「居眠り磐音」江戸地図 磐音が歩いた江戸の町
（文庫サイズ箱入り）超特大地図＝縦75㎝×横80㎝

# 鎌倉河岸捕物控 かまくらがしとりものひかえ

ハルキ文庫

- □ ① 橘花の仇 きっかのあだ
- □ ② 政次、奔る せいじ、はしる
- □ ③ 御金座破り ごきんざやぶり
- □ ④ 暴れ彦四郎 あばれひこしろう
- □ ⑤ 古町殺し こまちごろし
- □ ⑥ 引札屋おもん ひきふだやおもん
- □ ⑦ 下駄貫の死 げたかんのし
- □ ⑧ 銀のなえし ぎんのなえし
- □ ⑨ 道場破り どうじょうやぶり
- □ ⑩ 埋みの棘 うずみのとげ
- □ ⑪ 代がわり だいがわり
- □ ⑫ 冬の蜉蝣 ふゆのかげろう
- □ ⑬ 独り祝言 ひとりしゅうげん
- □ ⑭ 隠居宗五郎 いんきょそうごろう
- □ シリーズガイドブック「鎌倉河岸捕物控」読本（特別書き下ろし小説・シリーズ番外編「寛政元年の水遊び」収録）
- □ シリーズ副読本 鎌倉河岸捕物控 街歩き読本

- □ ⑮ 夢の夢 ゆめのゆめ
- □ ⑯ 八丁堀の火事 はっちょうぼりのかじ
- □ ⑰ 紫房の十手 むらさきぶさのじって
- □ ⑱ 熱海湯けむり あたみゆけむり
- □ ⑲ 針いっぽん はりいっぽん
- □ ⑳ 宝引きさわぎ ほうびきさわぎ
- □ ㉑ 春の珍事 はるのちんじ
- □ ㉒ よっ、十一代目！ よっ、じゅういちだいめ
- □ ㉓ うぶすな参り うぶすなまいり
- □ ㉔ 後見の月 うしろみのつき
- □ ㉕ 新友禅の謎 しんゆうぜんのなぞ
- □ ㉖ 閉門謹慎 へいもんきんしん
- □ ㉗ 店仕舞い みせじまい
- □ ㉘ 吉原詣で よしわらもうで

キリトリ線

キリトリ線

## シリーズ外作品

□ 異風者《いひゅもん》

ハルキ文庫

## 交代寄合伊那衆異聞《こうたいよりあいいなしゅういぶん》

講談社文庫

□ ①変化《へんげ》
□ ②雷鳴《らいめい》
□ ③風雲《ふううん》
□ ④邪宗《じゃしゅう》
□ ⑤阿片《あへん》
□ ⑥攘夷《じょうい》
□ ⑦上海《しゃんはい》
□ ⑧黙契《もっけい》
□ ⑨御暇《おいとま》
□ ⑩難航《なんこう》
□ ⑪海戦《かいせん》
□ ⑫謁見《えっけん》
□ ⑬交易《こうえき》
□ ⑭朝廷《ちょうてい》
□ ⑮混沌《こんとん》
□ ⑯断絶《だんぜつ》
□ ⑰散斬《ざんぎり》
□ ⑱再会《さいかい》
□ ⑲茶葉《ちゃば》
□ ⑳開港《かいこう》
□ ㉑暗殺《あんさつ》
□ ㉒血脈《けつみゃく》
□ ㉓飛躍《ひやく》

【シリーズ完結】

## 長崎絵師通吏辰次郎《ながさきえしとおりしんじろう》

ハルキ文庫

□ ①悲愁の剣《ひしゅうのけん》
□ ②白虎の剣《びゃっこのけん》

## 夏目影二郎始末旅《なつめえいじろうしまつたび》

□ ①八州狩り《はっしゅうがり》
□ ②代官狩り《だいかんがり》
□ ③破牢狩り《はろうがり》
□ ④妖怪狩り《ようかいがり》
□ ⑤百鬼狩り《ひゃっきがり》
□ ⑥下忍狩り《げにんがり》
□ ⑦五家狩り《ごけがり》
□ ⑧鉄砲狩り《てっぽうがり》
□ ⑨奸臣狩り《かんしんがり》
□ ⑩役者狩り《やくしゃがり》
□ ⑪秋帆狩り《しゅうはんがり》
□ ⑫鵺女狩り《ぬえめがり》
□ ⑬忠治狩り《ちゅうじがり》
□ ⑭奨金狩り《しょうきんがり》
□ ⑮神君狩り《しんくんがり》

【シリーズ完結】

□ シリーズガイドブック　夏目影二郎「狩り」読本
（特別書き下ろし小説・シリーズ番外編「位の桃井に鬼が棲む」収録）

光文社文庫

## 秘剣《ひけん》

□ ①秘剣雪割り《ひけんゆきわり》 悪松・棄郷編《わるまつ・ききょうへん》
□ ②秘剣瀑流返し《ひけんばくりゅうがえし》 悪松・対決「鎌鼬」《わるまつ・たいけつかまいたち》
□ ③秘剣乱舞《ひけんらんぶ》 悪松・百人斬り《わるまつ・ひゃくにんぎり》
□ ④秘剣孤座《ひけんこざ》
□ ⑤秘剣流亡《ひけんりゅうぼう》

祥伝社文庫

キリトリ線

キリトリ線

## 古着屋総兵衛 初傳《ふるぎやそうべえ しょでん》

新潮文庫

□ 光圀《みつくに》（新潮文庫百年記念特別書き下ろし作品）

## 古着屋総兵衛影始末《ふるぎやそうべえかげしまつ》

新潮文庫

□ ①死闘《しとう》
□ ②異心《いしん》
□ ③抹殺《まっさつ》
□ ④停止《ちょうじ》
□ ⑤熱風《ねっぷう》
□ ⑥朱印《しゅいん》
□ ⑦雄飛《ゆうひ》
□ ⑧知略《ちりゃく》
□ ⑨難破《なんぱ》
□ ⑩交趾《こうち》
□ ⑪帰還《きかん》

【シリーズ完結】

## 新・古着屋総兵衛《しん・ふるぎやそうべえ》

新潮文庫

□ ①血に非ず《ちにあらず》
□ ②百年の呪い《ひゃくねんののろい》
□ ③日光代参《にっこうだいさん》
□ ④南へ舵を《みなみへかじを》
□ ⑤〇に十の字《まるにじゅのじ》
□ ⑥転び者《ころびもん》
□ ⑦二都騒乱《にとそうらん》
□ ⑧安南から刺客《アンナンからしかく》
□ ⑨たそがれ歌麿《たそがれうたまろ》
□ ⑩異国の影《いこくのかげ》
□ ⑪八州探訪《はっしゅうたんぼう》
□ ⑫死の舞い《しのまい》

## 密命《みつめい》／完本 密命《かんぽん みつめい》

※新装改訂版の「完本」を随時刊行中

祥伝社文庫

- □ ① 完本 密命 見参《けんざん》！ 寒月霞斬り《かんげつかすみぎり》
- □ ② 完本 密命 弦月三十二人斬り《げんげつさんじゅうにんぎり》
- □ ③ 完本 密命 残月無想斬り《ざんげつむそうぎり》
- □ ④ 完本 密命 刺客《しかく》 斬月剣《ざんげつけん》
- □ ⑤ 完本 密命 火頭《かとう》 紅蓮剣《ぐれんけん》
- □ ⑥ 完本 密命 兇刃《きょうじん》 一期一殺《いちごいっさつ》
- □ ⑦ 完本 密命 初陣《ういじん》 霜夜炎返し《そうやほむらがえし》
- □ ⑧ 完本 密命 悲恋《ひれん》 尾張柳生剣《おわりやぎゅうけん》
- □ ⑨ 完本 密命 極意《ごくい》 御庭番斬殺《おにわばんざんさつ》
- □ ⑩ 完本 密命 遺恨《いこん》 影ノ剣《かげのけん》
- □ ⑪ 完本 密命 残夢《ざんむ》 熊野秘法剣《くまのひほうけん》
- □ ⑫ 完本 密命 乱雲《らんうん》 傀儡剣合わせ鏡《くぐつけんあわせかがみ》

**【旧装版】**

- □ ⑬ 追善《ついぜん》 死の舞《しのまい》
- □ シリーズガイドブック 「密命」読本（特別書き下ろし小説・シリーズ番外編「虚けの龍」収録）

- □ ⑭ 遠謀《えんぼう》 血の絆《ちのきずな》
- □ ⑮ 無刀《むとう》 父子鷹《おやこだか》
- □ ⑯ 烏鷺《うろ》 飛鳥山黒白《あすかやまこくびゃく》
- □ ⑰ 初心《しょしん》 闇参籠《やみさんろう》
- □ ⑱ 遺髪《いはつ》 加賀の変《かがのへん》
- □ ⑲ 意地《いじ》 具足武者の怪《ぐそくむしゃのかい》
- □ ⑳ 宣告《せんこく》 雪中行《せっちゅうこう》
- □ ㉑ 相剋《そうこく》 陸奥巴波《みちのくともえなみ》
- □ ㉒ 再生《さいせい》 恐山地吹雪《おそれざんじふぶき》
- □ ㉓ 仇敵《きゅうてき》 決戦前夜《けっせんぜんや》
- □ ㉔ 切羽《せっぱ》 潰し合い中山道《つぶしあいなかせんどう》
- □ ㉕ 覇者《はしゃ》 上覧剣術大試合《じょうらんけんじゅつおおじあい》
- □ ㉖ 晩節《ばんせつ》 終の一刀《ついのいっとう》

【シリーズ完結】

キリトリ線

キリトリ線

## 小籐次青春抄《ことうじせいしゅんしょう》

文春文庫

- □ 品川の騒ぎ・野鍛冶《しながわのさわぎ・のかじ》

## 酔いどれ小籐次《よいどれことうじ》

文春文庫

- □ ① 御鑓拝借《おやりはいしゃく》
- □ ② 意地に候《いじにそうろう》
- □ ③ 寄残花恋《のこりはなよするこい》

〈決定版〉随時刊行予定

- □ ④ 一首千両《ひとくびせんりょう》
- □ ⑤ 孫六兼元《まごろくかねもと》
- □ ⑥ 騒乱前夜《そうらんぜんや》
- □ ⑦ 子育て侍《こそだてざむらい》
- □ ⑧ 竜笛嫋々《りゅうてきじょうじょう》
- □ ⑨ 春雷道中《しゅんらいどうちゅう》
- □ ⑩ 薫風鯉幟《くんぷうこいのぼり》
- □ ⑪ 偽小籐次《にせことうじ》
- □ ⑫ 杜若艶姿《とじゃくあですがた》
- □ ⑬ 野分一過《のわきいっか》
- □ ⑭ 冬日淡々《ふゆびたんたん》
- □ ⑮ 新春歌会《しんしゅんうたかい》
- □ ⑯ 旧主再会《きゅうしゅさいかい》
- □ ⑰ 祝言日和《しゅうげんびより》
- □ ⑱ 政宗遺訓《まさむねいくん》
- □ ⑲ 状箱騒動《じょうばこそうどう》

## 新・酔いどれ小籐次《しん・よいどれことうじ》

文春文庫

□ ① 神隠し《かみかくし》
□ ② 願かけ《がんかけ》
□ ③ 桜吹雪《はなふぶき》
□ ④ 姉と弟《あねとおとうと》

## 吉原裏同心《よしわらうらどうしん》

光文社文庫

□ ① 流離《りゅうり》
□ ② 足抜《あしぬき》
□ ③ 見番《けんばん》
□ ④ 清掻《すががき》
□ ⑤ 初花《はつはな》
□ ⑥ 遣手《やりて》
□ ⑦ 枕絵《まくらえ》
□ ⑧ 炎上《えんじょう》
□ ⑨ 仮宅《かりたく》
□ ⑩ 沽券《こけん》
□ ⑪ 異館《いかん》
□ ⑫ 再建《さいけん》
□ ⑬ 布石《ふせき》
□ ⑭ 決着《けっちゃく》
□ ⑮ 愛憎《あいぞう》
□ ⑯ 仇討《あだうち》
□ ⑰ 夜桜《よざくら》
□ ⑱ 無宿《むしゅく》
□ ⑲ 未決《みけつ》
□ ⑳ 髪結《かみゆい》
□ ㉑ 遺文《いぶん》
□ ㉒ 夢幻《むげん》
□ ㉓ 狐舞《きつねまい》
□ ㉔ 始末《しまつ》

□ シリーズ副読本　佐伯泰英「吉原裏同心」読本

キリトリ線

本書は新潮文庫のために書き下ろされた。

佐伯泰英著
血に非ず
新・古着屋総兵衛 第一巻

享和二年、九代目総兵衛は死の床にあった。後継問題に難渋する大黒屋を一人の若者が訪ね来た。満を持して放つ新シリーズ第一巻。

佐伯泰英著
百年の呪い
新・古着屋総兵衛 第二巻

長年にわたる鳶沢一族の変事の数々。総兵衛は卜師を使って柳沢吉保の仕掛けた闇祈禱を看破、幾重もの呪いの包囲に立ち向かう……。

佐伯泰英著
日光代参
新・古着屋総兵衛 第三巻

御側衆本郷康秀の不審な日光代参の後を追う総兵衛一行。おこもとかげまの決死の諜報で本郷の恐るべき野望が明らかとなるが……。

佐伯泰英著
南へ舵を
新・古着屋総兵衛 第四巻

金沢で前田家との交易を終え江戸に戻った総兵衛は町奉行と秘かに対座するが、帰途、闇祈禱の風水師李黒の妖術が襲いかかる……。

佐伯泰英著
○に十の字
新・古着屋総兵衛 第五巻

京を目指す総兵衛一行が鳶沢村に逗留中、薩摩の密偵が捕まった。その忍びは総兵衛の特殊な縛めにより、転んだかのように見えたが。

佐伯泰英著
転び者
新・古着屋総兵衛 第六巻

伊勢から京を目指す総兵衛は、一行を付け狙う薩摩の刺客に加え、忍び崩れの山賊の盤踞する危険な伊賀加太峠越えの道程を選んだ。

池波正太郎著

真田太平記（一～十二）

天下分け目の決戦を、父・弟と兄とが豊臣方と徳川方とに別れて戦った信州・真田家の波瀾にとんだ歴史をたどる大河小説。全12巻。

池波正太郎著

真田騒動
―恩田木工―

信州松代藩の財政改革に尽力した恩田木工の生き方を描く表題作など、大河小説『真田太平記』の先駆を成す〝真田もの〟5編。

池波正太郎著

忍者丹波大介

関ケ原の合戦で徳川方が勝利し時代の波の中で失われていく忍者の世界の信義……一匹狼となり暗躍する丹波大介の凄絶な死闘を描く。

池波正太郎著

黒幕

徳川家康の謀略を担って働き抜き、六十歳を越えて二度も十代の嫁を娶った男を描く「黒幕」など、本書初収録の4編を含む11編。

池波正太郎著

あばれ狼

不幸な生い立ちゆえに敵・味方をこえて結ばれる渡世人たちの男と男の友情を描く連作3編と、『真田太平記』の脇役たちを描いた4編。

池波正太郎著

剣客商売①
剣客商売

白髪頭の粋な小男・秋山小兵衛と巌のように逞しい息子・大治郎の名コンビが、剣に命を賭けて江戸の悪事を斬る。シリーズ第一作。

司馬遼太郎著

梟の城

直木賞受賞

信長、秀吉……権力者たちの陰で、凄絶な死闘を展開する二人の忍者の生きざまを通して、かげろうの如き彼らの実像を活写した長編。

司馬遼太郎著

人斬り以蔵

幕末の混乱の中で、劣等感から命ぜられるままに人を斬る男の激情と苦悩を描く表題作ほか変革期に生きた人間像に焦点をあてた7編。

司馬遼太郎著

国盗り物語

（一〜四）

貧しい油売りから美濃国主になった斎藤道三、天才的な知略で天下統一を計った織田信長。新時代を拓く先鋒となった英雄たちの生涯。

司馬遼太郎著

燃えよ剣

（上・下）

組織作りの異才によって、新選組を最強の集団へ作りあげてゆく〝バラガキのトシ〟――剣に生き剣に死んだ新選組副長土方歳三の生涯。

司馬遼太郎著

新史太閤記

（上・下）

日本史上、最もたくみに人の心を捉えた〝人蕩し〟の天才、豊臣秀吉の生涯を、冷徹な史眼と新鮮な感覚で描く最も現代的な太閤記。

司馬遼太郎著

関ケ原

（上・中・下）

古今最大の戦闘となった天下分け目の決戦の過程を描いて、家康・三成の権謀の渦中で命運を賭した戦国諸雄の人間像を浮彫りにする。

藤沢周平著
竹光始末
糊口をしのぐために刀を売り、竹光を腰に仕官の条件である上意討へと向う豪気な男。表題作の他、武士の宿命を描いた傑作小説5編。

藤沢周平著
時雨のあと
兄の立ち直りを心の支えに苦界に身を沈める妹みゆき。表題作の他、江戸の市井に咲く小哀話を、繊麗に人情味豊かに描く傑作短編集。

藤沢周平著
冤（えんざい）罪
勘定方相良彦兵衛は、藩金横領の罪で詰め腹を切らされ、その日から娘の明乃も失踪した……。表題作はじめ、士道小説9編を収録。

藤沢周平著
橋ものがたり
様々な人間が日毎行き交う江戸の橋を舞台に演じられる、出会いと別れ。男女の喜怒哀楽の表情を瑞々しい筆致に描く傑作時代小説。

藤沢周平著
神隠し
失踪した内儀が、三日後不意に戻った、一層凄艶さを増して……。女の魔性を描いた表題作をはじめ江戸庶民の哀歓を映す珠玉短編集。

藤沢周平著
春秋山伏記
羽黒山からやって来た若き山伏と村人とのユーモラスでエロティックな交流——荘内地方に伝わる風習を小説化した異色の時代長編。

宮城谷昌光著

# 香乱記（一〜四）

殺戮と虐殺の項羽、裏切りと豹変の劉邦。秦の始皇帝没後の惑乱の中で、一人信義を貫いた英傑田横の生涯を描く著者会心の歴史雄編。

宮城谷昌光著

# 晏子（一〜四）

大小多数の国が乱立した中国春秋期。卓越した智謀と比類なき徳望で斉の存亡の危機を救った晏子父子の波瀾の生涯を描く歴史雄編。

宮城谷昌光著

# 楽毅（一〜四）

策謀渦巻く古代中国の戦国時代。名将・楽毅の生涯を通して「人がみごとに生きるとはどういうことか」を描いた傑作巨編！

宮城谷昌光著

# 青雲はるかに（上・下）

才気煥発の青年范睢が、不遇と苦難の時代を経て、大国秦の名宰相となり、群雄割拠の戦国時代に終焉をもたらすまでを描く歴史巨編。

宮城谷昌光著

# 風は山河より（一〜六）

すべてはこの男の決断から始まった。後の徳川泰平の世へと繋がる英傑たちの活躍を描く歴史巨編。中国歴史小説の巨匠初の戦国日本。

宮城谷昌光著

# 新三河物語（上・中・下）

三方原、長篠、大坂の陣。家康の覇業の影で身命を賭して奉公を続けた大久保一族。彼らの宿運と家康の真の姿を描く戦国歴史巨編。

山本周五郎著

**青べか物語**

うらぶれた漁師町浦粕に住みついた〝私〟の眼を通して、独特の狡猾さ、愉快さ、質朴さをもつ住人たちの生活ぶりを巧みな筆で捉える。

山本周五郎著

**赤ひげ診療譚**

小石川養生所の〝赤ひげ〟と呼ばれる医師と、見習い医師との魂のふれ合いを中心に、貧しさと病苦の中でも逞しい江戸庶民の姿を描く。

山本周五郎著

**さぶ**

ぐずでお人好しのさぶ、生一本な性格ゆえに不幸な境遇に落ちた栄二。二人の心温まる友情を描いて〝人間の真実とは何か〟を探る。

藤原緋沙子著

**月凍てる**

―人情江戸彩時記―

婿入りして商家の主人となった吉兵衛だったが、捨てた幼馴染みが女郎になっていると知り……。感涙必至の人情時代小説傑作四編。

藤原緋沙子著

**百年桜**

―人情江戸彩時記―

新兵衛が幼馴染みの消息を追えば追うほど、お店に押し入って二百両を奪って逃げた賊に近づいていく……。感動の傑作時代小説五編。

藤原緋沙子著

**雪の果て**

―人情江戸彩時記―

奸計に遭い、脱藩して江戸に潜伏する貞次郎。想い人の消息を耳にするのだが……。涙なくしては読めない人情時代小説傑作四編収録。

佐々木　譲著

警官の血（上・下）

初代・清二の断ち切られた志。二代・民雄を蝕み続けた任務。そして、三代・和也が拓く新たな道。ミステリ史に輝く、大河警察小説。

佐々木　譲著

警官の条件

覚醒剤流通ルート解明を焦る若き警部・安城和也の犯した失策。追放された〝悪徳警官〟加賀谷、異例の復職。『警官の血』沸騰の続篇。

今野　敏著

隠蔽捜査

吉川英治文学新人賞受賞

東大卒、警視長、竜崎伸也。ただのキャリアではない。彼は信じる正義のため、警察組織という迷宮に挑む。ミステリ史に輝く長篇。

今野　敏著

果断
―隠蔽捜査2―
山本周五郎賞・日本推理作家協会賞受賞

本庁から大森署署長へと左遷されたキャリア、竜崎伸也。着任早々、彼は拳銃犯立てこもり事件に直面する。これが本物の警察小説だ！

池波正太郎・松本清張
藤沢周平・神坂次郎著
滝口康彦・山田風太郎
縄田一男編

主命にござる

上司からの命令は絶対。しかし己の心に背いてでも、なすべきことなのか――。忠と義の間で揺れる心の葛藤を描く珠玉の六編。

池波正太郎・菊池寛
神坂次郎・小松重男著
柴田錬三郎・筒井康隆

迷君に候

政を忘れて、囚人たちと楽器をかき鳴らし続ける大名や、百姓女房にムラムラしてついには突撃した殿さま等、六人のバカ殿を厳選。

# 死《し》の舞《ま》い

新・古着屋総兵衛 第十二巻

新潮文庫　さ－73－23

平成二十八年 六月 一日 発行

著者 佐《さ》伯《えき》泰《やす》英《ひで》

発行者 佐藤隆信

発行所 株式会社 新潮社

郵便番号 一六二―八七一一
東京都新宿区矢来町七一
電話 編集部(〇三)三二六六―五四四〇
読者係(〇三)三二六六―五一一一
http://www.shinchosha.co.jp

価格はカバーに表示してあります。

乱丁・落丁本は、ご面倒ですが小社読者係宛ご送付ください。送料小社負担にてお取替えいたします。

印刷・株式会社光邦　製本・憲専堂製本株式会社



ISBN978-4-10-138057-5 C0193